大师谈生活

THE MASTER'S INTELLIGENT SERIES

孙葳／编著

时代文艺出版社
SHIDAI WENYI CHUBANSHE

图书在版编目（CIP）数据

大师谈生活 / 孙葳 编著. —长春：时代文艺出版社，2011.4（2023.7重印）

（大师智慧书系）

ISBN 978-7-5387-3563-5

I. ①大... Ⅱ.①孙... Ⅲ. ①散文集—世界 Ⅳ. ①I16

中国版本图书馆CIP数据核字（2011）第054931号

出 品 人　陈　琛

选题策划　朱凤媛

责任编辑　苗欣宇　　田　野

装帧设计　孙　俪

排版制作　陈　萍

大师谈生活

孙葳 编著

出版发行 / 时代文艺出版社

地址 / 长春市福祉大路5788号　龙腾国际大厦A座15层　邮编 / 130118

总编办 / 0431-81629751　发行部 / 0431-81629758

官方微博 / weibo.com/tlapress

印刷 / 永清县晔盛亚胶印有限公司

开本 / 710×1000毫米　1 / 16　字数 / 235千字　印张 / 15

版次 / 2012年1月第1版　印次 / 2023年7月第3次印刷　定价 / 58.00元

图书如有印装错误　请寄回印厂调换

目录

C O N T E N T S

大师智慧书系

大师谈生活

培根

弗朗西斯·培根（1561—1626），英国唯物主义哲学家、随笔作家和詹姆士一世的大法官，英国唯物主义和整个近代实验科学的创始人，曾提出"知识就是力量"的名言。著有《论科学的价值和发展》《新工具》《随笔》等。

※ 谈父母与子女

为人父母者爱把喜乐忧惧都藏在心头，因为有些感受不能说，有些则不愿说。子女可使父母的辛劳苦中有乐，但也可使父母的不幸加深；子女会增加父母对生活的忧虑，但也会减轻他们对死亡的担忧。动物皆能生殖繁衍，代代不绝，但在身后留下声名、功德和伟业则为人之独有。世人的确可见，最伟大的功业历来都由一些无后嗣者所始创，这些人因没有后嗣再现他们的肉体，便努力实现其精神之再现，所以无后嗣者往往最关心后世。未立业而先成家者大都溺爱孩子，他们不仅把孩子视为种族的延续，而且视为他们事业的继续，因此孩子于他们就如同创造的产物。

父母对子女的疼爱往往不甚均匀，而且有时还不甚恰当，尤其是母亲。正如所罗门曰：儿子聪明其父开颜，儿子愚笨其母赧颜。世人可见，若一户人家有众多子女，那他们当中每每是最长者受到重视，最幼者受到纵容，居中者则在某种程度上受到忽略，然而屡屡都是这些居中者最有出息。父母在孩子的零花钱上吝啬有害无益，那会使孩子变得卑劣，学会欺诈哄瞒，甚至结交不三不四的朋友，而且待将来有钱时会挥霍无度。所以最好的经验是：父母应保持其权威无损，但莫保持其钱包不瘪。（无论是父母、教师还是家仆）成年人都爱在孩子们小时候鼓励兄弟之间竞争，这种做法往往会造成他们成年之后失和，从而破坏家庭和睦。意大利人对儿子、侄甥或其他近亲晚辈几乎不分亲疏，只要他们是本族晚辈，纵非自己亲生也一视同仁。而毋庸讳言，实际上这些晚生也差不多是一回事，因为我们常见某个当侄甥的有时更像其叔叔、舅舅或另一位近亲长辈，而不像他自己的父亲，此乃血气使然也。当父母的应及早选定他们想让孩子从事的职业和相关学业，因孩子越小可塑性越大；同时父母不可过分注重孩子的意向，别以为孩子想做的事他们将来也会喜欢。毫无疑问，若孩子的爱好或才能超凡出众，那当然是不加阻碍为妙；不过对一般人来说，这句格言倒很恰当：选最佳的生活道路，习惯会使那条路走起来轻松愉快。兄弟中为次幼者通常都很幸运，可一旦长兄被剥夺继承权，这种幸运则难以保全甚至不复存在。

斯威夫特

乔纳森·斯威夫特（1667—1745），爱尔兰著名讽刺作家。
代表作品有《格利佛游记》《木桶故事》《布商信札》等。

※ 育婴刍议

　　凡从这个大城市走过或在乡间旅行的人，常常看见街头、路边、小屋门口挤满了女乞丐，后边跟着三四个、五六个小孩子，全都衣衫褴褛，哀求过路人施舍，这真是一种凄惨的景象。这些做母亲的人，不能去做工以谋求正当的生计，只得天天四处漂流，为她那些哀怜无告的婴儿讨一口饭吃；而这些婴儿长大以后，不是因为无工可做而去做贼，便是离乡背井去为躲在西班牙的冒牌国王当兵打仗，再不然就自愿卖身远到巴巴多斯岛去。

我想，各方人士定会一致同意，这些母亲们（时常也是父亲们）怀里抱着、身上背着、脚后跟着的多得惊人的小孩子，在我国当前的可悲状况下实在是一个很大的额外灾难。因此，若有人能够想出一个周到、省钱、简单可行的办法，使得这些小孩子也能成为国家中健壮有用的分子，大家理当对他奖赏，甚至应该把他当作民族救星，为他建立雕像。

但是，我这种意图并非为那些职业乞丐设想，其范围要广泛得多，在某种年龄以内的全体婴儿都要包括在内，因为他们的父母养活他们不起，一如那些在街头告劳的人。

说到我自己，对于这样一个重要问题，敝人业已动了多年脑筋，而且连其他献策人的种种方案也都加以细细掂量，不过，我发现他们在计算方面都有严重失误之处。确切地说，一个刚刚落地的婴儿，只要靠着母奶，没有别的什么养料也可以活上整整一个年头，其用度至多不超过两先令，即使再加上一点别的琐屑花费，也统统可以靠着母亲的合法乞讨来取得。我所要提出解决的却是那些满了一周岁的小儿。只要按照我这种办法，他们不但不会成为父母和教区的累赘，而且一辈子也不再缺吃少穿，相反，还能给数千人提供食品甚至一部分衣着。

同时，我这个方案还有另外一种莫大的好处，它可以阻止愿堕胎以及有些妇女弄死自己私生婴儿的害人行为——，这在我们同胞当中发生的次数太多了。我想，她们拿那些可怜无辜的小生命做牺牲，与其说是为了遮羞，不如说是为了省钱。这样的事，即使让那些最无人性的野蛮人听了，也不免要流下怜悯的泪水！

爱尔兰的人口一般计算为一百五十万。我估计，其中大约有二十万对能够生养；从这个数字当中，我除去有抚养子女能力者三万对——虽然，现今国家灾难深重，恐怕未必能有这么多；即便如此，仍然还有十七万对生殖者。我再除去五万，包括那些小产的、或者在一周岁之内因事故、疾病而死亡的婴儿。这么一来，穷人的年产子女就只剩下十二万了。问题在于拿什么来供养这么多小孩子——这个，我已经说过，在目前的局面下，无论什么办法也都不能解决。因为，我们既不能使唤这些小孩子做手艺、种田，也不能（我说的是乡下）叫他们去盖房、开荒。他们不到六岁，也很难依靠盗窃为生，除非某些地方小孩子特别早熟。虽然，我也承认，在这方面的基本知识他们很早就已无师自通，不过他们那时候顶多只能算是练习生罢了。凯凡郡一位要人对我说过，即使在那么一个以精通此道名闻全国的地方，他所知道的案例中，六岁以下的也仅有那么一两起。

商人们告诉我说，十二岁以下的男孩、女孩根本不可能上市；即使到了十二岁，行市也超不过三镑，最多三镑零半克朗。这对于父母或国家都无利可图，因为光拿他们的嚼谷和破衣烂衫这么两项来说，价钱就起码四倍于此数。

准此，我谨略陈愚见，希望不至引起任何异议。

我在伦敦认识的一位深明内情的美国人对我说，一个喂养得壮壮实实的一岁小儿，无论炖、烤、烘、煮，都是一种非常可口、营养、卫生的食物。而且，我也毫不怀疑，如果把它做成炸丸子或炒肉丝，大概也同样不差。

所以，我谨将鄙见提出，以供大家斟酌：从刚才算出的十二万口小儿当中，可以挑选出两万留种，其中雄性仅占四分之一；这比起我们所留养的雄绵羊、黑牛或猪仔来，已经要算多了。我这样主张，乃因为这些小儿多半不是正式婚姻所生（我国的乡野愚民对于这一点是不大在乎的），因此，一雄四雌也就足够了。其余十万小儿养到周岁便可拿出来卖给全国的富贵人家，但要切记交代母亲在那最后一个月里给小儿喂足了奶，把他们弄得肥肥胖胖，才好上得席面。遇到招待亲友，一个小儿可做两道佳肴；如果家里平素吃饭，一条前腿或者后腿就尽够做一盘合适的菜，若能加上一点椒盐，放到第四天煮了吃，则更有风味，尤其是在冬天。

我计算过，初生小儿平均体重十二磅，只要喂养得法，经过一年就能长到二十八磅。

我承认，这种食物略嫌昂贵，因此对于地主们特别合适，因为他们既然已经把许多父母吃掉，看来也最有资格来吃他们的子女。

婴儿的肉全年均可上市，3月前后尤其是旺季。一位严肃的作家、又是法国的名医说过：鱼是促进生育的食品，所以在四旬斋九个月以后，天主教国家的产子率要比其他任何时期都高；因此，从四旬斋往后推算一年，市场上一定货源充足；而且，由于我国天主教徒的婴儿至少三倍于其他教派，这件事还兼有另一种好处，那就是可以减少我们人口中天主教徒的数目。

　　我业已算过，养育一个乞丐小孩（我把佃农、工人和五分之四的农夫都划进这一类），包括他们身上的破衣。一年大约花费两个先令。我相信，无论哪位绅士都不惜拿出十个先令买下一具肥壮小儿的尸体；因为，我已说过，如果他要招待稀客，或同家人共餐，这可以做成四盘滋养丰富的茶。这样一来，乡绅就懂得怎样做一个好东家，受到佃户们爱戴，而小孩的母亲净赚八先令的纯利之后，还可照常干活，直到她生产下一个小孩。

　　那些还想再节省一点的人（我承认，这是时势使然），可以把尸首剥了皮，皮子经过精工处理，能为贵妇人做成漂亮的手套，或给文雅绅士们做成夏天穿的凉鞋。

　　我们都柏林市，可适当地点设立专用的屠宰场，我相信，屠夫是不会缺少的；不过，我建议还是买活小孩现宰现做，就像烤小猪那样。

　　一位品德高尚、为我仰慕的名士，真正的爱国者，最近动了雅兴，也谈起这个问题，打算把我的方案加以修订。他说，近来我国许多绅士滥杀鹿群，引起鹿肉缺乏；他认为，这可用十四岁以下、十二岁以上的少年男女的肉来加以补充，因为我国各地大批男男女女正由于无活可干、无事可做而在那里挨饿。可以趁这些人一息尚存，由他们父母加以处理，或由他们近亲代劳。然而，尽管我对这位高贵的朋友、功勋卓著的爱国人士十分敬仰，对于他的高见却未便苟同；因为我那位美国朋友曾经说过，根据他自己的多次试验，少男们由于活动频繁，像我们的小学生那样，肉质一般硬而且瘦，味道不好，把他们养肥了再卖又怕亏本。说到少女呢，鄙见以为吃掉恐于社会有损，因为稍待时日她们自己就能繁殖了。而且，某些谨小慎微之徒说不定还要谴责（虽然很不公平），说这种行为几近残忍。实在话，对于任何方案，如果手段残忍，我也向来强烈反对，不管那动机是多么良好。

　　不过，我还是要为我那位朋友辩护一句，因为他倒是说过，他之所以想出这么一种权宜之计，是受了那个出了名的台湾岛人萨曼纳扎的启发。约当二十年前，那个人从他本土来到伦敦，在交谈中对我那朋友说，在他本国，如有青年人被处死刑，刽子手就把犯人尸体当作一种珍馐美味卖给王公贵人；还说，当时有一个十五岁少女因为图谋毒死皇帝而被磔刑，那肥胖的身体挂在刑架上，肉被一片一片割下来，卖给万岁爷的宰相和其他宫廷大员，一共卖了四百克朗。我实话实说，我们都城里有不少胖姑娘，自己一个钱也没有，可是一出门就得坐轿子，穿着并非自己挣钱买来的进口华丽衣裳，在剧院和交际场所进进出出，要是把她们也照那样利用一下子，对于国家大概不会有什么损失。

有些意气消沉的人非常担心那许多穷苦的老弱病残者，要求我动动脑筋想个什么办法来减轻国家的这一项沉重负担。但我丝毫不必为这件事操心，因为，众所周知，他们这些人由于寒冷、饥荒、污秽、害虫，天天都在死亡、烂掉，正像我们所料想的那样快。至于那些青年劳工，他们的当前处境也差不多同样大有希望。他们找不到工作，由于缺乏营养而日渐憔悴，即使偶尔被人雇去做工，也没有力气干活；因此，国家和他们本人也就非常圆满地摆脱了未来的灾难。

话扯得远了，我现在回到正题。我认为，我所提出的这个建议好处很明显，很多，而且事关重大。

第一，我已经说过，这个方案能大大减少天主教徒的人数。他们在我国到处蔓延，成为本民族的主要生殖者，也是我们最危险的敌人。他们趁许多善良新教徒出走之机，自己留在国内，图谋把国家送给那个冒牌国王；那些新教徒则不愿待在本国，违背良心向副牧师交纳什一税，只好出国他走。

第二，那些穷苦佃户也因此有了一点属于自己的值钱东西，依法还可以没收，以抵押应该交给地主的一部分田租，因为他们的谷物和耕牛早被夺走了，更不知道钱是什么样子。

第三，十万个两岁以上小儿的养育费，每人每年非十先令不办，因此，国库每年就可增加五万镑的收入；这还不算摆到全国有口福的富家绅士餐桌上的那一道新鲜菜肴；而赚来的钱仍可在我们自己当中流通，因为这种货物完全是本国自产自造。

第四，常年的生育者，在卖掉子女之后，除了每年八先令的收益，小儿一周岁后的一切养育费也一并免掉了。

第五，这种食品还能给酒馆招徕大批顾客。酒馆主人一定会细心访求烹制妙方，以吸引那些讲究美食的风雅绅士川流不息地到酒馆里来；而手艺高明的厨师既懂得如何投客人之所好，又要想尽法子把这道菜做得越贵重越好。

第六，这将大大推动人们结婚。本来，对于这件事，凡是贤明的政府不是用奖赏来鼓励，就是拿法律和刑罚来强迫的。做母亲的对她们的子女也会因此特别加以关心和爱护，因为她们知道社会上对于这样的小宝宝已经作好了某种安排，她们自己每年无须花钱，还有赚头。这样，我们就会看到，在已婚妇女之间将会出现一种正当的竞赛活动，看哪一个能为市场提供最肥的小儿。男人们在妻子怀孕期间也会对她们格外爱惜，正如他们现在爱惜那怀驹的母马、怀犊的母牛或者就下仔的母猪，而不对她们拳打脚踢（这本来是家常便饭），因为怕她们小产。

此外，还有很多好处可以列举出来。譬如说，能为我国出口桶装牛肉增加几千头牛，有利于猪肉推销，以及提高咸肉的加工技术，等等。咸肉本为我们餐桌上必不可少之物，近来却因生猪大量死亡而变得奇缺；但要论起风味和豪华来，它断断比不上养得肥壮的小儿，整只烤了摆在市长的酒席或者其他公共宴会上，那才真显出走十足的派头。然而，凡此种种，为了行文简洁，我都略过不提了。

假定在这个城里有一千户人家是小儿肉的常年主顾，再加上为了庆祝婚礼和命名日而欢宴时的零买，计算起来都柏林一地每年可销去将近两万具尸体，剩下八万具（售价或许要略予降低）则可运销到全国各地。

对于我这个建议，我想别人不至于提出什么反对意见，除非有人要说全国人口定会因此大为减少。这一点我坦白承认，而且它也正是我把这一方案公之于众的主要目的所在。我还要请读者明鉴，这套济世方略是专为爱尔兰这个国家而制订，并不适用于过去、现在、以致将来世界上其任何国家。所以，别人就不必再向我提别的什么办法，例如，对于国外居住者的收入每镑课以五先令的税金；对于非本国产制的衣物、家具一律不用；抵制一切容助长外国奢靡之风的材料和器件；对于妇女的傲慢、虚荣、懒惰、赌博加以纠正，以杜绝浪费；提倡一种俭约、谨慎、节制之风；学习热爱祖国——在这方面，我们甚至还比不上拉普兰人和托品南布的土著；停止敌对、派别活动，不要像犹太人那样，国破家亡关头还在自相残杀；要稍稍留神，不要把祖国和自己的良心白白出卖给人；教育地主们对佃户至少发那么一点善心；最后，要在我国商人们当中灌输一种诚实、勤勉、干练的精神；现在只要刚一做出购买国货的决定，他们就立刻串通一气，在价格、分量、货色方面对大家进行欺骗和勒索，无论怎样经常对他们加以劝说，他们总不肯公平交易，信诚无欺。

因此，我在此重申，别人不必向我再提以上这些以及其他类似的办法，除非他们能看到一线希望的光芒，真有什么热心人要把它们付诸实现。

至于我自己，多年以来虽然提过不少空洞、迂阔、不切实际的意见，但是毫无成功之望，早已心灰意冷，幸亏最后才想出这么一个方案，它不落陈套，切实可行，既不花钱，又不费事，可以完全由我们自己做主，也不会得罪英国。因为，这一类商品无法输出，小儿肉质太嫩，禁不起在盐里久放；虽然，我能指出一个国家，它不要盐也可以高高兴兴吃掉我们的整个民族。

说到底，我并不刚愎自用，对于时贤高见一概排斥，只要有人能提出同样纯正、省钱、简便易行、效果显著的建议。但是，在没有人能够针对鄙人方案提出那种建议，并且拿出更好的方案之前，我恳求其他献策人对于以下两点惠允过细考虑。第一，目前就有十万个无用的小儿，张嘴要吃，光背要穿，怎样支为他们找到衣食？第二，现在全国各地的职业乞丐，连同那些实际上也等同乞丐的多数农夫、村民、工人和他们的妻子儿女，加起来整整一百万之多；这一百万徒具人类模样的动物，仅仅为了维持生存就得陷入两百万英镑的债务。这恳求那些反对我的建议并且胆敢提出反驳的政治家们，请他们先去问一问那些人的父母，看看他们是否觉得如果自己早在一周岁时，就照我说的办法被卖作食料，倒真是一种莫大的幸福，可以免除他们一生所经历过的那种漫长的苦难，包括：受地主压迫，无钱无业，交不起租子，生活上又缺社会补助，既无房屋，又无衣裳可以遮风避雨，以及他们子孙后代将要不可避免永远陷入类似或更为悲惨的境地。

我恳切声明，本人倡导此项急需事业，除为促进贸易、抚育幼儿、救苦济贫、娱乐富户而竭尽全力，且为国家造福之外，别无他图；我个人是一丝也得不到的。我的子女中最小的一个已经九岁，所以不能拿出去赚钱；我的老伴儿呢，生育期也早过去了。

※ 《婢仆须知》总则

主人或太太指名叫一个仆人的时候，要是那个仆人不在跟前，他们谁也别去答茬儿，因为那么一来你的苦活儿就没完没了；而且主人自己也说过，对仆人只要叫谁谁来就行了。

要是你办了一件错事，切记你嘴头要硬、态度要横，还要做出你自己倒是受了委屈的样子；这么一来，你的主人或太太就泄了劲儿了。

如果你看出你的主人受到你的哪位同伙仆人欺骗了，千万要守口如瓶，否则人家就要说你搬弄是非；但是个人要是主人的心腹，他本来就理当受到全家上下仇恨，那么，在精心算计之后，你们不妨把一切错事都推到这位宠仆的头上。

厨子，司酒的，马夫，采购，以及每个与家庭费用有干系的仆人，出手要大方得仿佛他主人的家产应该全都花在他那一项用度上似的。譬如说，如果厨子计算出他主人的家产是年收入一千镑，他就可以合情合理地判断每年一千镑用来买肉尽够了，因此也就无须俭省；司酒的也做出同样判断，马夫和车夫也可如此，这么一来，每项开支都得到了满足，也给你们的主人增了光。

如果你在客人面前受到责怪——既然你对主人或太太毕恭毕敬，他们这么做自然是不礼貌的——常常会有某位心地善良的客人出面为你说句好话；在这种情况下，你大有权利证明自己有理，而且可以公正地下个结论：以后无论什么时候、在任何其他场合下，只要他责骂你，都是你的错；而且，这件事例你只要按照自己的心意向你的同伙仆人详细叙述，你的这种看法还会更坚定，他也一定会支持你；因此，正像我方才说的，无论什么时候受到责怪，你尽管诉苦，仿佛你自己受了委屈。

仆人被派出去送信，送完了信，常常还会在外面耽搁很久，两点，四点，六点，八点，或者差不多这么长的时候，因为世上的诱惑确实很大，血肉之躯是总是抵抗不了的。等你回去，主人大发雷霆，太太也责骂，什么剥掉衣服呀、拿棍子打呀、赶走呀，这一类的话都说出来了。对于这个，你应该准备好一套借口，以便在各种情况下使用。譬如说，你的舅舅今天早上跑了八十英里到城里来，专门为了看你，明天天一亮就要走了；一个仆人兄弟，借过你一笔钱，现在丢了差事，明天就要跑到爱尔兰去了；你去跟一个同伙仆人告别，他要上船往巴巴多斯去；你父亲交给你一头母牛去卖，直到晚上九点你还找不到贩子；你去跟一个表兄弟告别，他下星期六就要上绞架了；你碰上一块石头，脚脖子扭伤了，疼得你在一家铺子里待了三个钟头才能挪动一步；不知谁从阁楼的窗口把肮脏东西扔到你的身上，你只得把衣服弄干净，等身上没有了气味，才好意思回家；你被拉去当兵，带到治安法官面前，等了三个钟头，他才盘问你，你费了好多麻烦才得脱身；一个法警错把你当作债户抓起来，在欠债拘留所整整关了一个晚上；你听说你的主人上酒店去，碰上了什么倒霉事，所以你非常难过，就到球场街和法庭街之间的一百家酒店去打听你家老爷的下落。

你要站到商人们一边去对付你的主人，如果派你去买什么东西，千万不要压低价钱，而要慷慨大方地照价全数付给。这很能给你的主人挣面子，而且也会有几个先令落进你的腰包；你要想想，即使你的主人花费得太多了，他总比那个可怜的商人更赔得起这笔损失。

除了把你雇来专门做的那件事，对任何别的事情一点儿都不要做。譬如说，马夫喝醉了或是不在家，司酒的被命令去关马厩的门，现成的答复是："回老爷的话，我不懂马匹方面的事情。"如果挂幔的一角缺少一个钉子把它钉牢，跟班的被指定去把它钉起来，他就可以说他不懂那一行，老爷最好去请装修工。

主人和太太总爱抱怨仆人们走出房间时不关门；但是主人和太太从来也不肯想一想：那些门开了才能关，又开又关就得费两遍力气，所以，最好、最简便、最不费力气的办法就是既不必关也不必开。要是你们常常被缠着非关门不可，你们就在走出去时把门弄得"砰"的一声，使整个房间摇摇晃晃，使每件家具咯咯吱吱地响，好给你们的主人和太太提醒，知道你们遵守了他们的指示。

如果你看出来自己渐渐得到了主人和太太的好感，可以找个机会用非常温和的方式向他们提出辞工声明；他们要问为什么，并且表示不愿意把你辞退，你就回答说，你比任何人都更愿意待在他们家里，但是一个可怜的仆人想力图改善一下自己的处境，也是无可责怪的；因为当差不是继承遗产，而且你干活很多，工钱却非常微薄。这么一说，只要你的主人心存宽厚，他就要每季给你增加五先令或十先令，而不让你走；万一达不到目的，你又不想离开，就找一个同伙仆人告诉你的主人，说是他劝你留下来了。

你可以把白天捞摸到的好吃东西留到晚上，跟同伙仆人们开宴会；再拉上司酒的，让他给你们弄点酒。

用蜡烛的熏烟把你自己的和你心上人的名字都燎在厨房或者仆人下房的天花板上——好显示一下你的学问。

假如你长得年轻漂亮，在餐桌旁对女主人说悄悄话的时候，不妨把你的鼻子完全贴到她的脸蛋儿上；要不然，如果你的气息很好闻，也不妨全都哈到她的脸上；这么做，据我所知，曾经在某些家庭里产生过令人非常满意的后果。

不等到喊叫三四回，绝不要走过去；因为，只有狗才一听呼哨就上去呢；主人喊"谁在那里？"仆人也不必去，因为"谁在那里"并不是人的名字。

即使你们的饮水器具全都摔碎在楼梯下面（这种事每星期都要发生的），照样有铜壶可以使用；它可以用来煮牛奶、热粥、盛啤酒，必要时还能当夜壶；把它用在这一切地方，无所不可；只是千万不要洗它、擦它，以免使镀锡受到磨损。

尽管在仆人下房里吃饭备有刀叉，但你们应当留着不用，要用就只用主人自己的那几副。

可以定下一条永恒不变的规则：凡是仆人的下房或厨房里的椅子、板凳或者桌子都必须只能有三条腿；据我所知，这是自古以来一切家庭里的通例，所以如此，据说有两条理由：一，表示仆人们总是处于动荡不安的状态；二，这也表示一种谦虚的态度，若曰：仆人们的椅子和桌子应该比主人的椅子和桌子缺少一条腿。我承认，这条规则对于厨娘来说可以有例外，因为她，根据古老的习惯，被允许有一把圈手椅，可以供饭后打盹儿之用；但是我也很少看见这些椅子有三条腿以上的。据哲学家说，仆人们的椅子这种流行性的瘸腿病要归咎于两个原因，即造成最大的国家剧变者——我指的是恋爱和战争。一条板凳，一把椅子，一张桌子，在一场总体战或小冲突中，都是顺手可拿的武器；和平恢复之后，那些椅子，倘若不是十分牢固，在恋爱行动中又很容易受到损坏，因为厨娘多半胖而且重，而司酒的又有点儿醉了。

每看见女仆们把裙子用别针钉起来在街上走，对那种粗鲁样子我真受不了；说什么怕把裙子弄脏，不过是一种愚蠢的借口，因为等她们回了家，走下楼梯时蹭上三四回，裙子不就干净了？

你要是逗留在外边，跟同一条街上的仆人密友聊天儿，一定让临街的门敞开，这样你回来时就不必敲门；不然女主人知道你出去了，一定会骂你。

我十分恳切地劝告你们大家要和谐一致。但可不要误解，我的意思是说：你们彼此之间爱怎么吵就怎么吵，只是要永远记住你们有一个共同的敌人，那就是你们的老爷和太太，你们需要保证你们的共同利益。请听我这个行家老手一句话吧：谁要是对于同伙仆人心怀私愤，到主人那里去翻弄口舌，你们就该发起一个总同盟，把他弄得身败名裂。

无论在冬天或夏天，全体仆人聚会的大本营都是在厨房里；家里的各项大事，无论关系到马厩、奶场、备膳房、洗衣作、酒窖、育婴餐厅或者太太的卧室，都是要在那里商量研究的——在那里，既然你们如鱼得水，可以十分放心地大笑、大叫、大闹。

如果哪个仆人回来时喝醉了、无法露面，你们大家一定要向主人报告，说他躺在床上病得很厉害；心地慈祥的太太听了这话，就会吩咐人给那个可怜的仆人或丫头送点好吃的东西。

你们的主人和太太一起出外赴宴，或者在晚上串门访友去了，你们只用留一个仆人在家就行，再不然，倘若你们有一个赖皮男孩，就叫他应门并照看小孩子。究竟该谁留在家，可以拈阄决定；留在家的人要想消愁解闷，可以叫情人来相会，不用怕被双双捉住。这种机会偶尔一遇，千万不可错过；何况有人留在家里，你们是足够安全的。

要是你们的主人或太太回到家里，要找的那个仆人恰好出去了，你们应该回答说：他刚刚出去，因为他有一个病得要死的表兄弟派人叫他。

如果你的主人指名叫你，你不必急，等他叫到第四声再答应；要是他责怪你迟延，你可以振振有词地说，你没有马上来，因为你不知道为什么要叫你。

　　每逢你做错事受到责骂，你走出房间或走下楼梯时一定要大声抱怨，好叫他相信你是清白无辜的。

　　主人或太太外出，要是有人来访，你不必费心去记住那个人的名字，因为你需要记的其他事情已经实在太多了。况且，那该由门房去管，主人不用门房，是他自己的错；谁能记住那么多名字呢？你一定会记错的，你既不会写字又不会念书。

　　可能的话，不要对你的主人或太太说谎，除非你有根据认为他们不会在半个钟头以内发现。

　　若有哪个仆人被解雇了，把他的过错全都揭发出来，尽管其中的大部分主人或太太从来不知道；别人干的坏事也不妨全算到他的账上。他们要是问你们当中某个人：你们过去为什么不来报告？可以答道："老爷（或太太），我生怕惹你生气；而且，说不定你会认为我是挟嫌报复。"家里若有小少爷、小姑娘，对于仆人们取乐消遣是很大的障碍，唯一的办法是拿好吃的糖果去收买他们，免得他们到爸爸妈妈那里告状。

　　我要给主人住在乡下的那些仆人们出个主意：每逢有客人告辞，你们总要整整齐齐排队相送，盼着讨点儿赏赐；这时候，客人必须从你们中间通过，你们谁也不要让他白白走掉，否则他一旦有恃无恐，就不会大大方方拿钱出来；你们还要根据他这次的表现，记住下次怎么对付他。

　　如果你受差遣拿着现款到一家铺子买东西，凑巧手头缺钱花，不妨把那笔钱昧下，拿货时把账记到你主人的名下就是了。这么做，对于你的主人和你自己都很体面，因为靠着你的推荐，他才成了有信誉的人。

　　有时女主人派人叫你去到她的卧室，对你有什么吩咐，你一定要站在门口，让门敞开；她对你说着话，你要不停地玩弄门锁，还要抓住门把手，免得你离开时忘记锁门。

　　如果你的主人或太太在你们一生当中凑巧有一次错误地责怪了你，你就成了一个幸福的仆人，因为，在你给他们当差的整个期间，什么也不用干了，每逢你再做了什么错事，你就可以重提一下他们那次错误的指责，并且申辩说你在这一回的事情上仍是清白无辜的。

什么时候你想脱离你的主人，又不好意思说出口，恐怕惹他不高兴，最好的办法是一反常态、突然变得粗暴无礼起来，直到他觉得只有把你辞退才算完事；你离开之后，为了出一口气，还可以对你所有那些没差事的仆人兄弟们把你的主人和他的太太如此这般地描述一番，让他们谁也不敢去给他们当差。

有些讲究的太太们害怕伤风感冒，她们看到楼梯下面的女仆和其他用人走进来或出去到后院，常常忘记关门，就设计了一种滑轮和一根下端系一个大铅块的绳子，安装起来，门可以自动关住，要开就得费很大劲。这可给仆人们增加很多麻烦，因为他们忙，一个早上就要进进出出五十多趟。但是，心灵巧手，克服一切；足智多谋，就有办法；仆人们为了省去这份辛苦，把滑轮一下子绑死，叫铅块再也起不了作用。不过，依我看，与其如此，干脆在门下边顶一块大石头，让它大开着更好。

由于万物难以长存之理，仆人们的烛台一般说都断了。但是可以拿来应急的东西多的是：你可以很方便地把蜡烛插在瓶子里，或者用一块黄油粘在护墙板上，插在牛角火药筒里，或者插在一只破皮鞋里，插在一根劈开的棍子里，插在手枪膛里，或者干脆用它自己的蜡油粘子上，插在咖啡杯或者酒杯里，插在牛角罐里、茶壶里、卷起的餐巾里、芥末瓶里、墨水瓶里、髓骨里、一块面团里，再不然你也可以在面包上挖一个洞，插在那里也行。

当你邀请邻近的仆人们在某个晚上到你这里举行欢宴时，要教给他们在厨房窗户上轻轻敲打或轻轻刮擦的一种特殊方法，这种声音只有你能听得见、主人或太太却听不见——在这么一个不方便的时间，一定注意，不要使他们受到打扰和惊吓才好。

把一切差错都推给巴儿狗、主人宠爱的猫、猴子、鹦鹉、小孩子或者刚被辞退的那个仆人；这样一来，你既能开脱了自己，又不会伤害别的什么人，也省得让主人或者太太为了责骂你而烦恼生气。

干活的时候，如果缺少合适的工具，你尽管抓到什么就用什么，不要让活儿停下来。譬如说，拨火的铁棍离得远，或者断了，就使火钳拨火；火钳不在手边，就使风箱的喷口、火铲的手柄、炉刷的把、拖把的杆、或者主人的手杖。如果你要燎鸡毛而没有纸，就在屋子里随手抓一本书撕开。你要擦鞋而没有碎布，就用门帘的下端或者花缎餐巾。你号衣上的花边拆下来，可以做吊袜带。如果司酒的缺一把夜壶，他可以使那只大银杯。

熄灭蜡烛有种种不同办法，现在我全教给你：你可以把蜡头扔到护墙板上，烛花一下子就灭了；你可以把蜡烛放在地板上，用脚把它踩灭；你可以把它头朝下拿着，让它被太多的蜡油闷灭；也可以把它塞进烛台的凹槽里；你可以拿着它一圈又一圈地旋转，直到它熄灭为止；你上床去睡觉，撒过尿之后，可以把蜡头浸在夜壶里；你也可以往食指和大拇指上吐点儿唾沫，然后把烛花掐掉。厨娘可以把蜡头插进和面盆里；马夫可以把它插进燕麦桶里、一把干草里、或者垃圾堆里；女佣可以把蜡烛按在镜子上蹭灭，烛花还能把镜子擦净；但是最快好的办法是一口气把它吹灭，这样，蜡烛可以干净一点，再点也容易。

在家中，背后告状的人最可恼，联合起来对付他是你们大家最重要的事——不管他当的是什么差，都要抓住一切机会破坏他正在干的活，在一切事情上给他制造障碍。譬如说，如果司酒的背后告状，就趁他离开备膳房、门开时，进去把他的玻璃杯都打破；再不然把猫儿或猛犬锁在里边，它们同样会这么干；也可以把叉子或汤匙放错地方，让他找不着。如果厨娘是那一号人，就趁她一转身往锅里扔一团煤灰或者五把盐，再不然往油盆里扔几块冒烟的煤炭，往烤肉上涂抹烟囱的黑灰，或者把烤肉叉的钥匙藏起来。如果跟班的受到嫌疑，就让厨娘把他新号衣的后背涂脏；再不然，等他端着一盆汤上楼，让厨娘舀一满勺汤轻轻地跟在他后边，把汤顺楼梯一直洒到餐厅，然后再让女佣大吵大嚷，使太太听见。侍女爱攀高枝儿，很可能犯那种过错，洗衣女人在洗衣服时一定想法把她的衬衣弄破，并且不给她洗干净；如果她敢抱怨，就告诉全家所有的人说她出汗太多，身上也腥臊，因此，她的衬衣刚穿上一个钟头，比厨房丫头穿了一个礼拜的衬衣还要脏得多呢。

富兰克林

本杰明·富兰克林（1706—1790），美国作家、科学家、政治家。
代表作有《格言历书》《自传》等，大多讽刺时世，求索真理，以促进社会进步和民族觉醒。

※ 哨子

我亲爱的朋友，尊函两封，周三一封、周六一封，均已收悉。转眼之间周三倏然又至。今日不奢望收到新的来信，因为我还未复前信。我尽管懒散，不勤写信，可是假若不回信，又唯恐再也收不到你沁人心脾的来函，这个念头迫使我提起笔来。B先生好意捎信于我，他拟明日登府拜访你，而不是今天晚上前去做客。我一边想着与你愉快的交往，一边坐在桌前，将整个晚上的时光用于想念你，给你写回信，并再三阅读你的来信。

我陶醉于你对天堂的描述，钦羡你去那里生活的打算，并赞同你的大部分结论，即与此同时我们必须尽可能从这个世界中汲取所有的善。依我之见，倘若我们小心谨慎不为哨子付出太大的代价，我们将有可能从这个世界汲取更多的善，忍受更少的恶。因为在我看来，我们所遇见的郁郁寡欢之人当中，大多数是由于对这一告诫漫不经心才遭此噩运的。

你也许会问，我讲的是什么意思？你爱听故事，那么我就讲一个我自己的故事，请别见怪。

那时我才七岁。一个假日，几位朋友在我口袋里塞满了铜币。我急忙奔向一家儿童玩具商店。在路上我遇到一个小男孩，他手中有只哨子，哨音悠扬悦耳，我不禁对它着了迷。于是到了店里，我立马掏出所有的钱，买下一只这样的哨子。然后，回到家中，吹着哨子，到处乱窜，洋洋自得，全家人被我弄得不胜其烦。我的哥哥、姐姐、堂兄、堂姐、表兄、表姐知道了我做的交易后，告诉我其实我付了四倍的价钱买了这只哨子，提醒我原本剩下的钱可以买到哪些好东西，并尽情奚落我的愚不可及。我烦恼不堪，痛哭流涕，责难哨子带给我的懊恼大于带给我的乐趣。

不过，这件事情的印象一直铭刻在我的脑海里，对我以后的生活大有教益。每当我受到诱惑，想去买些华而不实的东西，我便警醒自己"可别为哨子付出太大的代价啊！"于是钱就节省下来了。

长大成人进入社会之后，我观察人们的所作所为，发现遇到过为数不少的人为哨子付出了太多的代价。

当我目睹有人为了王室的垂青恩宠，不惜耗费时间去参加王宫聚会，为了跻身其间甚至牺牲自己的休憩、自由、美德，或许还有朋友，我便对自己说："此人为哨子付出了多大的代价啊！"

当我见到有人为了沽名钓誉，不断投身政治喧嚣中，不务正业，终致一事无成，我便对自己说："他为哨子付出了多大的代价啊！"

如果我知道吝啬为了积聚财富，不惜舍弃舒适的生活、助人的乐趣、同胞的尊敬，以及友情的快乐，我便对自己说："可怜的家伙，你为哨子付出了多大的代价！”

当我遇见放浪形骸的人，为了纯粹肉体的快感，不惜抛弃令人称道的修身养性或挥霍自己的财产，在恣意纵欲中将自己弄得形销骨力、弱不禁风，我便对自己说："你错了，你不是在寻欢作乐，你是在自寻痛苦；你为哨子付出了多大的代价啊！"

如果我看到有人酷爱虚荣的外表或华丽的服饰、气派的宅院、精美的家具、豪华的装饰，不顾自己的财力，不惜入不敷出，负债累累、高筑债台，最终身陷囹圄、了却残生，我会对自己说："哎！他为哨子付出了太大、太大的代价啊！"

当我看到一位相貌端庄、脾气可人的姑娘委身一个性情乖戾、人面兽心的男人，我便对自己说："太可惜了，她为哨子付出了多大的代价啊！"

总而言之，我想人类的痛苦大多是由于对事物的价值作出了错误的估价，为哨子付出了太大的代价而酿成的。

我还是应当对这些不幸的人们宽容一点，因为我明白尽管自恃有这种常识，但是这个世上仍有一些东西极具诱惑力，例如约翰王的苹果，令人庆幸的是它们无法购得，因为假如对它们进行拍卖的话，我很可能在竞买中轻而易举地葬送我自己，最终发现自己又一次为哨子付出了太大的代价。

再见，我亲爱的朋友。请相信，我永远是你真挚的朋友，对你的情感永不改变。

※ 致艾尔维修斯太太

昨晚你肯定表示，为了纪念你亲爱的丈夫要守寡，词意坚决，令我不胜愤愤，回家后倒卧榻上，以为我已经死亡。自觉身在极乐之境。

他们问我，可要特别见见谁，"你们带我去见哲学家。"

"此间花园里有两位哲学家，彼此结为芳邻，非常友好。"

"他们是谁？"

"苏格拉底和艾尔维修斯。"

"两位我都极其尊重；但我要先见艾尔维修斯，因为我懂一点法文，希腊文却一字不识。"

他非常殷勤地望了我一番，说闻我的大名已久。他问了我无数关于战争的事，目前法国宗教、自由和政府的情况。"可是你却没有问起关于你朋友艾尔维修斯太太的事情，而她仍然非常爱你；一小时以前我还在她家里的呢。"

"是吗！"他说，"你使我想起我以往的福分了；可是我要在这里快活一下，应该忘掉这件事。多年来，我心里什么不想，只有她。终于我得到了安慰。我另娶了一个人，再也找不到比这人更像她的人了。的确她并不十分美丽；但有头脑、有才气，无限爱我。她全部心思都用在讨我的欢心上；此刻她正在搜寻甘露佳肴，供我今宵大快朵颐；和我在一起，你可以见到她。"

"我觉得，"我说，"你的老朋友比你更忠实；因为许多人向她求婚，她都拒绝。我坦白告诉你，我爱她逾分，但她对我却很严厉，已经因为爱你而断然拒绝了我。"

"你这样不幸，我可怜你；"他说，"因为她的确是个好女子，非常和蔼可亲。但是德拉罗希神父和摩海莱神父不是有时仍旧在她家里吗？"

"是的，的确在，因这你的朋友她一个也没有失去。"

"如果你能请摩海莱神父喝掺牛奶的咖啡，讨好他，也许你能成功。因为他和思高和圣多玛一样会讲妙理，他有了主张，一层一节说出来，真叫人无法对抗。要不然你就结好德拉罗希神父，送他一本珍本古书，叫他说你坏话，这样反对你有益。原来我早就看出，他劝她做的事，她总是反其道而行，然后才称心。"

说到这里，新艾尔维斯太太拿了甘露进来了；我一看见她就认出是富兰克林太太，我的美国老朋友。我要她重新归我，可是她冷冷地对我说，"我做了你的好妻子四十九年零四个月了，差不多有半个世纪，你该满足了。"

我对于我的亡妻这样拒绝我，大为不满，我立刻决心不理那些没有良心的鬼魂，重新回到这个快乐世界上再看看日光和你。我又回来了。我们来替自己报仇雪恨吧。

1780年1月于巴赛

卢梭

让—雅克·卢梭（1712—1778），法国启蒙思想家和文学家，十九世纪欧洲浪漫主义文学的先驱。1749年他发表了题为《论科学与艺术》的论文，一举成名。卢梭的著名作品有《新爱洛绮丝》《民约论》《爱弥儿》等。晚年写的自传《忏悔录》及其续篇《一个孤独的散步者的遐想》是卢梭人生观的自白。

大师谈生活

021

※ 如果我是富豪

如果我是富豪，我不会到乡间为自己兴建一座城市，在穷乡僻壤筑起杜伊勒利宫。在一道林木葱茏、景色优美的山坡上我将拥有一间质朴的小屋，一间有着绿色挡风窗的小白屋。虽然屋顶铺上茅草在任何季节都是最惬意的，可是我更喜欢瓦片（而不是阴暗的青石片），因为瓦片比茅草干净，色调更加鲜明，因为我家乡的房子都是这样的，这能够帮助我忆起童年时代的幸福时光。我没有庭院，但有一个饲养家禽的小院子；我没有马厩，但有一个牛栏，里面饲养着奶牛，供给我喜爱的牛乳；我没有花园，但有一畦菜地，有一片如我所描绘的果园：树上的果子不必点数也不必采撷，供路人享用，我不会把果树贴墙种在房屋周围，使路人碰也不敢碰树上华美的果实。然而这小小的挥霍代价轻微，因为我幽静的房屋坐落在偏远的外省，那儿金钱是不多，但食物丰富，是个既富饶又穷困的地方。

那儿，我聚集一群人数不多但经过挑选的友人。男的喜欢寻欢作乐，而且个个是行家；女的乐于走出闺阁，参加野外游戏，懂得垂钓、捕鸟、翻晒草料、收摘葡萄，而不是只会刺绣、玩纸牌。那儿，都市的风气荡然无存，我们都变成山野的村民，恣意欢娱，每晚都觉得翌日的活动太多，无法挑选。户外的锻炼和劳作刺激我们的胃口，使我们食欲大增。每餐饭都是盛宴，食物的丰富比肴馔的精美更得人欢心。愉快的情绪、田野的劳动、嬉笑的游戏是世上最佳的厨师，而精美的调料对于日出而作的劳动者简直是可笑的玩意。这样的筵席不讲究礼仪也不讲究排场：到处都是餐厅——花园、小船、树阴下，有时筵席设在远离房屋的地方，在淙淙的泉水边，在如茵的草地上，在桤树和榛树下；愉快的客人排成长长的行列，一边唱着歌，一连端出丰赡的食物；草地桌椅、泉水环石当作放酒菜的台子，饭后的水果就挂在枝头。上菜不分先后，只要胃口好，何必讲究客套；人人都喜欢亲自动手，不必假助他人。在这诚挚而亲密的气氛中，人们互相逗趣，互相戏谑，但又不涉鄙俚，没有虚情假意，没有约束，这更有利于沟通情感。完全不需要讨厌的仆人，他们偷听我们的谈话，低声评论我们的举止，用贪婪的目光数我们吃了多少块肉，有时迟迟不上酒，而且宴会太长时他们还唠唠叨叨。为了成为自己的主人，我们将是自己的仆从，每人都被大家服侍；我们任凭时间流逝，用餐是休息，一直吃到太阳落山也不在乎。如果有劳作归来的农夫荷锄从我们身边走过，我要对他说几句亲切的话使他高兴；我要邀请他喝几口佳酿使他能够比较愉快地承受苦难。而我自己因为内心曾经感受些许的激动而喜悦，而且暗中对自己说："我还是人。"

每逢乡民的节日，我同我的朋友率先到场；每逢邻里举行婚礼，我总是被邀的客人，因为大家知道我喜欢凑趣。我给这些善良的人们带去几件同他们自己一样朴素的礼物，为喜庆增添几许欢愉；作为交换，我将得到无法估价的报偿，一种和我同样的人极少得到的报偿：推心置腹和真正的快乐。我在他们的长餐桌边就座，高高兴兴地喝喜酒；我随声附和，同大家一道唱一首古老的民歌；我在他们的谷仓里跳舞，心情比参加巴黎歌剧院的舞会更加欢畅！

尔德斯密斯

奥里弗·哥尔德斯密斯（1728—1774），
英国18世纪中叶著名作家。

※ 乡间晚会

住在伦敦的人喜欢散步，就好像我在北京的那些朋友喜欢骑马；这里的市民夏天主要的一项娱乐消遣，就是在夜幕降临的时候到离市区不远的那座花园去走走，在那里散散步，亮亮他们的周身华服、满面春风，听听在那种场合的弦管歌喉。

前几天晚上，我接到了我一位老朋友、那位丧服人的请柬，邀请我参加晚会，到那里去吃顿晚饭，在约定的时间到他住的地方去拜访他。我到那里的时候，看到大家都已到齐，正在等我，我那位朋友衣着特别讲究，长袜摆弄的服服帖帖，那件黑色丝绒背心，却不像原来那样崭新锃亮的了，他那灰色的假发，就像真发一样梳理得整整齐齐。一位当铺老板的未亡人，身穿绿色的锦缎，每一个手指头上都套着三个金戒指；顺便提提，我这位朋友就是她的一位众所周知的崇拜者。那位二流的花花公子特布斯先生同他太太一道光临，他穿着廉价的丝绸、肮脏的罗纱而不是亚麻布，头戴一顶礼帽，大得像张着一把伞……

我们还未到达，就早已灯火通明，我不得不承认，一进入花园，我就完全感觉到，此行有我根本意料不到的欢畅愉悦；到处都是灯光烛影，在纹丝不动的丛树间闪烁；阵容齐全的音乐会突然爆响，打破了夜晚的沉寂，在树林深处，大自然的群鸟音乐会与音乐艺术形成的音乐会竞奏争鸣，满座高朋盛装美服，显出满意的神情，每张桌子上都摆满了美味佳肴，一切都布置得令我想入非非，觉得好像享受到阿拉伯法典制订人那种难以想象的幸福，令我赞羡交加，如醉如痴。我的天哪，我对我那位朋友叫道；这真是精美！它把村野之美同庙堂之上的庄严宏伟结合在一起了；每棵树上都挂着不朽贞女的像，而且随意可以触及，如果除去这些贞女，我就看不出这里有什么赶不上穆罕默德的乐园了！谈到贞女，我的朋友大声说，在我们这儿的花园里，她们的确是一种并不丰富的果品；但是如果小姐太太都像秋天的苹果一样丰饶，全部像伊斯兰教园中的美女一样温柔顺从，能够让你们得到满足，那么我想，我们就没有必要去天上寻找乐园了。

我正要附和他的这番话，特布斯先生和其他的客人来找我们，商量采取什么方式，最好的支配利用晚间的这段时刻。特布斯太太主张在花园里温文尔雅地闲游漫步，她注意到，她老是有极好的伙伴随行；那位寡妇则相反，她每个季节也不过只来上那么一次，于是主张找一个优越的地势，站在那儿观看喷泉，她向我们保证，最多不过一个小时，喷泉就要开始喷水了。这样一来就发生了争执，因为争执双方性格不同有如水火，所以，无论谁回一句嘴都势必使争执愈趋激烈。特布斯太太表示怀疑，一些人所具有的基本教养不过是从柜台后面学到的，这种人怎么能装得文质彬彬而又懂得一切呢；而另一位则反唇相讥：有些人固然是坐在柜台后面，可是她们也可以坐在自己桌子的上首，只要她们认为合适，就可以分割三盘美味佳肴，这比起那些边榉头、葱头和嫩鹅、鹅莓都分不大清楚的人来，总要高明一些吧。

要不是那位深知自己妻子生性急躁的丈夫出面，提议停止争论，转移到房间里去，看看可以吃点什么晚餐 （大家都表示拥护），那就很难说，这场争执会闹出什么结果了……

特布斯先生此刻愿意证明他妻子自认精通音乐是确有道理的，于是邀请她为大家高歌一曲；但是她却断然拒绝，因为，你明明知道得清清楚楚，我亲爱的，她回答说，我今天嗓子不佳；一个人的嗓音如果不像自己认为的那样美好，那么唱起来有什么意思呢；而且又没有伴奏，这不简直是糟蹋音乐吗。然而，座上其余的人都不赞成所有这些托词，大家都一致参加邀请，尽管有人也许觉得，他们听音乐早就听够了。特别是那位寡妇，她现在想让大伙相信她有良好的教养，更是热烈催促，好像那一位要是拒绝歌唱，她就决不罢休。于是，那位太太终于同意了，哼哼了几分钟之后，就唱将起来，那份嗓音，那份做作，我可以看得出来，谁也不大满意，只有她自己的丈夫除外。

只有他坐在那儿，目不转睛，全神贯注，还用一只手在桌子上打着拍子。

我的朋友，你一定看得出来，根据此地乡间的习俗，每当一位太太或是一位先生引吭高歌的时候，在座的人都要像一座雕像一样坐在那儿，一声不吭，一动不动。每个人的面容，每个人的肢体，看起来都得像是聚精会神，在歌唱进行的时候，他们都像是全然石化僵化了一般。我们这种木然枯寂的状态，保持了一段时间，耳朵听着歌，眼睛纹丝不动地望着，这时管事的来告诉我们，喷泉就要开始喷水了。我马上看到，那个寡妇一听见这个消息，立即从座位上蹦起来；但是她自觉不妥，只得又重新坐下，以表现自己的教养有素。特布斯太太对这个喷泉早看过上百次了，决意不受干扰，继续唱她的歌，没有一点点怜悯之心，对我们的焦急无奈，她没有表现出一丝一毫的同情之心。我觉得，那位寡妇的那张脸，给了我很大的享受；我可以清清楚楚地从那上面看出，她感觉到良好教养与好奇之心在她内心争斗；在这之前她整个晚上都在谈论喷泉，好像她到这里来就只是为了要看看喷泉，但是这时候她又不能刚好在唱歌之间蹦出去，因为那样一来就要丧失上层社会的那种体面架子，甚或从此以后要失掉上流社会里的伙伴；就这样，特布斯太太继续唱她的歌，我们也就继续听着，直到最后，歌刚刚唱完，侍者进来告诉我们，喷泉已经喷完了！

　　喷泉喷完了，寡妇大叫起来！喷泉已经喷完了，这不可能，它们不能完得这么快！那个听差的回答说，我没有必要违拗你太太的意见，我再跑过去看看吧；于是他去了，很快又返回来，证明那个令人不快的消息千真万确。此刻没有任何礼仪能够束缚住我朋友的那位感失望的意中人了，她用那种再露骨不过的方式表明了她的不快，简单一句话，她现在开始来回挑错儿，最后，刚好就在特布斯先生和太太告诉大家，彬彬有礼的时刻就要开始，太太们马上就可以欣赏喇叭演奏——就在这个时候，她坚决不听硬要回家。

欧·亨利（1736—1799），美国作家，短篇小说大师。

他创作的短篇小说有300多篇，收入《白菜与国王》《四百万》《西部之心》《市声》

《滚石》等集子，其中著名的有《警察与赞美诗》《麦琪的礼物》

《黄雀在后》《最后一片藤叶》等。

※ 爱的磨难

乔从中西部来到纽约，梦想绘画。迪莉娅从南部来到纽约，梦想搞音乐。乔和迪莉娅是在一间画室里相见的。不久以后，他们成了好朋友并且结了婚。

他们居住的只不过是一套狭窄的房间，却生活得很幸福。他们互敬互爱，而且双方都热衷于艺术。直到有一天他们发现已经花完了所有的钱之前，他们生活中的每一件事都是顺心满意的。

迪莉娅决定去做家庭音乐教师了。一天下午，她对丈夫说：

"乔，亲爱的，我找到一位学生了，一个将军的女儿。她是位性情温柔的姑娘。一星期我教三节课，一节课五元。"

但是乔并不高兴。

"我干些什么呢？"他说，"你以为我可以眼睁睁地看你工作而自己却轻松地搞自己的艺术吗？不，我也要挣钱。"

"乔，亲爱的，你真傻。"迪莉娅说，"你必须继续练习绘画。我们一周有十五元钱，会生活得很幸福的。"

"或许我还能卖掉一些我画的哩。"乔说。

每天，他们早晨分手，晚上相见。一星期过去了，迪莉娅带回家十五元钱。她却显得有些疲惫。

"克莱门提娜有时使我感到烦恼。恐怕她不会下苦功夫练习的。但是，那位将军真是一位最可爱的老人！我多么想你能见他一面呀，乔。"

这时，乔从口袋里摸出十八元钱。

"我卖给了一个来自皮奥里亚的人一张我画的画。"他说，"他还定购了另外一张。"

"我太高兴了。"迪莉娅说，"三十三元！以前我们从没有这么多的钱去花费。今晚我们将吃一顿丰盛的晚饭了。"

第二个星期，乔回到家，把新得到的十八元钱放在桌子上。过了半个小时，迪莉娅回来了，她的右手上缠着绷带。

"你的手怎么了？"乔问道。

迪莉娅笑着说："噢，发生了一件滑稽事儿！克莱门提娜递给我一盘汤时，一些汤溅撒到我手上。对此她感到很抱歉，老将军也觉得过意不去。但是，你为什么也这样地瞧我呢，乔？"

"你今天下午什么时间烫着手的，迪莉娅？"

"我想大概是五点钟吧。那把烙铁——我意思是说那盘汤——是在五点左右备好的。你问这个干吗？"

"迪莉娅，来，坐在这儿。"乔说着把她拉到长沙发上，并且坐在她身边。

"你每天都干了些什么，迪莉娅？你真的在做家庭音乐教师吗？告诉我实话。"她哭了起来。

"我找不到一个学生。"她诉说道，"所以，我就在一个洗衣坊里找到一项工作——熨衬衣。今天下午，一个女孩偶然间把一把烙铁放在了我的手上，把我重重地烫了一下。但是，告诉我，乔，你是怎么猜出我不是在做家庭音乐教师呢？

"很简单。"乔说，"我知道关于你的绷带的所有来历，因为是我把它们送给楼下洗衣坊里一个小女孩的，她用热烙铁烫坏了人的手。你明白了吧，我也在你工作的洗衣坊里的动力机房里工作。"

"那么，你画的画呢？你卖给那位来自皮奥里亚的人了吗？"

"算了吧！你的将军和他的克莱门提娜是无中生有的，那么，我那位来自皮奥里亚的人也是胡说的。"

接着，他们两人都大笑起来。

（刘砚冰译）

大师谈生活

029

歌德

约翰·沃尔夫冈·歌德（1749—1832），德国著名诗人，
欧洲启蒙运动后期最伟大的作家。歌德的创作包括诗歌、戏剧、小说、
散文等各种题材的文学作品。他的代表作有《浮士德》《少年维特之烦恼》。

※ 外祖父

为了躲避这种训育和学业上的压迫，我们时常逃到外祖父母那儿。他们的寓所是在菲力堡街，看起来以前像是一座堡垒，因为，行近那儿，我们只看见一个带有雉堞的大门，门的两边连接着两间毗邻的房子，走进去经过一条窄小的过道然后到达一个颇宽大的院子里，四周大小不一的建筑物环立着，它们现在合拢起来成为一所住宅。我们一进去，往往马上溜到园子里去。花园从屋后展开，面积

不小，且收拾得很好。园径大部分用蔓生着葡萄的栏杆围着，园地一部分专种菜蔬，一部分专种花卉，从春到秋，百花轮番地在花坛花床中装点着。朝南长长的墙是用来种植培养得很好的桃树的树栅，整个夏天，它们的禁止采摘的果实熟起来，使我们对之馋涎欲滴。不过，在这儿不能饱我们的馋吻，我们宁愿避开这一边不走，而跑到对面去，那儿一丛丛醋栗和棘莓，一直到秋天还不断结实，打动了我们的贪肠。一棵较老、较高和扶疏的桑树，对于我们也一样有吸引力，一半因为它长有桑子，一半因为我们曾听见人说，蚕是吃它的叶子的。在这个安静的地方，我们看见外祖父每天傍晚闲适而又勤勉地亲自护理他所栽培的果木花卉，而园丁则担任粗重的工作。保养一畦美好的石竹而使之繁茂起来所必需的种种烦劳，他从不厌倦。他亲自把桃树的枝叶小心地拴在树栅上，将它们弄作扇形，以便它的果实的生长得以繁密和舒适一点。郁金香、风信子和类似的植物的球茎的挑选以及它们的保存，他也不假手别人。我还乐滋滋地记起他怎样孜孜不倦地忙着把各种各色的蔷薇接枝。为了保护两手免为玫瑰刺所伤，他当时还戴着那双古代的皮手套。每年在吹笛者法庭开庭的时候，人们献给他三双皮手套，因此，他总不致短了它们。他还常披着一件法衣似的睡袍，头上戴着有褶的黑天鹅绒帽，所以他的状貌像是介乎阿尔金那斯和拉厄脱斯之间的一个人。

所有这些园艺工作，他像办公事那样地有恒和准确地处理。每天在他下楼以前，他总把自己的议案记事册整理好，以备明天之用，并把公文读一下。他早晨上市政厅，回来才吃午饭，然后坐在他的安乐椅上打瞌睡，天天都是如此。他很少说话，总不露出一点暴躁的痕迹，我记不起我曾见过他生气。在他前后左右都是古色古香。在他的镶壁板的屋子内，我从看不见有一点新的变动。他的藏书除法律书外，只有第一流的游记、航海和探险的著作。像这样的引起人们一种牢不可破的宁静和永恒的持续之感的情境，在我的记忆里再不曾有过。

可是，使我们对于这个尊严的老人的崇敬之念达到最高点的，是因为我们深信他具有预言的本领，关于他自己和他的命运的事情，他特别有先见之明。不过，他只向外祖母一人确定地、详细地诉说他心中所感；但是我们都知道他是得异梦的启迪而预知未来之事。例如当他仍是后进的市议员之一的时候，有一回他对外祖母断言，下一回陪审官出缺他就会补上。果然不久一个陪审官中风身故，他在选举投票那天，吩咐家人全都静静地留在家里准备款待宾客和来祝贺的人们，后来他真的给那个决定性的金球选中了。他把那个报信给他的简单的梦告诉外祖母说：他梦见身在市议会的全体例会中，一切都如常进行；忽然那个现已逝世的陪审官从他的座位站起来，走下台阶，向外祖父恳切地致意道：他可坐他空开的位子，说完就从门口走了出去。

当市长因病故出缺的时候，也碰到类似的事。在这种场合，人们不多耽搁就补选新市长，因为他们老是怕皇上会随时再来行使他任命市长的权力。这回由法庭的差役在半夜通知明晨开非常会议。因为差役的灯笼的火将要熄灭，他向外祖父家乞借一小段蜡烛好继续走路。"给他一整根吧，"外祖父对外祖母等妇女们说，"他还是为我奔波的。"结果应验了他的话，他真个当了市长。更特别可异的是当时选举的情形：在抽选举球时他的代表是第三次抽，也是最后才抽，两个银球先滚出来，而金球却沉在袋底留给他。

其他为我所知的梦也是十分平凡、简单，没有妄幻、怪诞的痕迹。我还记得我小时翻动他的书籍和记事日历，我发现在关于园艺的记录中还有这样的记载："今天夜里某某到我这儿来并说……"姓名和启示的话用暗号写下，或用同样的方式写道："今天夜里我看见……"其余的字又是暗号，除去连接词和其他那类看不出什么意思的字句都是如此。

关于这事，还有值得说的，就是有些人本来一点也没有预言的才能，但在特定情况下的一刹那也得到一种本领，由感觉所能觉察到的某些征兆预知同时而在远处发生的病讯或死耗。可是这种本领却总没有遗传给他的儿孙；他们的大多数倒是精力充沛、乐生而立身于现实中的人。

说到这儿，我想起我幼时从这些外戚所得到的好处并对他们表示谢意。例如当我们去看望嫁给食品药材杂货店商人麦尔贝的二姨母的时候，她给我们不少事情做，殷勤地接待我们。姨母的住家和铺子是在城里最热闹拥挤的地方，在市场附近。在这儿我们愉快地从窗间瞧着扰扰攘攘的市场和纷至沓来的群众，那地方我们往常总怕自己跑进去了出不来，初时在铺子里形形色色的货物中只有甘草和由它制成的褐色捺印的小糖果最引起我们的注意，其后渐渐熟识这种商店买入卖出的种种货物。这一个姨母在姊妹中算是最活泼的。我母亲在年轻的时候，喜欢穿着齐整的衣裳做着女红或阅读一本书，而这个姨母却跑到左邻右舍去，把那里没有人管的一些小孩领去，照料他们，替他们梳头和带着他们随处跑。那时她也有很长时间这样子照管我。在公共庆典的日子——比方在举行皇上加冕礼的日子，她便不肯待在家里。还是很小的时候，她已经去抢拾在这种日子没撒下来的钱。我听见人说，她有一回捡了相当数量的钱，正审视着摆在手掌上的这些钱时，有一个人把她的手掌拍了一下，于是她好不容易捡来的财物一下子就丢光了。她还做过这样一桩事情也一样为人所称道：有一回当卡尔七世皇帝的御驾走过的一瞬间，市民全都肃立一旁，她却站在宅前路边的石上高呼万岁，恺撒因此脱帽与她为礼，并且很优渥地感谢她这种勇敢的致意。

在她的家里，在她周围的一切都生气蓬勃，既热闹，又愉快。而我们孩子也因为在她身边而度过好些快活的时光。

我还有另一个姨母嫁给圣凯瑟琳教堂的牧师施达尔克，她是在较宁静而又适合于她的天性的情境中度日的。按照姨夫的意趣和地位，他过着很孤寂的生活，并拥有很好的藏书。在他那儿我开始知道荷马，不过所看到的是一种散文的译本。这是冯·洛安所新编的著名游记丛书第七部，标题《荷马著：特洛伊王国征服论》，附有法国戏剧风味的铜版画。这些插图对于我的想象力有那样坏的影响，以致荷马诗中的英雄很久还只是以这样的姿态浮现于我的脑海中。故事的本身我喜欢到难以言传，我对于这著作只有一点很不满意，那就是它对于特洛伊的征服不加叙述，而那样地毫无生气地以赫克托耳之死结束全文，我向姨夫说出这种非难，他叫我参阅维吉尔的作品，他果真完全满足了我的要求。

贝多芬

路德维希·凡·贝多芬（1770—1827），德国伟大作曲家。
维也纳古典乐派的代表，一生写有交响曲九部，钢琴奏鸣曲三十二首，
协奏曲七部，弦乐四重奏十六部和歌剧配乐等，
其中尤以《英雄》《命运》《田园》和《合唱》等交响乐最著名。

※ 海利根施苔特遗嘱

此遗嘱留给我的兄弟卡尔和……

噢，你们人哪，你们认为或宣布说，我敌视一切，执拗倔强，要不就是说我悲观厌世。你们实在是冤枉我了，你们并不知道你们得到这种印象的隐秘之原因。我的心灵、我的思想自幼就怀着这样一个友善的温存感，要亲自成就丰功伟业。我一直抱有这样的使命感。但是你们只要想一想，六年以来，一种不可救药

的状况侵袭着我，这种状况又因庸医误人而更趋恶化。年复一年，我怀着痊愈的希望，却一再受骗上当，终于不得不看清了这是一种长久持续的疾病（治愈它大概需要经年累月，或许根本就是不可能的）。生就一个热情似火的性格，甚至会为社交场合的消遣娱乐所动，我却很早就不得不与世隔绝，孤寂地苦度时光。有时，我也想超越所有这一切，啊，可我却被听觉已坏的这个双重的惨痛经验无情地推回来；但是我还不能告诉人们说：请说得再大声一点，请放开嗓子吼吧，因为我聋了！啊，怎么可能呢？这样一来，等于是要我宣布我的某个器官已经衰退，而对于我来说，这个器官本来应当比对别人更加完美；过去，我的这个器官是最出色的，其完美的程度过去和现在我的同人中都鲜有人能及——啊，我不能这样做。假如你们看到我抽身离开你们，就请原谅我吧！本来我是想置身于你们当中的。我的不幸使我身受双重痛苦，因为我一则必然被误解，二则不能享受人们在社交中得到的休闲，高雅的交谈，不能互诉衷曲。我几乎只能参加实在无法推托的社交活动，不得不像一个被放逐者一样活着。我一走近一个谈话圈子，一阵恐惧就袭上心头，生怕陷入让别人看出我的状况的危险。这半年里，我的处境也并无二致。我的医术高明的医生要求我尽量保护我的听觉，我目前的状况与我现在的自我感觉几乎一致。虽然在交际冲动的驱使下，我也禁不住诱惑，参加了一些社交活动。但是每当站在我身边的人听见远处传来的笛声，而我却什么也没听见，或是有人听见牧人在歌唱，而我还是什么也听不见，这对于我是何等的耻辱！诸如此类的事件使我近乎绝望，只差一步之遥，我便会亲手结束自己的生命——只有她，只有艺术，在支撑着我。啊，我感觉到，在创造出全部我觉得有兴趣要做的一切之前，我是不可能离开这个世界的，所以我才姑且苟延这可悲的生命——实在是可悲啊，躯体是如此的敏感，任何稍快一点的变化，就可以把我从最佳状态带入最糟糕的状态。——忍耐——，只有忍耐，我现在不得不选择你作为我的引路人。我必须——我时刻企望这就是我作出的决定——坚持到底，直到铁面无私的命运女神想要扯断这条线：这样也许更好，也许不好，但我都会从容应付。我才二十八岁就被迫成为哲人，这并不容易啊，对于一个艺术家比起对于其他任何人都更难——神性啊，你向下看，看看我的内心吧，你了解我的内心，你知道博爱及行善的冲动就居住在我的心中。世人啊，如果你们读到这里，就想一想你们待我的不公平；而这个不幸之人，他在想人世间是否能找到一个跟他相似的人，尽管也为自然的障碍所阻，却竭尽全力以被接纳进入伟大的艺术家和伟大之列；他只有以此来安慰自己。——卡尔和……我的兄弟们，一旦我死去而施密特教授还活着的话，你们立即以我的名义请他描述我的病况，并且请你们把这里这张写了遗嘱的纸附到我的病史中，至少让世人在我死后尽量同我和解。——同时我在此宣布你们两人为我那点小小的财产（如果还可以把它叫做财产的话）的继承人，望你们公平地分配，融洽相处，互相帮助；过去你们所做的使我不快的事，这你们也都知道，我早已原谅了你们。卡尔弟弟，我尤其感谢你在这最后的时日里对我表示的亲近。我的愿望是让你们过上比我更好的、更无忧无虑的生活，让你们的儿女品德高尚。美德，只有她而不是金钱能带来幸福。我是以切身体验来说此话的。在困苦中是美德支撑着我，我之所以没有以自杀来结束我的生命，除了我的艺术以外，我要感谢她。——永别了，你们相互珍重吧——我向所有朋友表示感谢，特别感谢利希诺夫斯基侯爵和施密特教授。——利希诺夫斯基侯爵的那些乐器，我希望你们当中有一人来保管它们，但是不要因此在你们当中引起争端。一俟这些乐器于你们有所裨益，就把它们卖掉。如果我在坟墓里还能对你们有用，我是多么高兴——就这样办吧——我怀着欢乐奔向死亡。——要是它来早了，使我还来不及施展我的全部艺术能力，那么就让它早些来同我艰辛的命运相对抗吧。我还是希望它晚一点来——不过我也满足了，难道它不是把我从一个没有终点的痛苦状态中解放出来了吗？——你想什么时候来，就什么时候来吧，我勇敢地迎接你。——永别了，不要完全忘记死去的我；我有权受到你们这样对待，因为我这一生中常常想到你们，想使你们幸福——

路德维希·凡·贝多芬于海利根施苔特

立此遗嘱，1802年10月6日

（李伯杰译）

兰姆

查尔斯·兰姆（1775—1834），英国散文作家。

兰姆曾创作过诗歌，剧作及评论等，但他最大的成就是随笔。

兰姆的随笔后来收为两个集子《伊利亚随笔集》和《后期随笔集》。

※ 梦中的孩子

孩子们总是爱听关于他们长辈的故事的：他们总是极力驰骋他们的想象，以便对某个传说般的老舅爷或老祖母多少得点印象，而这些人他们是从来不曾见过的。正是由于这个缘故，前几天的一个夜晚，我那几个小东西便都跑到了我的身边，要听他们曾祖母费尔得的故事。

这位曾祖母的住地为脑福克的一家巨室（那里比他们爸爸的住处要大上百

倍），而那里便曾是——至少据当地的传闻是如此——他们最近从《林中的孩子》歌谣里听说的那个悲惨的故事的发生地点。其实，关于那些儿童及其残酷的叔叔一段传说，甚至一直到后面欧鸲衔草的全部故事，在那座大厅的壁炉面上原就有过精美的木雕，只是后来一个愚蠢的富人把它拆了下来，另换了一块现代式的大理石面，因而上面便不再有那故事了。听到这里，阿丽丝不觉微含嗔容，完全是她妈妈的一副神气，只是温柔有余，愠怒不足。

接着我又继续讲道，他们那曾祖母费尔得是一位多么虔敬而善良的人、是多么受着人们的敬重与爱戴，尽管她并不是（虽然在某些方面也妨说就是）那座巨宅的女主人，而只是受了房主之托代为管理，而说起那房主，他已在附近另置房产，喜欢住在那更人时的新居里；但尽管这样，她住在那里却好像那房子便是她自己的一般，她在生前始终非常注意维持它的体面与观瞻，但到后来这座宅院就日渐倾圮，而且拆毁严重，房中一切古老摆式家具都被拆卸一空，运往房主的新宅，然后胡乱地堆在那里，那情形的刺目正像有谁把惠斯敏斯大寺中的古墓盗出，生硬地安插到一位贵妇俗艳的客厅里去。听到这里，约翰不禁笑了，仿佛是在批评，"这实在是件蠢事"。

接着我又讲道，她下世葬礼是如何隆重，附近几里的一切穷人以及部分乡绅都曾前来吊唁，以示哀悼，因为这位老人素来便以善良和虔敬闻名；这点的一个证明便是全部赞美诗她都能熟记成诵，另外还能背得新约的大部。听到这里，阿丽丝不觉伸出手来，表示叹服。

然后我又说道，他们的曾祖母当年是怎样一个个子高高模样挺好的美人：年轻的时候是最会跳舞的人——这时阿丽丝的右脚不自觉地舞动起来，但是看到我的神情严肃，便又止住——是的，她一直是全郡之中最会跳舞的人，可是后来得了一种叫癌症的重病，才使她受尽痛苦，跳不成了；但是疾病并没有摧折她的精神，或使她委靡不振，她依旧心气健旺，这主要因为她虔诚善良。

接着我又讲道，她晚上是如何一个人单独睡在那座空荡宅院孤零房间里；以及她又如何仿佛瞥见那两个婴孩的鬼魂半夜时候在靠近她床榻的楼梯地方滑上滑下，但是她却心中坚信，那天真的幽灵不会加害于她，而我自己童稚的时候却是那么好害怕呢，虽然那时我身边还有女佣人和我同睡，这主要因为我没有她那么虔诚善良——不过我倒没有见着那婴儿们的鬼魂。听到这里，约翰马上睁大眼睛，露出一副英勇气概。

接着我又讲道，她对她的孙子孙女曾是多么关心爱护，每逢节日总是把我们接到那巨宅去玩，而我在那里最好一个人独自玩上半天，常常目不转睛地凝注着那十二个古老的恺撒头像出神（那些罗马皇帝），最后那些古老的大理石像仿佛又都栩栩在活了一般，甚至连我自己也和他们一起化成了石像；另外我自己在那座庞大的邸宅之中是如何兴致勃勃，流连忘返，那里有许多高大空荡的房间，到处张挂着古旧的帘幕和飘动的绣帏，四壁都是橡木护板，只是板面的敷金已剥落殆尽——有时我也常常跑到那敞阔的古老花园里去游玩，那里几乎成了我一个人的天地，只是偶尔才遇上一名园丁从我面前蹭过——再有那里的油桃与蜜桃又是怎样嘉实累累地垂满墙头，但是我却连手都不伸一伸，因为它们一般乃是禁果，除非是偶一为之——另方面也是因为我自己意不在此，我的乐趣是到那些容貌郁悒的古老水松或冷杉间去遨游，随处摭拾几枚绛红的浆果和枞果，而其实这些都是中看而不中吃的——不然便是全身仰臣在葱翠的草地上面，默默地吮吸着满园的清香——或者长时间暴浴在橘林里面，慢慢地在那暖人的温煦之下，我仿佛觉得自己也和那满林橙橘一道烂熟起来——或者便是到园中低处去观鱼，那是一种鲦鱼，在塘中倏往倏来，动作迅疾，不过时而也瞥见一条个子大大但情性执拗的狗鱼竟一动不动地悬浮在水面，仿佛其意在嘲笑那胡乱跳跃的轻浮举止——总之，我对这类说闲也闲说忙也忙的消遣玩乐要比对蜜桃柑橘等那些只能吸引般儿童的甜蜜东西的兴趣更浓厚得多。听到这里，约翰不禁把一串葡萄悄悄地放回到盘子里去，而这串葡萄（按并没有能瞒过阿丽丝的眼睛）他原是准备同她分享的，但是，至少目前，他们两人都宁愿忍痛割舍。

接着我又以一种更加高昂的语气讲道，虽然他们的曾祖母费尔得非常疼爱她的每个孙子，她却尤其疼爱他们的伯伯约翰·兰——因为他是一个非常俊美和非常精神的少年，而且是我们大家的共同领袖；当他还是个比我们大不许多的小东西时，他绝不像我们那样，常常绕着个荒凉的角落呆呆发愁，而是要骑马外出，特别能骑那些烈性的马，往往不消一个上午，早已跑遍大半个郡，而且每出必与猎户们相跟——不过他对这古邸与花园倒也同样喜爱，只是他的性情过于跅弛奔放，受不了那里的约束——另外待到伯伯长大成人之后，他又是怎样既极英俊又极勇武，结果不仅人人称羡，尤其深得那曾祖母的赞赏；加上他比我们又大了许多，所以我小时因为腿瘸不好走时，总是他背着我，而且一背就是几里；——以及后来他自己又怎样也变成跛足，而有时（我担心）我对他的急躁情绪与痛苦程度却往往体谅不够，或者忘记过去我跛足时他对自己曾是如何体贴；但是当他真的故去，虽然刚刚一霎工夫，在我已经恍如隔世，死生之间竟是这样判若霄壤；对于他的夭亡起初我总以为早已不再置念，谁知这事却愈来愈萦回于我的胸臆；虽然我并没有像一些人那样为此而痛哭失声或久久不能去怀（真的，如果那次死的是我，他定然会是这样的），但是我对他确实是昼夜思念不已，而且只是到了这时我才真正了解我们之间的手足深情。我不仅怀念他对我的好处，我甚至怀念他对我的粗暴，他一心只盼他能再复活过来，再能和他争争吵吵（因为我们兄弟平时也难免阋于墙），即使这样也总比他不在要好，但是现在没有了他，心里那种凄惶不安的情形正像当年你们那伯伯被医生截去了腿脚时那样。听到这里，孩子们不禁泫然泪下，于是问道，如此说来，那么目前他身上的丧服便是为的这位伯伯，说罢，仰面叹息，祈求我再别叙说伯伯的遭遇，而给他们讲点关于他们那（已故的）美丽的妈妈的故事。

　　于是我又向他们讲了，过去在悠悠七载的一段时光中——这期间真是忽而兴奋，忽而绝望，但却始终诚挚不渝——我曾如何向那美丽的阿丽丝·温——登表示过殷勤；然后，按着一般儿童所能理解的程度，尽量把一位少女身上所独具的那种娇羞、迟疑与回绝等等，试着说给他们——说时，目光不觉扫了一下阿丽丝，而殊不料蓦然间那位原先的阿丽丝的芳魂竟透过这小阿丽丝的明眸而形容宛肖地毕现眼前，因而一时简直说不清这伫立在眼前的形体竟是哪位，或者那一头的秀发竟是属于谁个；而正当我定睛审视时，那两个儿童已经从我的眼前慢慢逝去，而且愈退愈远，最后朦胧之中，只剩得两张哀愁的面孔而已；他们一言不发，但说也奇怪，却把要说的意思传给了我："我们并不属于阿丽丝，也不属于你，实际上我们并不是什么孩子。那阿丽丝的孩子是管巴尔图姆叫爸爸的。我们只是虚无；甚至不够虚无；我们只是梦幻。我们只是一种可能，或者将来在忘河的苦水边上修炼千年万年方能转个人形，取个名义"——这时我遽然而觉，发现自己仍然安稳地坐在我那只单身汉的安乐椅上，而适才的种种不过是一梦，这时忠诚的布里吉特仍然厮守在我的身边——但是约翰·兰——（亦即詹姆斯·伊里亚）即已杳不可见了。

※ 兰姆书简四通

致柯勒律治

1. （1796年9月27日）

我最亲爱的朋友：怀特，或者我的其他一些朋友，或者报纸，在这个时候可能已经把降临到我们全家头上的灾祸告诉你了。我先对你说一下大略情况：我那可怜的、最亲爱的姐姐，在一阵精神错乱之中，竟把她的亲生母亲杀死了。我在旁边只来得及把刀子从她的手里夺过来。她现在进了疯人院，恐怕还要从那里被送到一所医院去。上帝还让我保留着理智：我能吃、能喝、能睡，判断力（我相信）还非常健全。我可怜的父亲受了点儿轻伤，由我留下来照顾他和我的姑妈。蓝衫学校的诺里斯先生对我们非常非常好，我们也没有别的什么朋友了；但是，感谢上帝，我现在非常平静而镇定，能够把留下来的事尽力做好。请给我写一封尽可能充满宗教精神的信吧，但不要再提已经发生过并且结束了的事。对于我来说，"从前的事已经过去了"，除了感受一切，我还有很多事情要做。

愿全能的上帝把我们所有的人都放在他的保佑之下！

（查·兰姆）

别对我提什么诗歌。我把过去的那些虚荣心的最后一点痕迹都销毁了。你爱怎么办就怎么办吧，不过，如果你发表我的诗（我给你自由），可不要用我的名字或者省略字母，千万不要给我送书，我求你。

你自己也明白，这件事先不要告诉你亲爱的妻子。你要照看你的家庭；我还有正常理智和力气来照管我的家庭。我求你，别想来看我。写信吧。你来，我也不见你。愿全能的上帝保佑你们和我们所有的人！

（查·兰姆）

2.（1796年10月3日）

我最亲爱的朋友：你的信对于我是无价之宝。我知道，让你知道我们的前景还多少有点儿光明，对你也是一种安慰。我那可怜的、最亲爱的姐姐，全能上帝对我们一家进行惩罚的不幸的、不自觉的工具，现在已经恢复了知觉，恢复了对于所发生的一切的可怕知觉和记忆——这对于她的心灵是可怕的，而且直到她生命的终结也是永远难忘的，但是，经过顺从天意的虔诚之心和理智判断的调节，即使在这个早期阶段，她已经知道如何区别什么是在一阵短暂的疯狂中所做出的行为、什么是杀害母亲的骇人罪行。我跟她见面了。今天早晨，我看到她是平静而安详；远远不是那种没心没肺、一切都撇在脑后的安详——她对于所发生的事情流露出最真挚、最温柔的关怀。说实在话，从一开始（尽管她的精神错乱看起来是那样可怕和无望），我对于她的精神力量和宗教信念仍怀有足够的信心，企盼着有朝一日连她也能够恢复宁静。赞美上帝吧，柯勒律治！说来真是奇怪，这些天来我从来也没有失去过镇定和平静；甚至在那个可怕的日子，在那个可怕的事件当中，我仍然保持着一种宁静，一种并非出于绝望的宁静——旁观者也许会把它解释为漠不关心。

我要说某种宗教信念大大地支撑了我，这是不是傻气或者罪过？自然，我承认，也有其他有利因素。我觉得，除了感到痛惜，我还有别的事情要做。在那头一天晚上，我的姑妈人事不省地躺在那里——从外表看去，像要死的人；我可怜的父亲，额头上涂满了膏药，是被自己的女儿刺伤的，他深深地爱她，她也同样深深地爱他；我那被杀死的母亲的尸体就在隔壁；但奇怪的是我仍然信心十足。那天晚上我躺在那里一夜没有合眼，但是既不恐惧，也不绝望。从那以后，我就再也不失眠了。长期以来，我习惯于不倚靠感性中的事物而追求内心的理解，从不满足于"愚昧的现今"；——正是这一点支撑了我。现在家庭的重担完全落在我的身上了；因为我哥哥（我这样说并非对他没有感情）过去对于老弱病残之人一向不愿操心，如今他的腿又不好，如此这般的事自应豁免，那么剩下的只有我一个人了。有一件小事可以让你了解我怎样控制自己的心情。在那不幸事件发生一两天以后，我们把在家里已经腌了几个礼拜的一条牛舌烹调了做菜吃。可是我刚一坐下来，一种痛悔的心情就袭上心头：这条牛舌是玛利给我弄来的；现在她远远离开了，我能这样坐下就吃吗？接着，又有一个念头使我感到一些宽慰：要是我沉湎于这样的感情之中，那么每一把椅子、每一个房间、房间里的每一件东西，都能唤起最强烈的悲痛。我一定得摆脱这种脆弱情绪。我希望这并不是缺乏真正的感情。

不过，我不能让这种感情一直支配着我。到了第二天（从那个充满惊恐的日子算起），就像在这种情况下通常发生的那样，大约有二十个人，我想，到我们房间来吃晚饭——他们说服了我跟他们一块儿吃（因为我从来不拒绝吃饭）。他们还欢闹取乐！有人来是出于友情，有人是好奇凑热闹，有人是感到有趣儿。我正要跟他们一块儿吃饭，突然想起我那可怜的死去的母亲还躺在隔壁，就在隔壁房间里——这位母亲一辈子什么都不想，只想着儿女们的幸福。于是愤慨、悲痛、悔恨一齐涌到我的心里。在一阵感情剧痛之中，我像机械似的走到隔壁的房间，跪在母亲的棺材旁边，为了自己这么快就忘记了她，请求上天和她的宽恕。宁静恢复了。这是曾经把我控制住的唯一的一次强烈感情。我想这对我有好处。

我提这些事情，是因为我讨厌隐瞒，我喜欢对我内心的经历作出忠实的记录。我们的朋友们都非常好。萨姆·列·格莱斯那时恰好在城里，他头三四天一直陪着我，对我就像亲兄弟一样；他拿出自己每一刻钟的时间，不顾自己的身体健康和精神劳累，一直侍候着我那可怜的父亲，顺着他的意思，陪他说话，给他念书，跟他打克立贝吉（老头子记性也太差，验尸官还在对面进行调查，他竟然跟人玩牌，仿佛什么事也没有发生似的！）萨缪尔离开的时候动情地哭了，因为他母亲给他写了一封非常严厉的信，说他在城里耽搁太久，他不得不走了。基督慈幼学校的诺里斯先生对我就像父亲一样，诺里斯太太就像母亲——虽然我们没有任何权利要求他们这样。另一位先生，是我教母的兄弟，我们更是没有权利也没有理由指望他给我们什么帮助，竟然送我父亲二十镑钱。除了上帝对我们家的这一切福佑之外，更想不到的，在这种时候还有一位老太太，我父亲和姑妈的一位表姐，一位有钱的女士，打算把我姑妈接走，好让她在短短的余年能过上舒坦的日子。我姑妈已经恢复得像往常一样了，她想到要走也很高兴，慷慨地把她那小小私房钱的利息（从前交给我父亲作为她的食宿费）拿出来专为我姐姐使用。这么算起来，爹爹和我两个人，再加上我不得不外出时雇来照顾他的一个老保姆，我们一年能有一百七十镑（更确切点说，一百八十镑），从这笔款项中我们可以至少抽出五十镑或六十镑给待在伊斯灵顿的玛利，因为在她父亲的有生之年，为了他和她的安宁，她必须一直待在那里。我知道约翰会对这件事说三道四的，但玛利绝对不可以进精神病院。疯人院的那位好太太，以及她的女儿，一位漂亮的、举止可爱的姑娘，都爱她，非常喜欢她；玛利也亲口告诉我，她也爱她们，愿意跟她们长住下去。可怜的人，她们说她前天还说过，她知道她只好终生待在精神病院了，因为她的一个兄弟希望如此，而另一个兄弟不希望如此，但不得不顺水推舟；她还说过她过去每从精神病院门前经过，都想"我可能命里注定要在这个地方住一辈子"，因为她觉察到自己的头脑常常发呆，还想起自己多次发生过这种严重的疾病。我父亲在圣诞节能拿到一笔一百镑遗产，加上我刚才提到的二十镑，还有家里的那些钱，足够使我们不欠债还有富裕。要是我父亲、老保姆和我，一年拿着一百三十镑或一百二十镑还不会生活，而且过得舒舒服服，那么我们就应该被人用慢火烧死；所以我希望玛利能够不进精神病院。另外，关于我哥哥，也不要让我在你心上留下什么不好的印象。自从发生这件事情以来，他很友好、很有兄弟情分；不过我也为他的精神担心：他一向过日子清闲惯了，跟艰难困苦奋斗他毫无准备，让他一下子陷进苦日子里是不会多么习惯的；而且他准备要说什么话，我也知道："查尔斯，你可要照顾你好自己；你平时怎样娱乐享受，现在一样也不要减少，"等等，等等，以及其他诸如此类的说法。但是，你是一位决定论者，你能尊重精神的差异，并且会喜爱一种不完善性格中的可爱之处。他一直很好，我只是为他的精神担心。感谢上帝，我可以把他摆脱，今后把我父亲的钱都掌管在我这里，因为我得照看爹爹，而对这件事情，可怜的约翰并没有表示丝毫的愿望跟我分担，哪怕是在将来的任何时候。疯人院的那位太太向我保证说她很快就可以把医生和药剂师打发走，只消在一段时间内保留着镇静剂就行了；还说她另外还有一处地方，费用便宜一点，她在那里可以腾出一个带有一个护士的房间，一年五十镑或五十基尼——外面的要六十镑。你看，通过节约我能省出多少钱来让她过得舒舒服服。我想，如果她继续在那儿待着，她将来可以做那个家庭的一个成员，而不是病人；因为我非常喜欢那位老太太和那个姑娘，玛利也很爱她们；而她们呢，也像常言说的，对她开始产生了不平常的好感，如果人们见了我姐姐就喜爱她算什么不平常的话。

在我所见过的一切世人当中，我这可怜的姐姐是最最彻底地没有自私气味的人。可怜的、最亲爱的人，为了我自己的安慰，我将来要在一封信里细说她的种种品德，因为我完全了解她；要是我没有看错的话，如果把她放在最艰难考验的处境之中，她会被人发现（我担心我这样说不够谦逊）——但要像凡夫俗子那样只管傻说的话，我相信，她会被人发现是一贯伟大而可爱。愿上帝保佑她现在的神志！感谢和赞美上帝对于人类的种种安排！

查·兰姆

刚才提到的各种好运和前景变化几乎使我的心情走到了另一个极端，走到绝望的反面。我简直有点飘飘然了。你的来信才使我恢复了我一开始对各种事情的看法。我希望（对玛利，我可以负责）——但我希望我终生都能保留着对于最近所发生的一切的印象，记忆犹新。这绝不是一件轻松的事，全能的上帝也不会想让人轻松地接受它。我必须终生严肃、谨慎、虔诚；只有如此，上帝高兴的话，我们两人在将来才能逃脱疯狂。

请谈谈莎拉近况如何。我再说一遍，你的来信对于我现在是、将来也是无价之宝。关于我的处境所要求于我的，你的看法跟我一样，我相信那也是有根据的。

柯勒律治，请继续来信吧；但是千万不要再惹我生气，说什么送给我钱的话了。真的，以我的灵魂起誓，我们不缺钱。愿上帝爱你们夫妇！

我很快就再写信。请你即刻回信。

致华兹华斯

1. （1801年1月30日）

承你非常友好地邀请我到昆布兰去，我本该早就回信。跟你们兄妹二人在一起，我到什么地方都可以；不过我也担心我是否能负担得了这样不顾死活的旅行。

要是撇开跟你们同伴的愉快不算，哪怕我一辈子看不见一座山，我也不在乎。我的一生是在伦敦度过的，所以我现在已经养成了许许多多强烈的地方情感，正像你们山区人对于无声的大自然那样。滨河大道和舰队街上了灯的那些店铺；无数的行业、商人和顾客，马车、货车、戏园子；修道院花园周围的那一切喧闹和罪恶；城市里的那些妇女们；巡夜的更夫，报警的梆子响；通宵任何时刻，只要你醒着，生活都不会睡大觉；舰队街上不可能有沉闷乏味的时候；种种人群，甚至污秽和泥泞，照耀在房屋和路面上的阳光，版画店，旧书摊，买书杀价的牧师，咖啡店，厨房里菜汤的蒸汽，种种哑剧——伦敦本身就是一幕哑剧、一场化装舞会——这一切事物都揉进我的心里、喂养了我，永远不会使我厌烦。这些景象之奇妙促使我多次去到伦敦拥挤的街道上夜游，我还常常在五颜六色的滨河大道上，由于看到这样绚丽多彩的生活画面不禁心中充满欢乐，以致流下眼泪。所有这一切感情对于你一定是陌生的，正像你那些乡村感情对于我是陌生的一样。但是，想一想吧，如果我不把我的心大部分当作高利贷放给这个人生剧场，我这一辈子又该做什么呢？

我的情感完全是地方性的，纯粹是地方性的。我对于树丛和山谷没有热情——或者说，自从我过去那次恋爱之后我对于它们就没有热情了，而且连那次的热情也是伪造的产物。我诞生的那个房间，我一生中一直在我眼前的那些家具，无论我搬到什么地方、像一条忠实的狗似的一直跟随着我（但在知识方面比狗强得多）的那只书橱，旧椅子，旧桌子，老街道，我在那里晒过太阳的广场——这些都是我的情妇。没有你那些山，我所拥有的不是也足够了吗？我不羡慕你。要是我不知道人的心灵可以跟任何事物建立感情的话，我就该可怜你。你的太阳，月亮，天空，山峰，湖泊，统统不能打动我，或者说，在我看来，它们顶多不过像我可以居住的挂着花毯、点着蜡烛、摆着漂亮物件的一所阔绰房间而已，并不具备什么令人崇敬的品格。我把天上的云霞不过看作头上的屋顶，涂抹得很华丽，但不能使头脑得到满足——说到底，像一位鉴定家房间里挂的那些图画，已经不能再给他什么愉快了。因此，对我来说，大自然的美景（如在有限圈子里所称呼的那样）由于废弃不用而黯然失色；只有人的一切发明创造，以及这个大城市里的种种人群聚合，才是永远新颖生动、永远生气勃勃、永远热烈精彩。我真该跟着亲爱的约安娜一起欢笑。

请接受我和我姐姐对 D.和你的最亲切问候；替我吻一吻小巴巴拉·路斯怀特。谢谢你喜欢我的剧本。

查·兰姆

2.（1822年3月20日）

我亲爱的华慈华斯：收到你的来信，非常感激；我已经有这样长久没有见到肯道尔的邮戳了！我们现在很好，除了伤风感冒、风湿病和对于一切都有些精神麻木——我想，自从可怜的约翰去世，又同时发生的其他一两件事情以后，情况就一直如此了。这使我在达尔斯顿闭门不出、不想见人，但仍见到一些我不想见的人。接二连三的死亡使人心烦意乱，新遭悲痛很久之后仍然不知如何才好。在近两年以内死去了两三个人，我自己的许多部分也变得麻木不仁了。看到一幅画，读到一则趣闻，灵机一动产生一个念头，正想告诉一个人，可是这个知音已经不在了。换另外一个人还偏偏不行。一个人的消逝等于消灭了一个门类的共鸣。伯尔内船长死了！打惠斯特还有什么趣儿？你出哪张牌还有什么关系，如果你不能再想象他瞅着你的那副神情？有了什么消息，你一想起你的某位知心朋友再也不能跟你一同分享，那就等于你什么也没有听见。人就是这样把自己分门别类地销售出去的；现在我自己的许多部分都失去了市场。泛泛的什么人不能使我满足。所谓的好人也没用。我需要的是种种有个性的人。我身上有许多特殊的标的，正需要那么多对应的尖针。一些朋友的逝去并不能使得剩下的人更为宝贵。因为逝去的人带走了许多共同的纽带。譬如说，甲、乙、丙三人结成一伙。甲死了。乙不光是失去了甲，也失去了甲留在丙身上的那一部分；丙也失去了甲留在乙身上的那一部分。因此，把你中有我、我中有你的东西扣除之后，大家全都萎缩了。

但是，"最大的痛苦"，我还没有说清楚。我正患伤风感冒，头脑麻木。我的理论是享受人生，但我的实际状况却与之相反。对于公事房的拘禁生活，我是愈来愈厌烦了。三十六年来，我为那些庸人们干活，可是我的脖子始终不肯向那个轭套屈服。你不知道，一天一天，每天从上午十点到下午四点的整个黄金时间，我不能休息，不能间断，像被关禁闭似的只能在那四堵墙里呼吸，得不到一点安慰，这叫人多么烦闷！每天为那些数字而心烦；吃饭时对着菜碟，眼前还晃悠着那些办事员讨厌的面孔。唉，但愿在我从办公桌走到坟墓之前，能够有一两年自己支配的时间！——办公桌和坟墓是一样的，区别仅仅在于你坐在办公桌前的时候只是一件外加的机器。

那个削减了你的一些家庭享受的邪恶巫师（"四个字母组成他的名字"，他在地狱中的名字叫卜西伦），也对我狠狠地下了手，他对我的伤害不在眼前，而在于剥夺了我将来恢复自由的希望。除非挨到老弱病残、完全丧失工作能力，到了岁月把我榨到灯尽油干的地步，我不敢悄悄对自己说什么退职养老金，或者"尊严的悠闲"。我曾想能有一个生气勃勃的晚年（啊，真是稚气未褪的念头！），退休后住到商品路的沉思角（多么美好的、有象征意义的名字！），在那里我可以蹒跚而行、踱到切申特，与天堂及其公司慢慢清算账目；有时，在晴朗的、适于垂钓的早晨，想舒展一下腰腿，我就像要饭花子一样无忧无虑地溜达到霍兹顿或安维尔；我要散步，一直散步，哪怕在散步中把腿走断、在散步中倒地而亡！

希望破灭了。我像夜莺似的（但是没有歌声）整天用我的胸膛顶着办公桌这根棘刺，唯一的希望是肺病之类也许能把我解救出来。请参阅帕默斯顿勋爵关于国防部职员状况的报告吧（见今天早晨《泰晤士报》的议院辩论消息），据称那里近二十年来有二十人因患咳嗽和鼻喉炎而早早进入比他们办公室更自由的坟墓。

谢谢你询问我那些画。密尔顿画像还挂在修道院花园我的壁炉上方（我目前在那里住），其余的都极便宜地卖掉了，因为我缺乏雄辩口才为它们鼓吹。

我给你寄了一封冷冰冰的信，因为对我来说现在正像是死一般的严冬季节。但愿上天保佑你继续拥有新春和盛夏，保佑你眼力不衰，也让我的眼睛能够明亮一点，因为我希望，在一切都结束之前，它们还会再睹春光夏景的。

致以亲切友好的问候。

（查·兰姆）

1878年5月

1878年2月

（高健 译）

梭罗

亨利·大卫·梭罗（1817—1862），美国散文作家，
作品往往充满经验色彩，想象丰富，语言神秘。代表作品有散文集《华尔登》。

※ 我生活的地方，我人生的目的

我到丛林中去，因为我希望生活得不慌不忙，只面对基本的生活现实，看看自己是否学得到生活所授予人们的东西，而不是到了弥留之际，才发觉自己虚度了一生光阴。我不希望过着称不上生活的生活，生活是如此可贵；我也不愿意无可奈何地生活，除非是迫不得已。

我要生活得有深度，吸收到生活的精髓，要过着坚忍刚毅的、斯巴达式的

生活，以便击溃一切非生活的东西，划出一块收割地带，细细地加以修剪，把生活逼迫到一个角落里，对它删繁就简。如果能证明它是卑微的，那么为何不认识那全部的、真正的卑微，并把它的卑微之处公之于世？或者，如果它是崇高的，就通过体验来领悟它，在我下次远游时可以对此作一番真实的描述。因为在我看来，绝大多数人对生活还处于一种奇怪的不确定状态之中，不了解生活是属于魔鬼还是属于上帝的；同时，又稍微有点仓促地做出判断，认为人生的主要目的是"赞美上帝，并永远享受从上帝那里得到的乐趣"。

我们依然生活得十分卑微，像一群蚂蚁；尽管寓言告诉我们，很久之前我们已经变成了人，像小人国里的小矮人，我们与仙鹤作战。这真是错上加错、无以复加，我们最优良的美德在这里成了纯属多余、可有可无、微不足道的东西。我们的生活在琐事中消耗殆尽。一个诚实的人根本无须计算超过十指之外的数字，在极端的情形下也可能至多加上10个脚趾，其余的不妨混为一谈。

简单，简单，简单啊！我说，让你的事情只有两件或三件，而不是100件或1000件；不必数到100万，计数到半打为止，账目大可记在大拇指的指甲上。在这变化无常、捉摸不定、瞬息万变的文明生活的海洋中，需要顾及的大风大浪、陷阱密布的风险区以及各色各样的突发事件是如此之多，一个人得依靠船位推算才能生存下去，假使他不愿意船只沉没、葬身海底而无法抵达港口的话；那些成功人士个个机关算尽啊。简化，简化！不必一天三餐，如有必要，饱食一顿亦可；无须100道大菜，5道足矣；其余各类事情，大可按照比率削减。我们的生活如同德意志联邦，全由弹丸小国构成，邦联的疆界永在变动，因此即便一个德国人也无法说出任一时刻本国的边界是如何划分的。虽然国家有所谓内在的——尽管实际上全都是外在的和肤浅的——改善，国家本身是一个难以驾驭、庞大臃肿的机构，正如同这个国家里的数百万个家庭一样，由于缺乏计算和崇高的目标，乱七八糟地堆满家具，失足跌入自己设置的陷阱，被奢侈和挥霍毁坏殆尽；对国家，对家庭，解决这一问题的唯一之道在于厉行节约，过一种艰苦严谨、比斯巴达人更简朴的生活，并使生活目标趋于崇高。现在的生活过于放纵不羁。人们认为商业对国家必不可少，必须出口冰块、通过电报来交谈、一小时飞驰30英里（注：约48千米），人们对这些深信不疑，不论他们是否亲身参与其中；但是，我们是应该像狒狒还是应该像人一样生活呢，这倒是有点无法确定。如果我们不去制造出枕木、锻造出钢轨，不夜以继日地工作，而只是对我们的生活作一番拙劣的修修补补以期改善它们，那么谁又会修筑铁路呢？而且，如果铁路没有建造好，我们又如何能及时赶到天堂呢？但是，如果我们只待在家中，各人只管各人的私事，谁又想修建铁路呢？并非我们乘坐铁路，倒是铁路乘坐我们。你是否曾想过，铁路下铺设的枕木到底是什么？

每一根枕木都是一个人，爱尔兰人或者是北方佬。钢轨就铺设在他们身上，黄沙覆盖在他们身上，列车在他们身上疾驶而过。我向你们保证，他们都睡得很熟，确实适合做优良的枕木。每隔几年，一批新的枕木就会被换上，列车依然在上面飞驶而过；因此，如果有些人能有幸乘坐列车奔驰在钢轨上，另一些人则不幸被列车碾压而过。当他们碾过一个梦游的人，一个误入歧途的梦中人（一根出轨的多余枕木），并惊醒了他，他们便会突然停下列车，大叫大嚷一阵，好像是在表达抗议。每5英里（注：约8千米）派一伙人保持枕木停留在原位、高低平稳，我听说这消息后十分高兴，因为这表明他们有朝一日还是会翻身而起的。

我们为什么要生活得如此匆忙，如此浪费生命呢？我们决意要在饥饿之前就先挨饿而死。常言道，"及时缝上一针，将来少缝九针"，因此他们今天就缝上一千针，以便明天少缝九针。至于工作，我们没有任何举足轻重的工作。我们患上了圣维特斯舞蹈病，连保持脑袋静止不动都很困难。假如我只是拉几下教区教堂的大钟绳子，如同发生了火警一样，也就是说并不是钟声大作，康科德郊外农场的男人——尽管今天早晨多次借口说他工作繁忙——小孩，还有妇女，我几乎可以说，没有一个会不放下手头的事情，都会跟随那钟声而来，主要目的不是想从熊熊烈焰中抢救出财物，如果我们坦白地实话实说，更多的倒是来瞧瞧着火的热闹，因为着火已经是免不了的了，况且我们——这一点必须要清楚——可没有放火，要不就是来看火是怎么被扑灭的，假如方便的话，不妨也帮衬着救救火；情况就是这样，哪怕是教区教堂本身着了火。一个人午饭后小憩了半个小时，刚刚醒转过来，就仰起头，必定问道，"发生什么新鲜事情没有？"好像其他所有人都在为他站岗放哨似的。有人还命别人每隔半小时便唤醒他一次，毫无疑问并非为了别的目的；然后作为回报，他会告诉你，他刚才做了什么样的梦。

经过一夜睡眠后，新闻正如早餐一样不可或缺。"请告诉我发生在这个星球上任何地方任何人的任何新闻"——于是他一边喝着咖啡，吃着面包卷，一边读着报纸，知道了这天早晨在瓦奇托河上，有个人的眼睛被人挖掉了，丝毫也没有想到他自己就生活在这个世界漆黑一片、深不可测的巨大洞穴里，自己早已退化得有眼无珠了。

※ 无论你的生活如何卑微

无论你的生活如何卑微，要正视它，生活下去；不要躲避它，也不要恶语相加。你的生活不像你本人那么糟糕。你最富有的时候，你的生活看上去倒是最贫穷的。

吹毛求疵的人即便在天堂也能挑出瑕疵。要热爱你的生活，尽管生活一贫如洗。即使身处贫民院，你也可能享受一段愉快、兴奋、辉煌的时光。西斜的落日映照在贫民院窗户上的余晖，与照射在富贵人家的豪宅上一样光芒万丈；门前的积雪一样在早春消融。我只看到，一个气定神闲的人在那里可以过着自得其乐的生活，抱着振奋乐观的思想，如同居住在皇宫里一般。依我之见，城镇的贫民倒是往往过着最独立的生活。也许他们十分伟大，对任何事情皆可坦然受之。大多数人认为他们不屑于接受城镇的施救；但是实际上他们经常使用不诚实的手段来维持自己的生计，这是更为不体面的。像圣贤一样，如同栽培花园中的花草一般来培养贫困吧。犯不着千辛万苦以求获得新东西，无论是衣服还是朋友。把旧的翻新，回到它们中去。万事万物没有变，是我们在变。

衣服要卖掉，思想要保留。上帝会证明，你并不需要社会。如杲我被终日关闭在阁楼的一隅，如同一只蜘蛛，只要我还有自己的思想，那么世界还是原来那样大。一位哲人曾说过："三军可夺帅也，匹夫不可夺志也。"不要急于谋求发展自己，不要让自己受到各种影响的利用，这全都是浪费。谦卑如同黑暗，展现着天国之光。贫穷与卑贱的阴影笼罩着我们，"看啊！天地万物在我们的眼界中扩大了"。我们常常被提醒，假使上天赐予我们克洛索斯一样的财富，我们的目标必须依然保持不变，我们的手段也将维持基本不变。此外，如果你受到贫困的约束，比如买不起书和报纸，你的经验不过是仅限于最有意义、最为重要的那一部分；你将不得不与那些可以产生最多的糖和淀粉的物质打交道。但是最接近骨头的地方的生活最甜美，你不可能再成为一个无所事事的人。较高层次上的宽宏大量，不会使任何人在较低层次上获得损失。多余的财富只能够买多余之物。人所必需的灵魂是不需要花钱购买的。

我蛰居在一堵铅墙的角落里，铅墙里浇注了一点钟铜的合金。在我正午休息的时候，常常有一阵阵嘈杂不堪的喧闹声从外面传入我的耳中。这是我同代人发出的噪声。我的邻居向我讲述他们与那些知名的绅士淑女之间的奇遇，他们在宴会桌上碰见了哪些显要人物；但是我对这些事情，如同我对《每日时报》的内容一样，毫无兴致。兴趣的对象和谈话的主题主要是围绕服饰打扮和礼节举止；但是呆头鹅总归是呆头鹅，随便你怎么去刻意装扮它。他们向我不断唠叨加利福尼亚和得克萨斯，英格兰和东西印度群岛，来自佐治亚或马萨诸塞的尊敬的某某先生，全是短暂易逝、昙花一现的事情，直到我几乎要像马穆鲁克大人一样从他们的庭院中逃之夭夭。

我喜欢进入我自己的世界——不愿引人注目地走在盛大的游行庆祝队伍中，而愿与宇宙的缔造者平等地并肩同行，如果我可以的话——不愿生活在这个浮躁不安、神经质的、喧嚣忙碌、轻浮浅薄的19世纪，而愿随着19世纪一天天地消逝，或立或坐，思考着。人们在庆祝些什么呢？他们都参加了某个筹备委员会，时时刻刻盼着某个大人物的演说。上帝只是今天的轮值主席，韦伯斯特是他的演说家。那些强烈地、合情合理地引起我注意的事物，我喜爱掂量它们的分量，处理它们，被它们吸引——决不吊在秤杆上来试图减轻重量——对任何事情不妄加推测，而是完全按照其实际情况来处理；只走我能够走的那条道路，在这条路上，没有任何力量可以阻止我。在打下坚实稳固的基础之前，就开始着手建造起一座拱门，这不会给我带来任何满足。任何地方的底部都是结实的。我们读到过这样一个故事，一个旅行者问一个男孩，他面前的这块沼泽底部是否坚固。男孩回答说是坚固的。可是不久，旅行者的马深陷沼泽，直到马的腰部，他对男孩说："我还以为，你告诉我的是这块沼泽底部是坚固的。""是坚固的啊，"男孩回答，"可是你还没有到达它的底部一半深呢。"社会的泥沼和流沙也是如此，但是只有少年老成的人才了解这一点。

只有在一些罕见的巧合中，人们的所想、所言、所为才是对的。我不愿成为一个愚蠢地只是将钉子钉入板条和灰泥中的人，这样的行为会让我几夜都合不上眼睛。给我一把锤子，让我感受一下钉板条的滋味。不要依赖油灰状的黏性材料。钉入一个钉子，把它严严实实地钉牢，即便在半夜醒来，你也会对自己所做的工作感到满意——即便召唤缪斯女神来了，你对这件工作也毫无愧疚。

这样，而且只有这样，上帝才会伸手帮助你。钉的每一个钉子都应该成为宇宙这一机器中的铆钉，你才继续开展工作。

不要给我爱、金钱、名誉，给我真理吧。我坐在满是佳肴美酒的餐桌旁，受到了无微不至的殷勤款待，但是缺乏的是真诚和真理；我饥肠辘辘地转身离开这冷淡的餐桌。这种招待冷得像冰块。我想不必再用冰块来冰冻它们了。他们告诉我葡萄佳酿的年份和产地的美名；可是我想起了一种他们手上没有、也无法购得的更年深月久却更新更纯、更光荣的佳酿。他们的风格、豪宅、庭园和"娱乐"，我视之如草芥。我去拜访国王，但是他让我在客厅等待，举止像一个被剥夺了好客能力的人。

我的邻居中有个人居住在树洞里。他的行为真是有王者风范。我若是去拜访他，一定会好得多。

屠格涅夫

伊凡·谢尔盖耶维奇·屠格涅夫（1818—1883），
俄国19世纪批判现实主义作家，代表作品为《父与子》，
其他重要作品有随笔《猎人笔记》、长篇小说《罗亭》《贵族之家》等。

※ 素菜汤

一个老年寡妇死了二十岁的独生子，她是村里数一数二的干活能手。

女东家，也就是这个村的一位女地主，得知老婆婆的失子之痛，便赶在送葬的那天去看望她。

东家在屋里见到了她。

老婆婆站在茅屋中间，一张桌子边，不慌不忙、有条不紊地从熏黑的瓦罐底

部用右手（左手像藤条似的下垂着）舀清水汤，一勺接一勺地边舀边吞吃。

老婆婆的脸瘦得凹了下去，黑黝黝的；一双眼睛红通通的，肿了起来……但是她的身子庄严地挺着，像在教堂里一样。

"老天！"女主人忖道，"在这样的时刻她还吃得下……不过所有他们这些人的情感毕竟都是那么的粗俗！"

此刻女主人想起几年前她自己失去生下才九个月的女儿时，因为悲痛而没有租住彼得堡近郊的一幢漂亮别墅，竟在城里过了夏天！可是老婆婆还继续在喝素菜汤。

女主人终于沉不住气了。

"塔吉亚娜！"她说，"你行行好吧！我真不明白！难道你不爱自己的儿子？怎么你的胃口还那么好？你怎么还喝得下这些汤！"

"我的瓦夏死了，"老婆婆轻声说，郁结已久的眼泪又沿她凹陷的两颊滚了下来，"这就是说我的日子也活到头了：我的脑袋给活生生地拧了下来。可这汤却不能白白丢了：里面可是搁了盐的。"

女东家只耸了耸肩就走了。对他来说食盐是再便宜不过的东西。

※ 玫瑰

八月将近的几天里……时令已交秋季。

正是薄暮斜阳时分。骤然之间一阵倾盆大雨扫过我们辽阔的平原，既无雷声，也无闪电。

屋子前的花园整个儿沐浴在火红的夕照里，被滂沱大雨淋了个透湿，热气蒸腾，烟霭茫茫。

她坐在客厅里的桌子边，透过半开的门户若有所思地向花园里凝望。

我知道此时她心里想着什么；我知道此时此刻，经过短暂的、尽管是苦痛的斗争，她正沉浸于一种再也难以平静的情绪。

突然她站起来，迅步走进花园里，便看不见她的身影了。

时钟敲响，已过一个小时……又过了一个小时；她没有回来。

这时我便起身走出屋子，沿着她适才走的那条林荫小径（对此我确信无疑）走去。

周围的一切都已开始变暗；夜幕正在降临。然而小径湿润的沙土上看得见有一件圆圆的东西，透过浓浓的夜色发出显眼的红色。

我俯下身去……那是一朵年轻的、蓓蕾初绽的玫瑰。两个小时以前我在她胸前见到的正是这朵花。

我小心地捡起落入泥泞的小花，回到客厅后将它放到桌上，她椅子前面的地方。

她最终还是回来了，迈着轻轻的脚步走过整个房间，在桌子边坐了下来。

她的面容显得苍白而且楚楚有情；那双眼睑下垂、似乎变小的眼睛带着愉快的腼腆神色迅速扫视着两旁。

她看见了玫瑰，抓起它。望了望被揉皱、弄脏的花瓣，看了我一眼，于是那双眼睛突然停住不动了，滚出了晶莹的泪花。

"你为什么哭？"我问道。

"就为这朵玫瑰。您看看，它成了什么样子。"

这时我想到要说句意味深长的话。

"您的泪水能洗去花上的污秽。"我神色庄重地说。

"眼泪洗不掉，眼泪能将它烧毁。"她答道，于是她转身向着壁炉，将花朵扔进了正在熄灭下去的火焰。

"火焰能比眼泪更好地将它烧毁。"她不无勇气地大声说，这时她那双还闪着泪花的美丽的眼睛便大胆地、幸福地露出了笑意。

我明白了，连她也已烧毁了。

1878年4月

※ 相遇

我做了个梦：我走在辽阔、无遮无掩的草原上，遍地都是大块大块有棱有角的石头，头顶上是黑压压、低沉沉的天。

石块之间有一条小径蜿蜒而过……我在小径上行走，不知自己走向何方，为何而行……

突然我面前窄小的路上出现了一件东西，像一片薄薄的云……我凝目而视：云片变为一个女子，身材苗条，个子高挑，穿一件白连衣裙，腰部束一根亮亮窄窄的带子。她迈着急促的步伐匆匆离我而去。

我没有看见她的面容，也没有看见她的头发：脸和头发都被一块波形花纹的布巾遮掩起来了；然而我整个心灵却紧紧地跟随着她。我觉得她很漂亮，可亲又可爱……我一定要赶上她，想看一眼她的脸……她的眼睛……哦，是的！我希望看见，我应当看见这双眼睛。

但是不管我走得有多快，她走得比我还要快，所以我追不上她。

就在这时小径上当路出现了一块平坦宽阔的石头……石头挡住了她的去路。

女子在石头面前停住了……于是我便奔上前去，由于兴奋和期待我身子在瑟瑟发抖，也不无恐惧之情。

我什么话也没有说……她静静地向我转过脸来……

可是我仍然没有见到她的眼睛，眼睛是闭上的。

她的脸白白的，白白的……像她的衣服一样白；没戴手套的双手纹丝不动地垂着。她似乎整个儿都僵住了；这个女子从整个身躯到脸部的每根线条，都像一尊大理石雕像。

她徐徐地向后降落到那块平坦的石板上，没有弯曲任何一节肢体。

一眨眼我也已和她并排躺在一起，背部向下，全身挺直，仿佛墓盖石上的浮雕；我的双手如祈祷一样放在胸前，我觉得我也僵住不动了。

过了不多一会儿……那女子突然起身走了。

我想冲过去追她，但是我丝毫动弹不得，分不开紧紧合拢的双手，只能眼巴巴地目送着她离去，心头说不出的惆怅。

这时她猛然回过头来，于是我看见了她生气勃勃、富于表情的脸上那双晶莹明澈、炯炯有神的眼睛。她用那双眼注视着我，笑了起来，只见嘴唇上挂着笑……却没有笑声。"起来，"她说，"到我这儿来！"

但是我依然丝毫动弹不得。

这时她又一次笑起来，迅速地远去了，一面快乐地摇晃着脑袋，那头上突然出现了一个用小小的玫瑰花编成的鲜红的花环。

我躺在我的墓盖石上仍然纹丝不动，一句话也说不出。

1878年2月

※ 白鸽

我站在一座斜山坡的顶上；在我的前面是一片成熟了的黑麦田，它一会儿像金色的，一会儿像银色的海洋在伸展着和闪耀着五颜六色的光辉。

但在这片海洋上没有起着微波；闷人的空气里没有一丝风影：一阵大雷雨正在酝酿成熟。

在我的周围太阳还在照耀着——炎热而无光泽；但在那儿，在黑麦田后面不很远的地方，一大片暗蓝色的乌云像一个沉重的巨物横陈在整整半个地平线上。

所有的生物都隐藏起来了，所有的生物都在太阳最后光线的凶兆的余晖下感到难受。既听不见也看不见一只鸟儿；甚至连麻雀也都隐藏起来了。只有在附近什么地方，一片孤独的巨大的牛蒡叶子在顽强地低声絮语和发出劈啪的响声。

田埂上的苦艾散发出多么浓烈的气味！我看着那片蓝色的云块……心里感到惊慌不安。"呶，快一些吧，快一些吧！"——我心里这样想着——"金色的蛇，你闪出电光吧；雷声，你震响起来吧！阴恶的乌云，你向前移动，翻滚，洒下倾盆大雨，制止住这令人苦恼的烦闷吧！"

但是乌云并没有移动。它还是照旧紧压着沉寂无声的大地……只是它好像愈加膨胀和黑暗起来了。

就在这时候——在这片浑然一色的蓝色上面，好像有什么东西在平稳而从容不迫地时隐时现着；丝毫不错，它像是一块小白手帕或是一个白雪球。这原来是一只从村子那里飞出来的白鸽。

它始终笔直地、笔直地向前飞啊，飞啊……最后隐没在树林后面。

再过了几秒钟——仍然是那阵严酷的寂静……但是瞧！已经是两块手帕在时隐时现，是两个白雪团在飞回；这是两只白鸽平稳地飞回了家。

最后，暴风雨终于来临了——真是那个厉害劲啊！

我好不容易才奔回到家。——风在尖叫，像一个发狂的人在奔跑；深褐色低低的乌云，好像被撕成许多碎片，在飞驰、在旋转和混淆在一起；瓢泼的大雨像垂挂着的水柱哗啦哗啦地倾泻下来；闪电发出使人目眩的火焰似的绿光；断断续续的雷声像在发放着大炮；空气里散发着硫磺的气味……。

在屋檐下面，在天窗的边缘上，并排地站着两只白鸽——一只是飞去寻找自己的伙伴的——另一只是它带回来的，也许是被救回来的。

它们两个竖起了羽毛，每一只鸽子都感觉着自己的翅膀触到了侣伴的翅膀……

它们是多么幸福啊！我看着它们，心中也感到高兴……虽然我永远是孤独的一个人……孤独的一个人。

1879年5月

（戈宝权译）

※ 多么美丽，多么鲜艳的玫瑰花呀……

有一次在某地，那是很久很久以前的事了，我曾读过一首诗。可是很快就被我忘却了……但那首诗的第一句却留存在我记忆中：

"多么美丽，多么鲜艳的玫瑰花呀……"

现在正是冬季，冰霜冻结在玻璃窗上，幽暗的屋里燃着一支蜡烛。我蜷缩着坐在屋角，脑际不断地回响着，回响着：

"多么美丽，多么鲜艳的玫瑰花呀……"

我看见自己站在城外俄罗斯农舍的矮窗前。夏天的黄昏悄悄地消逝，黑夜降临了；木樨草和菩提树，在和暖的空气中散发着芬芳；——窗台上坐着一个姑娘，倚着伸出的手臂，头向肩部低垂着——她静默不语，出神地凝望着天空，仿佛是在期待着一些早出的星儿闪露。那沉思的目光，流露出多么天真淳朴的激情；那半启欲语的嘴唇是多么纯洁动人；还没有发育丰满的胸脯平静地呼吸着，在那胸中还没有什么念头使她焦虑激动；那青春洋溢的面容是多么秀美温存啊！我未敢和她交谈，可她是多么可爱呀，我的心在狂跳！

"多么美丽，多么鲜艳的玫瑰花呀……"

屋里愈加黑暗了……长出的烛花劈啪发响，跳动的影儿在矮矮的天花板上颤悠，严寒在墙外生气似的轧轧发响——好似一位寂寞的老人在窃窃私语……

"多么美丽，多么鲜艳的玫瑰花呀……"

另一些画面又浮现在我的眼前……耳边响起乡下家庭生活欢快的喧闹。两个淡黄色的头，互相偎依着；用晶莹闪光的眼睛机敏地望着我；红玉色的双颊，被矜持的微笑所震颤；手儿亲昵地握着，用年轻甜润的嗓音争先倾诉着甜蜜的情话。距他们不远的地方，在一间舒适的房间深处，另一个青年，用同样年轻的手，在古旧的琴键上飞快地起落挪动着——在他弹奏的兰纳夫的华尔兹乐曲声中，还伴着古老的茶炊沸腾的咕嘟声……

"多么美丽，多么鲜艳的玫瑰花呀……"

烛光暗淡下来，熄灭了……谁在那里发出嘶哑沉闷的咳嗽声？那是一条老犬，我唯一的同伴，它全身都在颤抖，眯眼蜷伏着依偎在我的脚边……我感到寒冷……我觉得我已冻僵了……

所有的一切都消失了，消失了……

"多么美丽，多么鲜艳的玫瑰花呀……"

（温佩筠 译）

拉斯金

约翰·拉斯金（1819—1900），英国艺术评论家和散文家。
代表作有《近代画家》《芝麻与百合》等。

※ 真正的家

简而言之，两性各自的特征是：男子的力量是积极的、进取的、捍卫的。显然，他们是实干家、创造者、发现者和保卫者。他们的智力适于推测与发明；他们的能量适于进取、适于战争、适于征服，只要他们从事的战争是正义战争，他们的征服便是不可或缺的征服。然而妇女的力量不适于战斗，而适于决断；她们的智力不适于发明或创造，而适于下达悦耳的命令，做出巧妙的安排和决定。她们了解事物的性质、要求和地位。她们的伟大在于赞扬。她们不参与竞争，但都万无一失地判决胜利王冠的归属。由于她们的职能与地位，她们受到保护，不受一切危险与引诱的损害。

男子在外部世界中从事艰苦的劳动，必须面临一切危险与考验，因此，他们必须面对失败、进攻和不可避免的错误，不时受伤或被征服，常常误入歧途，因此，在任何时候，他们都必须刚毅坚定。但对于妇女，她们坚决保护她们免受这一切损害；在他们的家里——在妇女料理下的家里——除非妇女本人出于自愿，否则，她们没有必要卷入危险、引诱、错误或进攻之中。

这，便是家的实质——它是和平之宫，是庇护所，不但能使人逃避一切损害，而且可以逃避恐惧、疑虑和分裂。家倘若不如此，便不称其为家了。倘若外界生活所含的焦虑渗透到家之中，倘若夫妻任何一方允许外界那个千变万化的、陌生的、没人爱的敌对社会跨入家的门槛，那么，家便不是家，只能是外部世界的、被人们蒙上屋顶的、在其中生火煮饭的那部分罢了。

然而，家只要是一个神圣的地方，是维斯塔的一座殿堂，是家神守护下一座温暖的殿堂，那么，除了那些能得到它以爱相迎的人以外，谁也不容许接近它。只要它的屋顶与炉火仅仅是阴凉处与更高洁的灯——如同荒野中岩石旁的阴凉处，波涛汹涌的大海中灯塔的光亮——只要它名副其实，符合人们对家的赞扬，它就是真正的家。

真正的妻子，她无论走到什么地方，家便围绕着她出现在什么地方。她头顶上也许只有高悬的星星，她脚下也许只有寒夜草丛中萤火虫的亮光，然而，她在哪儿，家便在哪儿；对于高洁的妇女，家在她周围覆盖的面积很广阔，胜过柏树遮住的天空，胜过橘红色的彩绘装饰，它为无家可归的人洒下了柔和的光。

托尔斯泰

列夫·尼古拉耶维奇·托尔斯泰（1828—1910），19世纪俄国最杰出的现实主义作家，其主要作品有《战争与和平》《安娜·卡列尼娜》《复活》。

※ 回忆录·我的父亲

　　以上所写的都是从信件的谈话中得来的材料。现在我要谈谈我亲身目睹和记得的事。

　　我不想写印象模糊的童年时代那似是而非的回忆，你不可能从中分辨出是现实还是梦境。我只想谈记得清楚的事，从我早年周围的人和事说起。其中首先要谈的自然是我的父亲，虽然他对我的影响并不大，但是就我对他的感情来说，却是最深的。

我的父亲年轻时成了家中的独子，他的弟弟伊利尼卡小时候被撞成重伤，脊梁骨弯曲，没有长大成人便死去了。1812年我父亲十七岁，他不顾父母的反对，不念及他们的惊吓，不听他们的劝阻，在军队里谋得了差使。那时候我祖母戈尔恰科娃公爵的一位兄弟尼古拉·伊凡诺维奇·戈尔恰科夫公爵正当着陆军大臣，她的另一个兄弟安德烈·伊凡诺维奇则是一位将军，指挥着一支现役部队，父亲就去给他当副官。父亲于1813～1814年间参加了几次远征，1814年奉命传送公文时在德国某地被法军抓获，成了俘虏，直到1815年我军开进巴黎时才得到解放。父亲于二十岁那一年已经不是童贞的少年了，还在他进入军中服役之前，也就是十六岁时，由父母做主，按照当时流行的观念，为了他的健康，与一个丫头同房，生了个儿子名叫米辛卡，后来当了邮差。父亲在世时他的生活是优裕的，可是他后来误入歧途，就常来向我们几个成年的弟弟求助。我记得当这位沦于赤贫的哥哥（他在我们兄弟中最像我的父亲）向我们讨钱，给了他一二十个卢布后他谢不绝口时，我有一种难以言说的奇怪的感觉。

父亲对军队中的差使心灰意冷（这从信件中可以看出），于战后退役，前往喀山，我的祖父在那里当着省长，可是家财已完全耗尽了。在喀山时，我的姑妈彼拉盖亚嫁给了尤什科夫。祖父不久就在喀山去世，父亲继承了遗产，住了下来。但这笔遗产还不够抵偿债务，何况还要赡养过惯了豪奢生活的老母、妹妹和表妹。这时安排他与我的母亲结婚，然后迁往雅斯纳雅·波良纳，在那里与母亲共同生活了九年；母亲去世，就有了我记忆中的与我们一起度过的时日。

父亲是中等身材，体态匀称，生性活泼，和颜悦色，但眼神总是郁郁寡欢。

他每日操劳家务，但似乎不是精于此道的能手，不过当时在这方面他却拥有很大的优点。他并不是严厉的人，说他善良软弱倒更合适。因此在他当家时我从没有听说他鞭挞过仆人。也许有过这种事件，那时候很难设想管家人不用鞭子的。也许动用这种惩罚的手段极为少见，而且父亲对它又没有什么兴趣，因此我们几个孩子就从没有听人说起过。只是在父亲死后，我才第一次听说我们家发生了鞭打的事。我们几个孩子同教师散步回家时，在粮仓旁边遇见胖管家安德烈·伊林领着马车夫的下手库兹玛往前走；他瞎了一只眼，年纪不小了，已经娶亲成家，但一脸的愁容，使我们纳闷。我们有人问安德烈·伊林到哪里去，他平静地回答说，到粮仓去，得抽库兹玛一顿鞭子。我无法描写这句话和善良的库兹玛悲哀的脸色在我心中引起的恐怖之感。晚间我把这件事告诉了达吉雅娜·亚历山大罗夫娜姑妈，她是管教我们的，她本人对鞭打也深恶痛绝，从来不允许打骂我们；而且只要她力所能及，她也反对鞭打农奴。听了我告诉她的事，她十分生气，并且责备我："你为什么不加以制止？"她这句话使我更加感到委屈。我从来没有想过我们可以干预这种事，但后来发现我们是可以的，不过为时已晚，这件可怕的事已经发生了。

现在回到正题上，谈谈我所知道的父亲以及我所记得的他的生活。他一天到晚忙的是家务，而且大多是诉讼的案件。那时候每个人都有许多这些诉讼事件，而我的父亲则显得特别的多他必须了结祖父遗留的事。这些诉讼案子经常迫使父亲离家外出。此外，他也常常出门去打猎，带着猎枪，牵着猎犬。他打猎的主要伙伴是他的那几个朋友：老年独身而富有家财的基列耶夫斯基，雅善科夫，格列波夫，伊斯列尼耶夫。父亲也染上了那时地主们的习气，从仆人中挑出几句作为亲信。受他青睐的是一对兄弟，名叫彼得鲁夏和马丘夏，当着父亲的跟班。两兄弟长得都很英俊，机灵，打猎也很勇猛。父亲在家时除了处理家务、教养子女外，还会读一些例如布丰、居维叶等人的著作。两个姑妈告诉我，父亲曾经立下一个规矩：旧书没有读完，不买一本新书。不过虽然他读了很多书，但很难叫人相信他对罗马教皇和十字军东征的历史都弄得一清二楚，尽管他的书橱里有这些书。据我所知，他对科学没有兴趣，但具有同时代人那种教育水平。与亚历山大时期和1813、14、15那些战争年代的大多数人一样，他不能被称为自由派人物，只不过是本着自己的良心认为不能够在亚历山大一世统治的末期或者在尼古拉王朝当差罢了。他曾经从莫斯科给母亲写了一封信，用他那开玩笑的口气谈到奥西普·伊凡诺维奇·尤什科夫，他的妹夫的一个兄弟，他写道："奥西普·伊凡诺维奇自以为了不起，因为他当的是御马厩的头头。可是我对他没有一点儿的敬畏之感。我有我的御马厩。"在尼古拉王朝时期，他没有在任何衙门当差，甚至他那些朋友，也个个是不受拘束的人，没有官职在身，对政府都有些不满意。在我的童年时代，甚至到后来长大成人，我们家来往密切的人之中，没有一个是身居要职的。显然，我幼小时对这一点是不理解的，但我知道亲无论什么时候都没有在任何人面前卑躬屈膝，没有改变自己说话时那活泼、快乐并且常常带点儿嘲讽意味的声调。而我在他身上发现的自尊心，使我加深了对他的敬爱和钦佩。

我记得我们常常到他的书房门口去同他说声晚安，有时就在那里玩一玩。他叼着烟斗坐在皮面长沙发上向我们微笑，有时给我们以惊喜，放我们进去站在他的长沙发背后，他继续读书，或者继续同站在房门边上的管家或常来我家做客的我的教父雅善科夫谈话。记得他常常下楼看我们，给我们画画，这些画在我们心目中简直是登峰造极的作品。记得有一次他要我给他朗读我所喜欢并且背熟了的普希金的诗——《致大海》："再见吧，自由的大海……"；《拿破仑》："奇特的命运已经决定，一个伟人倒下了……"等等。我朗读这几首诗时所流露出来的热情，显然使他感到惊异，他听完后和在场的雅善科夫意味深长地对望了一眼。我明白他从我的朗诵中察觉到了某种可以肯定的东西，并因此感到十分高兴。

我记得他在午餐和晚餐桌上所说的那些笑话和故事，把祖母、姑妈和我们几个孩子都逗得哈哈大笑。我还记得他几次进城的情景，记得他穿上紧身短大衣和瘦腿的长裤时那令人称奇的英俊的模样。但我记得最清楚的是他带上猎犬去打猎的情形。记得他几次出门去打猎，后来我常常觉得普希金笔下那个努林伯爵出门打猎的景象是以我父亲的那一套为原型的。记得我们同他一起去散步，身后跟着几条腿脚快捷的猎犬，在草长未割的牧场上跳跃，牧场上的青草像鞭子那样拂打着它们，擦着它们的腹部；它们把尾巴弯到了半腰上，绕着圈子在奔跑，父亲看着它们感到很满意。

记得为庆祝九月一日的打猎的节日，我们全体出动，乘一辆敞篷马车，找一块孤零零的树林子关进一只狐狸，然后放出猎狗去追赶它，它逃到了一个地方（我们看不见），就被捷足先登者捉住了。我记得特别清楚的是放狗去捕狼。这件事是在我们家近旁进行的，我们都走出门来观看。一只大灰狼绑在大车上，四马攒蹄地捆住。它乖乖地躺着，有人走过来就斜着眼看他。来到预定的地点，把狼抬下来，用长柄的铁叉把它按在地上，解开绳子。它急着逃走，全身抽搐，恶狠狠地去咬绳子。最后把后脑上的绳子也解开了，有谁喊了一声："放！"几把铁叉一举，大灰狼从地上立起身子，站了约摸十秒钟。大家大声呵斥它，又放出了狗，于是狼、狗、骑马的、坐在马车里的，一股风似的沿坡而下，向田野那一头飞奔而去。狼已踪影不见。记得父亲说了句什么话，生气地挥了挥手，就回家了。

回想起来最叫我高兴的是他同祖母一起坐在长沙发上，帮着她把纸牌一张一张地摆开算命。父亲平常对所有人都是很谦和的，笑容可掬，对祖母更显得特别的孝顺。祖母常常戴一顶软帽，把头发整个儿包住，在下巴底下打个花结，脸孔就藏在花边的包围之中。她坐在长沙发上一张一张地摆着纸牌，偶尔拿金制的鼻烟壶来闻一闻。长沙发旁边一张扶手椅上坐的是图拉一个制造火枪的匠人的妻子，叫做彼得罗夫娜，穿一件男人的短袄，佩着子弹带，手上纺着线，线团有时放在墙上敲敲，已经在墙上敲出一个印来了。这位彼得罗夫娜是做生意的人，不知道为什么得到祖母的欢心，经常到我们家串门，总与祖母并排坐在客厅里的长沙发上。两个姑妈各坐一张扶手椅，有一个在大声读书。另一张扶手椅上躺着父亲心爱的一条花狗米尔卡，霍尔特种，漂亮的黑眼睛，很机灵，它在椅垫上已经躺出了一个小窝了。我们来向大人道晚安，有时也坐在这张椅子上。我们道晚安时总是要吻一吻祖母和两个姑妈，手拉着手吻她们。记得有一次在算命和读书的时候，父亲叫读书的姑妈停一停，手指着镜子，嘴里轻轻地说着什么。

我们都向镜子里看。

那是男仆吉洪。他知道父亲在客厅里，就走进他的书房，正打开玫瑰花形状的真皮大烟草盒拿他的烟草。父亲从镜子里看着他踮着脚尖一步一步地走，不禁笑了起来。

两个姑妈也笑了。祖母一时间不知道是怎么回事，后来弄明白了，也开心地笑起来。我钦佩父亲心地的善良，跟他道晚安时特别亲热地吻了吻他那只青筋暴露没有血色的手。

　　我深深地爱我的父亲，但当他在世时我一直不知道我对他的爱有多么深厚。

　　但是，关于这一点以后再说吧。现在我接下来要谈谈另外几位亲人，我的童年时代就是在他们中间度过的。

勃特勒

塞缪尔·勃特勒（1835—1902），英国作家，精通音乐与绘画；
因《众生之路》奠定文坛地位。他是一位大智若愚的贤人，曾被流放澳大利亚5年，
磨炼了他的智力和耐性，作品的反讽力度不同一般。
《在期破场徘徊》算得上奇文，"期破场"有"贱面"、"廉价面"之意，
显然指世俗的种种现象，但作者探索的是遗传科学上一些有趣现象，句句机智，
段段有寓意，使全文包含了异常丰富的思考和思辨。

※ 在期破场徘徊

　　前天在期破场散步，我在斯维厅先生家窗子里看见了几只乌龟，忍不住停下来打量它们。看着，令我深有感触的不仅是它们被硬壳紧裹的那种防卫措施，更是因为它们试图全面——如果算不上里外的话——将身体死死裹住而犯下的愚蠢，一定会让自己死于自己的防护。乌龟伸头的窟窿和伸脚的窟窿，可以说通着外部世界，而通过这些窟窿乌龟又把外部世界吸进自身——通过它们在同一时间

"弄懂"乌龟与非乌龟的东西——这些窟窿让那身骨甲形同虚设，让人看出设计这身骨甲的家伙更爱固守一定之规，因此难免片面，对相对重要的事物及其变化反应不灵，只不过是悠然生活的主要因素而已。

乌龟显然没有轻重缓急之感；它与我本人有天壤之别，我简直一点也理解不了它；在乌龟这个词出现在我脑海里，我同时会想到只有我的身体物理材料上与它的身体基本一样，我的心智才能与它的心智息息相通。因为心智的合二为一只又在身体合二为一时才显得完美无缺；因此，不管何物，在某种程度上必定既是恶棍又是傻瓜，不吃掉对方，就会被对方吃掉。只要那只乌龟在窗户里，我身置露天街头，我们俩没有相互理解的可能了。

不过，我知道如果我坚持非要把它吃掉，那我一定能让它与我难分彼此了。多数人对乌龟汤十分在行，我也没有问题，但是如果我让我的首要先决条件得到满足，那我会让人看见我比谁都理智。我在这首要程序中就遇上了困难，因为我还不愿意让人看见我在逼着斯维厅先生说我自己想变成一只乌龟——我的意思是说我口袋里没有钱。什么大事没有钱都难以办成，不过区区半个克朗这样的小钱，我估计，我也能让自己把那只乌龟基本上弄到手，许多个半克朗在手的话那我无疑会及时地让买卖发生逆转，因为乌龟是否能得到，一定与钱的驱使有关系。如同人家常说的，世界离不开乌龟，而乌龟又离不开钱。没有钱，就没有乌龟。至于钱嘛，取决于主意、信誉、信任、忠诚这些个东西——这些东西尽管与钱联系在一起，但说到底并非物质属性。

这些步骤毫无新奇之处。逮到乌龟的人心头早有非常强烈非常坚定的观点，后来转化成了行为，再后来变成了金钱。他们认为乌龟本来就是这么回事，并且把他们的观点证实了；在这点上，意志和行为是被动产生的，由此产生的结果是这些人把乌龟颠倒过来，把它们带走。

斯维厅先生用钱与这些人接触，这就是被证实的观点成为外在而可视的标记了。顾客拿钱与斯维厅先生接触，斯维厅拿钱与侍者和厨子接触。他们则用技术和被证实的观点与乌龟接触。最后，顾客把这种确定的论据派上用场，那就是把所有的诡辩剥去，让乌龟与他自己原生质对原生质地成为一体，知道乌龟不过乌龟而已。

然而，事至此一定全部是接触，接触，接触；技术、观点、力量和金钱，以我们喜欢的任何方式彼此传过去传过来，依然是连接再连接，接触再接触。如果在观念、技术、力量或者金钱的量与质的任何一点上脱节了，那么这条链子就会比最薄弱的环节还薄弱，乌龟和确定的论据便会互不搭界。当然，如果在连接中本来就存在脱节，由链条上的随便什么缺陷造成，或者连接与连接之间的联系的失误引起，那么再没有什么引诱因素会把乌龟与确定的论据拉扯在一起，那就只会是用一条断链子拴狗；拴也白拴了。

　　自始至终的接触绝对必须得到酝酿；可话说回来，完美的接触又不是我们力所能及的，因为力求完美时反会中断接触，并且一旦为了不可分割的认同而成为基本行为。缺少这点的最绝对的接触只是出于礼貌的接触。所以说到这里则如同随便什么地方一样，欧律狄刻（希腊神话奥弗乌斯的妻子，新婚之夜被蟒蛇杀死，她的丈夫以歌喉打动冥王，冥王准她回生，但要求她的丈夫在引她返回阳世的途中不可回头看她，她丈夫未能做到，结果她还是被抓回阴间）在我们就要抓住她时溜掉了。我们面对面什么也看不见；我们最大限度的相见只是在一只装满杂物的口袋里用盲目的指尖乱摸一气而已。

　　这当儿，我自己盲目的指尖摸索到了结论，那就是鉴于我没有时间也没有钱用来完善这条链子，那么我最好还是让链子用别人的钱而非我的钱去完成它们的连接吧，于是我继续散步，向银行走去。我一边走一边感慨不已，想到由于这种彼此存在的相融我们如何不断地相遇啊。身体的种种局限按定义的方式似乎很容易界说，但定义却是很少有久长的。比如说，对一个人看得更清楚似乎莫过于他的钱庄主和律师吧？可是一般说来他还有许许多多组成部分，万不能把它们统统砍掉，长出新的代替物，就如同他长不出新的腿或新的臂；他也一定不能伤害他的律师；伤害律师是一件非常严肃的事情。

　　至于对他的钱庄——他在钱庄的行动一旦失败，就如同一个人的心与脑停止跳动一样会致命。我对医学咨询师和精神顾问不曾妄加评论，但是多数人借助腿、臂、心和脑四条主根进入了将他们围住的社会，不仅进入人类世界，而且进入一般宇宙。当然，我们能够成为屠夫、面包师、杂货店店员，差不多干什么都可以，但是这些都是缓慢的成长之物，都与皮、头发和指甲相呼应。我们中间那些没有得到相当高级的调教成为律师和钱庄主的人，一般说来可以毫不费力地找回他们也许拥有的无论什么社会组织的损失，据说如同蜥蜴长出新尾巴那样不费吹灰之力；但是这种情况在高级社会里以及有机体上，各种发展却只可能是到达一种非常有限的程度。

转世的信条，或者灵魂的转生的说法———一条前边所述的大部分思考都能轻易得出的信条——不管在什么方向，只要我们允许我们的思想活动，都是会产生的。我们见过肉体以及灵魂转生的多种例子。我不是说肉身和灵魂一起转生了，远不是这个意思；而是说，如同我们经常在一个截然不同的肉体上认出死神转生的心灵一样，我们往往会看见一具显然是转世的肉体，与某个人的新而截然不同的灵魂有联系。我们每天都能看见某人的身体显然是那些早已过世的男人和女人们，只是他们的相貌我们是通过他们的肖像知道的。我们看见他们往来于公共马车、火车车厢和所有公共场合。纸牌已经洗过了，他们在生命和民族性上早已改头换面，但是只要对中世纪十分了解，对上世纪的肖像画十分了解，不管谁都能一眼就把他们认出来。

有一次到意大利去，我在火车上看见一个年轻人，我最后终于辨认出来了，只是他看上去更年轻一些。他身边有一位朋友，他的脸在不停地扭来扭去，有那么一会儿我感到迷惑，怎么也想不起来我过去在什么地方见过他。猛然间，我记起来他是法国国王弗朗西斯。此前我无法想起这位国王的脸，伹是看到那张脸扭来扭去时我认出来了。伟大的当代亨利八世在牛津街开着一家餐馆。福斯塔夫多年来赶着一辆圣戈萨德公共马车，只是在铁路开通后才告老还乡了。提香曾在维琴察给我们做了一双靴子，还不是一双怎么好的靴子。在摩德纳，我的头发是一位年轻人修剪的，我看他长得活脱一个拉斐尔。为他那幅名声远扬的《圣母玛利亚像》做模特的人是在蒙特利尔经营糖果点心铺的第一位女士。她鼻子左边有一个母性十足的小酒窝，起先一直掩人耳目，但经过仔细审查她到底被认出来了；也许拉斐尔的模特也长着这个酒窝，可是拉斐尔弃之未画——拉斐尔做得出来的。

韩德尔当然就是帕蒂夫人。让帕蒂夫人戴上韩德尔的假发，穿上韩德尔的衣服，用不着人指点，她一看就是韩德尔。不仅五官和头形如出一辙，就连韩德尔的某种傲慢的神情与态度，他也很难在帕蒂夫人身上隐藏起来。也真是千载难逢，他竟然一直能把天籁之声传达出来，且那么令人望尘莫及。教皇尤里乌斯二世是已故的达尔文先生。拉美西斯二世现在是一个失明的女人，站在霍尔本街头，手持一只铁皮杯。我一直不明白每当我走过她身边总会哼起"他们让他们不堪重负"，直到有一天我在河滨斯普纳先生家的窗子里张望，看见了拉美西斯的照片才恍然大悟。苏格兰的玛丽女王穿着外科用的靴子，一惊一乍的样子，就在托顿汉姆院路的那家马蹄店旁边。

米开朗琪罗是一个门警；我在"格伦罗莎"号班船板上看见了他，每天从伦敦开往海上克拉克顿，而后返回。我当时简直懵了，眼见他从顶层船舱走下来，脸呈古铜色，鼻子扁平，脑门上还有那条熟悉的纹路。我一直不喜欢米开朗琪罗，以后也再难喜欢他，可是我怵他，因此一看他向我走来，就恨不得躲起来。他没有穿他那身门警制服，我是在一个月以后或者晚一些时间不期在河滨大道碰到他，我才认出来他就是那个门警。我们到了布莱克舞厅，音乐萦绕，人们在跳舞。我一辈子还没见过一个人能跳舞跳得没完没了。他在去克拉顿的一路上有舞就跳，回来又跳了一路，没舞跳了就飞目调情，哇啦哇啦讲笑话。想到这个人曾画出了《最后的审判》，塑出了那么多雕像，我简直不敢相信自己的眼睛。

但丁，一年前或者两年前，是马乔列湖布里萨戈的一个招待，只是他长相还算随和，神情也更像知识人。他对我说了说他对美的看法。"美就是美极了"，他大声嚷道，总是他那副理直气壮的样子。我不怕但丁。我看人要看他们交什么朋友：他爱和维吉尔出出进进，于是我带着几分严肃说："不对，但丁，西格诺拉·罗宾逊的鼻子很美，不过其他谈不上"；他承认我说的有道理。贝雅特丽丝（但丁《神曲》里一位神化的女子）的名字是陶乐；她是德语瑞士一家小酒店的女侍者。我常坐在窗户旁听人家喊叫"陶乐，陶乐，陶乐"，一上午喊叫五十次。她其实就是阿布拉；如果我没有记错，在人家没有叫开她这个名字之前是叫阿丰拉的，但是不管人们怎么喊叫陶乐，她总是有叫必应的。我捉摸人们应把她的名字写成"拖拉"，但在我听来是陶乐；不过我从来没有见过谁叫这个名字。她是一位很随便的女士，甜腻腻的，乐呵呵的，常让我给她弹钢琴，还说钢琴这东西让人陶醉。

当然我只演奏我自己写的曲子；所以我视她为知音，她听，我弹，挺好的。我心想不告诉她真的是谁会省不少麻烦，也就只字不提作罢。

我有一次碰上了苏格拉底。他是我在一次短途旅行中的赶骡人，我不便提及这次旅行地点的名字，因为担心人家会把他认出来。我一看见我的这位导游便知道他是某个什么人，可是我怎么也记不起究竟是谁。猛然间我脑子里闪过一个念头，认出他是苏格拉底。他话很多，喋喋不休，但是讲的全是方言，我听不懂他说些什么，不过我看出来他是何人后我做了许多努力与他沟通。他是一个很不错的家伙，不拘小节，爱顺手摸些水果和蔬菜，但人是很和善可亲的。他赶着他的骡子与我同行一整天，只向我要五个法郎。我给了他十个法郎，因为我对他那双补了又补的破鞋实在看不过去，而且他身上有一种逆来顺受的东西令我心动。"那么，苏格拉底，"我在分手时说，"我们可没少干坏事，你偷了西红柿，我偷别人的主意；至于其他——也就是你偷东西我偷主意今后哪样更可取，我们的在天圣父知道，而我们是不知道的。"

我从来没有看见过门德尔松，但是在基阿维纳一家小酒店的台地或说露天餐室的壁画上有他的肖像。他不叫门德尔松，但是我凭他那两条腿认出他来。他穿着大约四五十年前花花公子的服装，叼着雪茄，样子像是在向他的厨娘求婚。贝多芬正巧是我的H·费斯汀·琼斯先生的朋友，我有事碰上了；他现在是一名工程师，对音调难以把握了；他耳背得厉害，已婚，当然是一个身材矮小的人，同样长就一头硬刷刷的头发，一贯如此。在一旁打量他实在是有趣，琼斯说等不到用正餐他准保要被当作遗腹子看待了。一天早上，我听说贝多芬一家要搬走，不久我看到了从楼梯上搬下来他们的两个沉甸甸的匣子。匣子矮墩墩的，真是有其主就有其物，我立刻想到他们也许就在匣子里，要是看到他们忽一下蹦出来一点不觉惊讶，如同"匣子里的杰克"那一对人儿一样。"圣母玛利亚吗？"我说，紧锁不解的眉头，指着匣子。杂役知道我指什么，哈哈大笑。不过要把我认出来的人统统开列一份清单可不容易，我自己在脑子里搜寻的功夫已经走出去老远，在一家旧书摊前不由自主地停下来。

我不喜欢书。我相信在伦敦的藏书人中间我的书房是最不起眼的，而且我丝毫没有再买的打算。我把我的书都藏在大英博物馆和穆迪图书馆，谁要是给我一本书私人收藏，我会因此大光其火的。有一回，我在火车车厢听见两个女人争辩她们俩谁省钱，谁费钱。"我把钱花在买书上了，"受指责的那位说。"买书不能说是费钱。""当然是费钱，我亲爱的，我看就是费钱，"回击的这位说，而我在生活中也赞成她的话。韦伯斯特字典、惠特科万年历和布拉德肖铁路手册作为一般藏书足够了；这几种书提供的大量有用的娱乐的事情要是统统掌握了，正经需要点时间呢。不过话说回来，我得说，有时，如果不是特别繁忙，我会迫于习惯势力在旧书摊前驻足，翻看一两本书。

我还知道我为什么会拿起埃斯库罗斯的一本书——当然是英语版的——或者换句话说我不知道为什么埃斯库罗斯会容忍我看他的书，因为是他抓住了我而不是我抓住了他；但是他一抓住我就开始让我伤透脑筋，一如这四十多年来总是这样迷惑我一样，说不清楚他卓尔不群的成就究竟在哪些方面可以被看做名不虚传。我看他呢，如同历代所有国度的经典大家一样，只是文学上的斯特勒尔布勒格（史威夫特《格列佛游记》中一虚构人物，永不死亡，只在80岁上从法律上宣布其死亡，从此专靠政府救济而悲惨地生活下去），远远算不上是吃了仙果长生不老的人。真正永恒的人肯定有，但凤毛麟角，千年难求。多数经典作家都是技高一筹的大骗子，生前死后始终如一，而且如同供奉诸神一样，他们十之八九不过是些斯特勒尔布勒格而已。令我欣慰的是，我记得阿里斯托芬像我一样不喜欢他。没错，他只是通过比较索福克勒和欧里皮得斯说了埃斯库罗斯几句好话，他本来可以大加褒扬一番，却只做了一些不相干的比较。阿里斯托芬是一个可靠之人，跟他走安全，依我之见，跟他一起哈哈大笑就是比跟那些古希腊教授拉长苦脸要受用得多；不过这也不是非此即彼的问题，因为谁也不会真的把埃斯库罗斯当回事；可是更加令人感兴趣的问题是，他怎么就有本事让这么多人世世代代装模作样地把他当回事呢？

也许他娶了某公的女儿也未可知。倘若一个人有本事把公众的耳朵抓住，那他必须祈祷，婚娶，或者争斗。我怎么也不会认为埃斯库罗斯是个舞枪弄棒之人，砍砍杀杀之人写不出诗章，因此我看他必定娶了剧院老板的千金了，借此法让他的剧本频频上演。公众之耳，不论什么时代，什么国家，好比其土地、空气和水；它似乎无限无止，但实际上局限多多，已经留住了那些不会把多么有价值的财产十分看重的自然的东西。它被人书写，被人谈论，如同一支表面人口所面临的生存资源一样密不可缺。它没有一平方英寸大小，却在私人手里捏着，谁要想自由支配它的任何部分，那就必须通过购买、婚姻或者打斗，这是常规之术——不过砍砍杀杀可保最长之久最安全的占有权。公众则对谁拥有其耳朵这一问题很难有发言权，倒是土地拥有挑选其主人的权利。土地承租下来，谁拥有它谁想为自己获取最大收益，很少抱怨土地的瘦肥；然而它会留下执拗的残渣，而土地却不会，而且有时它还能支配它的佃户呢。

正是在这种残渣中，那些砍砍杀杀者留下了希望和信任。

要么或许埃斯库罗斯笼络住了他时代的大腕批评家们。你一想到这点便会恍然大悟，认为他一准是这么做了，因为凭什么也想不出来他不这么做他的那些剧本竟会那么走红？有一天我在瑞士遇到一位夫人，随时带着几只鹦鹉一起旅行，把它们视为她生活的偶像。这些鹦鹉不让人当着它们的面大声朗读，除非它们能听到人家一遍又一遍地念出它们的名字。如果它们的名字被随意地往下传念，它们便会保持安静，如同石头一样纹丝不动，因为它们以为人家是在朗诵它们自己呢。如果不是朗诵它们，它们就会不依不饶。文学的头头脑脑们如同这些鹦鹉；他们不看人家写出了什么，便是看了也不会比那些鹦鹉理解得更好些；可他们就是喜欢人家叫喊他们自己的名字，而且只要人家随意叫喊他们的大名，他们听来又亲切顺耳，那他们甚至不惜把耳朵对准门外汉。否则，他们会扯尖嗓子把人家吓走才罢休。

我不轻易劝告某个具有一般脑子独立的人去尝试公众之耳，除非他信心十足，能活过他自己的同辈人；因为即使他具备什么力量，那么人们也会并且应该保护自己，与他作对，因为人们无从知道他会把众人带往何处。再说了，他们往不可靠的人身上押钱往往无须怀疑，这会儿来了一个人让他们疑虑重重，不与他作对倒是发疯行为呢。是的，他在死前也许叫出了他的冤家对头，但是叫出来却无济于事了。如果他的尖叫声声盈耳，那只是他死时让人听得更清晰一点而已。我们不知道死亡是什么。如果我们对我们经历过的生命都知之甚少，我们又如何知道没有死亡是何物呢？——照常理说是永远不可能知道的。正如多年前我在《阿尔卑斯山与避难所》里讲过的，谁对自己来说都是永生之人，因为他直到死时才知道自己要死，而且一旦死了他又如何知道何物为何物呢？我们所知道的只是，哪怕死得轻于鸿毛的人也要等到肉体的所有痕迹统统消失了才决绝人寰；我们看见人们只是按照他们随后而来的人的肉体和记忆行事；该活多大活多大，没有人能活得更久长，活得更灵验，非得凭借议会法案才能把他们发送掉。是爱赋予了生命，真正的生命不是我们自己的那条命，而是我们替人家活的那条命，我们对它并不关心。我们关心的是给自己排好位置，成为走进生命的人们中的一员——尽管我们对生命知之甚少。

埃斯库罗斯就是这样给自己寻求地位的；但是他的生命并不是激励人心的那种，能够通过正正派派的交战去赢得——或者令人信服地拼搏而得。他的声音是一片嗡嗡声的回响——由嗡嗡之声引起，由嗡嗡之声维持。它不是一种人要么喊出要么死去的调子——不是的，哪怕他死掉；好像是埃斯库罗斯身上的多半暗示和狭隘的通道，我们既不能把这些玩意儿当头也不能收尾，不过是他的时代一些文学头头脑脑们在现实中的自我吹嘘罢了。

前边提及的那位夫人还向我讲了她的鹦鹉的别的事情。它宛若一柄纳斯米画锤，缓缓落下——敲得轻轻的，却无法抗拒。她总是给它念报纸。人订了报纸不会念给鹦鹉听，要报纸有什么用？

"你看得出，"我问道，"它们在政治上倾向哪边吗？"

"它们不喜欢格莱斯顿，"夫人冷冰冰地回答，"这是我们俩唯一不一致的地方，因为我对格莱斯顿特别崇拜。别再问我这事了，提起来就让我伤心死了。我跟它们什么都讲了，"她接着说，"不跟它们避讳什么秘密。"

"可是鹦鹉还能指望守住什么秘密吗？"

"我的鹦鹉能守住。"

"星期天你也像平常那样念同样的东西呢，还是另有安排？"

"星期天我总是给它们念《旧约》或《新约》的家系章节，因为我这样能告诉它们名姓又不犯亵渎。到了夜里我手边总会备上茶，等它们喝时有准备，我有酒精加热器给它们加热；它们要加奶，加糖。昨天夜里那个白发老牧师来看它们；说来让人不忍心，因为乔科扯尖嗓子提起他已故的……"

我以为她是要说"妻子"的，但说出口的却原来是一只鹦鹉，老牧师与之曾有深交，至情至爱。

一天晚上她讲到夸朗丁（隔离医院），当年在意大利边界上强迫推行。当地医生那天早上曾去看望意大利医生，作了一些细则安排。

"或许，我亲爱的，"她跟丈夫说，"他就是夸朗丁吧。"

"不，我亲爱的，"她的丈夫回答说。"夸朗丁不是人，是地儿，圈人的。"

但是她听了心下不舒服，疑心夸朗丁就是冤家对头，随时会袭击她和她的鹦鹉。因此，一位夫人有一次告诉我，她对圣歌也早有同样的麻烦。她在自己的祈祷书里读到，在唱诗班他们唱"这里接唱圣歌"，可是那个用了这听起来最神秘的名字的人却从不跟着唱。他们有一个唱诗班，谁都不能说教堂不是他们可以唱歌的地方，因为他们确实唱了——唱圣歌也唱赞美诗。那么，在这种节骨眼上应该跟着他那身为教区长爸爸的孩子，会在书桌上长此以往地不读圣诗吗？毫无疑问，他有朝一日会到书桌前的，那时他又会是一副什么样子啊？白白净净还是黑不溜秋？

高大魁伟还是五短身材？会像爸爸一样秃顶毛稀戴着眼镜呢，还是朝气青春英俊漂亮？不管怎样，有些事是错误的，因为人家都说他应该跟着的，他却从来不跟；所以他下步还会干什么，天知道。

我在一两年后听说那几只鹦鹉在意大利训斥了一名英国姑娘。我不知道它们用了什么话训人。天哪！打那以后它们以及它们的女主人便都死了。那位可怜的夫人觉得归期将至时反复叮嘱（这个责任该当她负，而不是我），把那几只鸟儿弄死为好，因为她担心它们日后会无人照顾，谁都不会像她那样心疼它们。这番话说过后她如释重负，只来得及说声"谢谢"，就魂归西天了。

就这么胡乱想着，平平常常地溜达着，穿过期破场一面往回走，竟又一次来到了斯维厅的窗子前。乌龟们又吸引了我。它们还活着，到目前为止无论如何它们还与我有某种缘分。不但如此，它们长着眼睛，长着嘴巴，长着腿，如果没长胳膊，蹄爪是有的，因此在许多方面我们双方是心心相印的，但是把自己武装得如此笨重却肯定铸成错误了。不管什么生物，只要武装得像乌龟那样，都会弄巧成拙，难以安全着陆，只会在劫难逃。它与外部世界根本无法沟通，因为这东西慢吞吞爬到哪里，死亡都会接踵而至；如若它打算与外界事物连接在一起，那它就必须爬出壳儿来。处于这样绝对的孤独隔离境地，它会没有更加绝对的死亡逼近？一点没错，如若完美的死亡能够得到（实际是可求不可得的）？那它如同我们可以寻求安全一样近在咫尺，但是不应该是什么动物认准的那种安全，为保护自己吃尽苦头。

因为这样的索要让事情具有了两面性，那就是要么要求生命相交无事而没有危险，要么要求死亡寿终正寝而不会夭亡。我们大家实际不惜花大把时间争取这点，但是我们还不至于像乌龟那样把自己用骨甲夹裹起来。我们在中世纪尝试过这一法儿，但是如今不再用我们祖先在打仗时穿戴的重甲把自己弄得滑稽可笑了。的确，武器攻击越是致命，我们越会借用鼻涕虫的才智以柔克刚了。

鼻涕虫对防护骨甲至死看不上眼，如同乌龟至死对骨甲都在追求一样。它们把自己包成一团靠的只是一层薄皮；它们每次横过马路都会招来杀身之祸。但是死神光顾它们一点不比光顾乌龟多，乌龟只顾披盔戴甲外御侵犯，内里就顾不上了。再说，鼻涕虫，终归会吉星高照，因为乌龟正在灭绝，而鼻涕虫却兴旺发达，全世界第一只乌龟面对的必是数百万只鼻涕虫。所以说，就这两种浮名浮利来说，鼻涕虫似乎是最讲究实际的。

在这两种动物中，每一种都认为自己是安全的，但是人们最终会发现未必如此。想到万物在该进食时也必定有肉吃，这种形同虚设的安全要说清楚也并非易事；只有另一部分生命在该进食时得到了肉吃，这些无以数计的嘴才找得到肉吃。这好比基尔肯尼猫（爱尔兰传说，两只猫格斗得只剩下了尾巴，喻指两败俱伤）或者抢了彼得还保罗（谚语，指剜肉去疮，拆东墙补西墙）；但是世界的规则就是这样，而且因为每一种动物都必须以同样的方式为这个宇宙的野餐做出贡献，除了提供每一物种来成全这世袭的谬见，谁也找不到更好的解决办法，分明知道最终会陷入困境，却只好忍受暂时以生命换生命的局面。"Dout des"是食肉者的座右铭；一种生物在自己眼里再宝贵，也比不上吞食它的敌人看来金贵。

不管什么声明，也不管什么主张，都没有生存形式更加无懈可击。各种主张都是以攻击或加强另一种主张为前提的，与生存形式一模一样。它们互相支持，植物和动物也无不如此；它们说到底是基于信誉或者忠诚，而不是什么万能的现金交易。整个宇宙都在依靠信誉机制运行，一旦基于这种机制的彼此信任运转失灵，宇宙本身立即毁于一旦。正义或非正义，首先要靠诚信；说到诚信，还取决于模糊与细微的观点，通过某种费解的程序转变成意志和行动，变成显而易见的物质和肉体：它大气一样的东西——悬浮在空气之中；它是视觉中没有基础的结构，无比广袤，无比纤细，无比奢华，没有什么基础会比这样了不起的无基之物更浩瀚，而且不管谁只要心生好奇，不耻下问，都能做到耳有所闻；诚信一旦失却，诚信的体系便随之瓦解。

不管宇宙是不是一个真正值得关心的问题，也不管宇宙是不是一个迟早必会爆裂的充气的巨泡，另当别论。如果人们打算要求马马虎虎地为每样东西付现金，他们迄今也只是由于信任公众舆论的银行把纸币当作现金，那么，银行背后的钱真的多得经得住在如此大的储蓄上进行如此支出吗？恐怕未必吧，但是所幸的是如此大的恐慌不会发生，因为尽管受过教育的阶级也许会有此类恐慌，然而没有文化的阶层则反应十分呆钝，还没有足够的头脑犯下如此难以企及的愚行。一个人要达到对付这样严重问题的水准，学院训练的教育过程是漫长的，而且通过仁慈的神意的天道，大学培训几乎是净赔不赚。因此多数人便永远难以支付得起，也只好按母亲的智慧和流行观点为自己的观点定基调，无法参照什么论证了。

就这样，我返身向家走去；一路上我还看到了许多事物，但是我被告知这次我用不着多看什么，我在《世界评论》上只有十二页的篇幅；因此我必须就此打住，有话也免谈，下次有机会时我想也许可以有更多的话，好好款待读者。

（辛梅 译）

马克·吐温（1835—1910），美国作家。

他的散文集《老实人在国外》奠定了他的声誉。其代表作有《艰苦岁月》
《镀金时代》《汤姆·索耶历险记》《王子与贫儿》《密西西比河上》
《哈克贝利·费恩历险记》等。

※ 婴儿

主席、各位来宾：

"婴儿"是我们每人都曾有的特点。我们不幸不能生为女人，我们也并非都
是将军、诗人或政治家，但是话题说到婴儿时，我们便有了共同点——因为我们
都曾是婴儿。这世界数千年来一直都不曾为婴儿庆祝过，好像他不值什么东西一
样，这实在是一大可耻之事。

各位先生，请你们仔细想想，如果你们退回几十年前，当你们刚结婚不久，你们有了第一个孩子，那你们就会记起婴儿实在等于太多的东西了，甚至比其他任何事都更重要。所有的军人都知道，当这位小家伙来到你的家中时，你就得呈递辞职"书"，而他则完全掌管了全家，你变成了他的仆人、随从、随时要站在旁边听候命令。他不是那种按照时间、距离、天气或者其他事情付给你薪水的指挥官，但你不管在任何情况下都执行他的命令，而且在他的战术手册中，行军的方式只有一种，就是跑步。（群众大笑）他用各种最粗野无礼的态度待你，但即使你们中间最勇敢的人也不敢说一句违抗的话。你可以面对死亡的风暴并予以还击，但他用手紧抓你的胡子，扯你的头发，拧你的鼻子时，你只得忍受。

当战争之雷声在你耳际响起时，你面对炮弹以稳健的步伐向前迈进；当他发出惊吓的呼叫时，你却掉头向他冲去。当他要吃能安慰他的糖果时，你敢不立即服务吗？不！你会马上去拿他需要的东西！如果要喝奶，你敢反抗吗？不会的，你一定是立即把奶热好，甚至还会吸一吸这热好的、无味的奶水，看看温度是否适当，成分是否弄对了——3匙水、1匙奶粉、一点糖。我现在还没有尝过这个东西呢！

你这样下去倒是学会了不少事情。较富感情的人仍然相信一个美丽的古老传说：婴儿如果在睡觉时微笑，是因为天使在对他说话。这个传说很美，但实在太不可信了，朋友们。如果你的婴儿提议每天早晨两点半做例行散步，你难道不是马上爬起来，并强调那是你就要做的事吗？啊！你是受过很好训练的，而当你穿着"不整齐的制服"在房间里来回不安地走着时，你不只是学着婴儿的语调说话，还会用含有母性的声音唱着催眠曲，例如"宝宝睡"。对田纳西陆军团来讲，这真是一件奇迹！然而这对邻居来讲却是件痛苦的事，因为在一里之内的地区，并非人人都喜欢在凌晨3点钟听到军乐。当你这样持续了二三小时，而婴孩又认为运动和声音都引不起他的兴趣时，很可能整个晚上都要这样奋战下去，直到筋疲力尽为止。

婴儿比起你和整个家要能提供更多的东西，他是一种企业，充满着无可压抑的活动，做着他高兴做的事，而且你不能限制他。一个婴儿就够你天天忙了，所以如果你还有理智的话，就不要祈求生双胞胎。如果是三胞胎，那简直是造反了。

如今世界上的三四百万摇篮中，有些是我们国家将世世代代视为神圣之物而保存起来的，如果我们知道是哪几个的话。因为在这些摇篮里，未来的栋梁此时正在长牙；未来闻名的太空人正望着银河以一种无精打采的神情眨着眼睛；未来的历史学家正躺在那里，直到他的这一任务完成；另一个，未来的总统正忙着烦恼他的头发还没有长齐这类无聊问题。

其他大约6万个摇篮里装着未来的官吏，还有一个摇篮在旗子之下的某个地方，篮内躺着未来的有名的美国陆国司令，因为此时负担的责任和荣耀极少，于是把他整个富于战略的心都用来寻找能把他的大脚趾放入口中的方法。这一类的成就我们今晚的贵宾们在几十年前也曾注意过（我决无不敬之意）。如果这个小孩能证明我们对他的预言的话，恐怕没有人会怀疑他会成功地找到那个方法的。

1879年11月13日

法朗士

阿纳托尔·法郎士（1844—1924），法国著名作家、文学评论家、社会活动家。
主要作品有小说《苔依丝》《企鹅岛》《诸神渴了》等。
1921年获诺贝尔文学奖。

※ 一个孩子的宴会

玩"宴会"的游戏是多么有趣啊！你可以举行一个简单的宴会或一个复杂的宴会——随你的便。你就是什么东西都没有，也可以开一个宴会。你只须装作是有许多东西就得了。

戴丽丝和她的妹妹苞玲邀请皮埃尔和玛苔到乡下来参加一个宴会。正式通知早已经发出了，而且他们为此事也谈论了好几天。妈妈对她的这两个女孩子给了一些良好的忠告——也给了一些好吃的东西。她们有奶油杏仁糖，柔软的蛋糕，还有巧克力奶糕。餐桌是设在一个凉亭里。

"但愿天气很好！"戴丽丝大声说。她现在已经九岁了。一个人到了她这样的年龄就会知道，在这个世界上你最珍爱的希望常常是会落空的，你所想做的事情也常常是会无法实现。可是苞玲却没有这些烦恼。她想象不到天气会变坏。天将会是很晴朗的——因为她希望是如此。

啊！那伟大的一天终于是明朗清洁，阳光灿烂。天空上半点云块也没有。那两位客人也到来了。多幸运啊！因为客人不来也是戴丽丝担心的一件事情。玛苔曾得了感冒，也许她到时不能痊愈。至于小小的皮埃尔呢，谁都知道他总是误掉火车。这不能怪他。这是一种不幸，但不是他的错过。他的妈妈是一个天生不遵守时间的人。不管在什么场合下，皮埃尔总要比别人迟到；在他一生之中，从来没有一件事情他能看到它的开始。这给他产生一种呆滞、听天由命的表情。

宴会开始了；绅士淑女们，各位请坐！戴丽丝当主人。她的态度是既殷勤又严肃。主妇的本能现在在她内心里开始发生作用了。皮埃尔劲头十足地切起烤肉来。他的鼻子抵到盘里，手肘翘到头上，他是在拿出他平生的气力为大家分切一只鸡腿。嗨！甚至他的双脚也在他这番努力中贡献了。玛苔小姐吃饭的态度很文雅。

她既不慌张，也不发出响声，完全像一个成熟的姑娘。苞玲倒不是如此特别；她喜欢怎样吃就怎样吃，喜欢吃多少就吃多少。

戴丽丝一会儿伺候客人，一会儿自己也当客人，她感到非常满足；而满足比起快乐来是要略胜一筹的。小狗喜浦也来参加，吃掉那些残羹剩饭。当她看见它啃那些骨头时，她想：小狗们不会懂得成年人——也包括孩子们——的宴会是多么考究和优雅：这才是使人感到心旷神怡的东西哩。

※ 送你一朵玫瑰花

我们住在一个堆满稀奇古怪的东西的大套间里。墙上挂着缴获来的装饰着颅骨和头发的原始武器；装备着桨的独木舟悬吊在天花板上，同用稻草填塞的钝吻鳄的躯壳并排放着。陈列收藏品的玻璃橱里安放着鸟、鸟巢、珊瑚枝和许许多多似乎充满怨恨和恶意的骨架。我不知道我父亲和这些奇形怪状的东西之间订了什么条约。现在我知道了：这是收藏家的条约。他是那样明智、无私，梦想把整个自然界装进一个大橱里。他说，这是为了科学。他这样说，也这样相信。其实，这是出于收藏家的癖好。

整整一套房间摆满了大自然中的稀奇古怪的东西。只有一个小客厅没有被动物学、矿物学、人种志和畸胎学侵占。这里没有蛇鳞，没有龟壳，没有骨头，没有燧石磨制的箭，没有印第安人的战斧，只有玫瑰花。小客厅的糊墙纸上缀满玫瑰。这是些含苞未放、端庄淡雅、完全相仿、朵朵美丽的玫瑰。

我母亲非常讨厌比较动物学和颅骨测量，她在小客厅里打发日子。我在地毯上，在她脚下同一头绵羊玩。这头羊过去有四只脚，现在只剩下三只。因此，它不配同我父亲收集的畸胎两只兔并列在一起。我也有个摆动臂膀的、有油漆味儿的鸡胸驼背木偶。那时候，我准会有很多很多幻想，因为这个鸡胸驼背木偶和这只绵羊使我想起千百出奇怪的戏中的各种各样的人物。当绵羊和木偶发生了什么很有趣的事时，我就去告诉妈妈，但总是白费力气。应该说，大人永远也听不懂小孩子在解释些什么。母亲心不在焉，我说话她不大注意听，这是她的一大缺点。但是，她习惯于睁大眼睛看着我，叫我"小傻瓜"，这就缓和了我们之间的关系。

一天，她在小客厅里撂下她的刺绣，用双臂把我举起，指着一朵纸花给我看，对我说："我给你这朵玫瑰。"

为了能够认出这朵花，她用刺绣针在上面点了一个十字。

从来没有一件礼物比这朵花更使我高兴过。

（冯汉津等 译）

巴甫洛夫

巴甫洛夫·伊凡·彼德罗维奇（1849—1936），

俄国生理学家、心理学家、高级神经活动学说的创始人。

1904年获诺贝尔医学与生理学奖。

本篇是巴甫洛夫在纪念俄国生理学之父谢切诺夫逝世两周年大会上的演讲。

※ 坚定的人创造生活

敬爱的先生们：

从这次起，彼得堡俄罗斯医师协会将每年召开纪念伊万·米哈洛维奇·谢切诺夫教授的大会。对于这样一个节日，俄罗斯医师协会是有特殊权力来庆祝的。因为伊万·米哈洛维奇的最光辉的时期是他科学活动的初期，这时他是在医学外科学院任教授。而我们协会从一产生起就与这一机构有着极密切的和不可分割的联系。

另一方面，谢切诺夫也有权接受这种纪念，因为他是给俄罗斯生理学奠基的一位学者。俄罗斯的智慧参加这一门重要学科——生理学的探讨，是从伊万·米哈洛维奇开始的。

这样的创举，需要有特殊的天才、特殊的性格，而这些特点在伊万·米哈洛维奇身上都明显地表现出来了。他不仅创始了俄罗斯的生理学，并很快就为它争得光荣的地位。

我们应该公平地承认，伊万·米哈洛维奇为中枢神经系统活动的机制的学说铺设了真正的奠基石，他阐明了这一学说中的如下要点。

1863年，他发现了能够抑制反射的中枢的存在。

他认为，如果在普通的脊髓反射的兴奋的同时，刺激脑髓的某一定区域，那么脊髓反射就会受到抑制。数年后，他的学生在他的指导下发现了一件完全相反的事实：就是在刺激脑髓的其他部位时，所发生的不是脊髓反射的抑制，而是反射的增强。最后，他证明中枢神经系统中存有一种异常重要的性质——神经过程的惰性。它是刺激总和的基础。他指出：对反射装置的单个刺激不能引起反射。引起反射需要有很多刺激。

伊万·米哈洛维奇发现的这一事实，是中枢神经系统学说的最重要的事实。

神经活动的全部发展，正如它在人脑的精神表现中所显示的那样，都有基于神经系统的这种性质——慢慢地转入运动，慢慢地安静下来。

我上面说的都是关于伊万·米哈洛维奇的科学功绩，现在我再来谈一下他的个人品质。

伊万·米哈洛维奇是这样一位极其少见的学者，他一旦订出某一计划，就一直把它进行到底；事实非常明显，正是这样坚定的人才能创造生活。他工作了一生，从来不知疲倦。1905年9月，他带着新的计划回到莫斯科，但是，一个月后他就与世长辞了。因此，他终生坚持在科学岗位上。

学者的一生是在特殊的气氛中度过的，他必须经常地可以说是俯首于真理。

照理说，学界人士在社会生活中也应该按照他固有的优点——客观与公正进行活动。而实际上远非如此，这难道还用说明吗？

但是，伊万·米哈洛维奇在这方面却幸而是一个很少见的例子。下面我引证他生活中的两件事实。

伊万·米哈洛维奇刚到彼得堡时，立刻就显示出他的科学天才和演讲天才，于是人们就推他做科学院的候选人。伊万·米哈洛维奇却不顾情面和地位地回答说，他在科学中做的还是太少，不足以享受这种荣誉。

第二件是关于他辞掉在医学科学院中的教授职位的事。伊万·米哈洛维奇曾大力推荐那位现在已为大家熟悉的梅季尼柯夫到动物学讲座来补充当时的空额。他那时就很赞扬这位学者的天才。可是委员会却偏偏给他另一位较差的科学家，于是伊万·米哈洛维奇认为委员会在这件事上做得不合惯例，他认为不可能在科学院继续留下去。他辞职了，使自己受到无所定居的遭遇。

像伊万·米哈洛维奇·谢切诺夫所具备的这种卓越的、特别的和高贵的个性，应该永远活在后人的记忆里，永远成为世世代代的后人的鼓舞者。据我看来，我们每年召开的纪念会在某种程度上是会达到这个目的的。

1907年3月22日

肖班

凯特·肖班（1851—1904），美国女作家，
她的传世之作《觉醒》被西方文评界认为是美国女权主义文学的经典作品。

※ 一小时的故事

　　大家都知道马德拉夫人的心脏有毛病，所以在把她丈夫的死讯告诉她时是非常注意方式方法的。

　　是她的姐姐朱赛芬告诉她的，话都没说成句——吞吞吐吐、遮遮掩掩地暗示着。她丈夫的朋友理查德也在她身边。正是他在报社收到了铁路事故的消息，那上面"死亡者"一项中，布兰特雷·马拉德的名字排在第一位。他一直等到来了

第二封电报，把情况弄确实了，然后就匆匆赶来报告噩耗，以显示他是一个多么关心人、多么体贴入微的朋友。

要是别的妇女遇到这种情况，一定是手足无措，无法接受现实。她可不是这样。她一下子倒在姐姐的怀里，放声大哭起来。当哀伤的风暴逐渐减弱时，她独自走进自己的房里。她不要人跟着她。

正对着打开的窗户，放着一把舒适、宽大的安乐椅。全身的精疲力竭，似乎已浸透到她的心灵深处，她颓然地坐了下来。

她能看到房前场地上洋溢着新春活力的轻轻摇曳着的树梢，空气里充满了阵雨的芳香。下面街上有个小贩在吆喝着他的货色。远处传来了什么人的微弱歌声；屋檐下，数不清的麻雀在叽叽喳喳地叫。

对着她的窗口的正西方，相逢又相重的朵朵行云之间露出了一片一片的蓝天。

她坐在那里，头靠着软垫，一动也不动，嗓子眼儿里偶尔啜泣一两声，身子抖动一下，就像那哭着哭着睡着了的小孩，梦中还在抽噎。

她那还算年轻、美丽、沉着的面孔上出现的线条，说明了一种相当的抑制能力。可是，这会儿她两眼只是呆滞地凝视着远方的一片蓝天。从她的眼光看来她不像是在沉思，而像是在理智地思考什么问题，却尚未作出决定。

好像什么东西正向她走来，她等待着，又有点害怕。那是什么呢？她不知道，太微妙难解了，说不清、道不明。可是她感觉得出来，那是从空中爬出来的，正穿过洋溢在空气中的声音、气味、色彩而向她奔来。

这会儿，她的胸口激动地起伏着。她开始认出来那正向她逼近、就要占有她的东西，她挣扎着，决心把它打回去——可是她的意志就像她那白皙纤弱的双手一样软弱无力。

当她放松自己时，从微张的嘴唇间溜出了悄悄的声音。她一遍又一遍地低声悄语："自由了，自由了，自由了！"但紧跟着，从她眼神中流露出一副茫然的神情、恐惧的神情。她的目光明亮而锋利。她的脉搏加快了，循环中的血液使她全身感到温暖、松快。

她没有停下来问问自己，是不是有一种邪恶的快感控制着她。她现在头脑清醒，精神亢奋，她根本不认为会有这种可能。

她知道，等她见到死者那交叉着的双手时，等她见到那张一向含情脉脉地望着她、如今已是僵硬、灰暗、毫无生气的脸庞时，她还是会哭的。不过她透过那痛苦的时刻看到，来日方长的岁月可就完全属于她了。她张开双臂欢迎这岁月的到来。

在那即将到来的岁月里，没有人替她做主，她将独立生活，再不会有强烈的意志强使她屈从了。多古怪，居然有人相信，盲目而执拗地相信，自己有权把自己的意志强加于别人。在她现在心情异样的一刻里，她看清楚了：促成这种行为的动机无论是出于善意还是出于恶意，这种行为本身都是有罪的。

当然，她是爱过他的——有时候是爱他的。但经常是不爱他的。那又有什么关系！有了独立的意志——她现在突然认识到这是她身上最强烈的一种冲动，爱情这还未有答案的神秘事物，又算得了什么呢！

"自由了！身心自由了！"她悄悄低语。

朱赛芬跪在她关着的门外，嘴唇对着锁孔，苦苦哀求让她进去。"露易丝，开开门！求求你啦，开开门——你这样会得病的。你干什么哪？看在上帝的份儿上，开开门吧！"

"去吧。我没把自己搞病。"确实没有：她正透过那扇开着的窗子畅饮那真正的长生不老药呢。

她在纵情地幻想未来的岁月将会如何。春天，还有夏天以及所有各种时光都将为她自己所有。她悄悄地做了快速的祈祷，但愿自己的生命长久些。仅仅是在昨天，她一想到说不定自己会过好久才死去，就厌恶得发抖。她终于站了起来，在她姐姐的强求下，打开了门。她眼睛里充满了胜利的激情，她的举止不知不觉竟像胜利女神一样了。她紧搂着她姐姐的腰，她们一齐下楼去了。理查德正站在下面等着她们。

有人在用弹簧锁的钥匙开大门，进来的是布雷特里·马拉德。他略现旅途劳顿，但泰然自若地提着他的大旅行包和伞。他不但没有在发生事故的地方待过，而且连出了什么事也不知道。他站在那儿，大为吃惊地听见了朱赛芬刺耳的尖叫声；看见了理查德急忙在他妻子面前遮挡着他的快速动作。

不过，理查德的动作已经仍然太慢了。

医生来后，他们说她是死于心脏病——说她是因为极度高兴致死的。

萧伯纳

乔治·萧伯纳（1856—1950），爱尔兰剧作家、散文家，生于都柏林，
他一生创作不息，直到90多岁，共创作了40多部剧本，
代表作有《武器与人》《人与超人》《巴巴拉少校》《伤心之家》《圣女贞德》等。

※ 留住这道风景

  1894年10月的一个清和的上午，在伦敦东北的一个宽旷的地区，那里距
该城贵族居住区和圣·詹姆斯大教堂有几英里路，那个地区的贫民区相对说来
并不算太狭窄、污秽、恶臭，空气也不太浑浊。老式的中产阶级的生活方式在
那里很流行：宽阔的街道，众多的居民，很方便但很丑陋的铁制公厕、激进分
子的各种俱乐部和电车道上遄遄的黄色车流；在主干道上都能看到那些芳草茵

茵的"前花园",除了像从大门到门厅那样的小径外,草坪基本未受足迹的践踏。但这种景象却被以冷漠的态度所容忍的千篇一律的状况所损毁:绵延数英里的丑陋的砖房、黢黑的铁栅、石头街道、石板瓦屋顶,还有那些穿着不得体的贵人或打扮得更寒碜的下层人,他们都对那种地方习以为常。大多数人都在沉闷无聊地替别人劳作着。他们身上冒出来的那一点点活力与渴望,只不过是暴露了伦敦佬们的贪婪和商业"冲动而已"。甚至连警察和教堂也还能够经常打破这种单调的局面。骄阳朗照,没有雾霭,烟尘严重地笼罩了一切,人们的脸、手、墙砖和墙壁都毫无清新洁净之感,但这倒都不足以使伦敦人感到像上了绞架一般苦恼。

这块索然寡味的荒漠也有一片绿洲。靠近哈克内路尽头的外缘,有一家占地二百一十七英亩的公园。公园没有铁围栏,而是用尖板条围着,园内有片片草坪,行行树木,还有一个供游泳者洗澡的湖。花床是受人崇赏的伦敦佬们的地毯式花园艺术的杰作,还建有一个沙坑,最初从海边运来那些沙子是为了供孩子们娱乐的,但那沙坑却很快被人们遗弃,变成了一个金斯兰德、哈肯尼和赫克逊地区的所有小动物群的自然栖息地。公园里有一个露天音乐台,还为宗教的、反宗教的和政治演说家们建有一个简陋的论坛;有几个板球场,一个体育馆和一个老式的石亭子,这些都是公园中诱人的场所。无论在哪里,只要它的周围是被树木或生机盎然的草地所围绕,那就是一个令人惬怀的佳境。哪里的地面围在灰色栏杆里,四目砖块、灰泥、广告牌、烟囱林立,浓烟缭绕,这种景况就会使那种地方显得污秽凄凉。

从圣·多米克牧师住宅的前窗能俯瞰到维多利亚公园的最美的景色。从那儿看不到任何一块墙砖。那所住宅有一个门廊和前花园,因此它是半独立状态。造访者石级而上便来到门廊,商人和家人穿过一道门,沿阶下行便来到地下室。地下室的前面是早餐室,每顿饭都是在那儿吃的,后面被用作厨房。地下室上层,进入厅门,就是客厅。客厅巨大的厚玻璃窗朝向公园。在那里,起居室里是唯一一处不受孩子们搅扰的地方,家人也不在那儿用餐。尊敬的詹姆斯·梅弗·莫雷尔牧师就在那里工作。

他在一张长桌的末端,坐在一把结实的圆背转椅上。长桌横在窗口,这样他就能够从他的左肩方向看看公园的景色，愉悦一下身心。在长桌的另一端，靠着一张只有它一半宽的小桌子，上面放着一台打字机。他的打字员背对着窗坐在打字机旁。那张大桌子上堆着小册子、杂志、信函、一摞抽屉、一本办公室日记、邮品架及其他的东西。还有一把椅子摆在房间的中央，朝着牧师，这是供找他办事的客人坐的。在他的手所能够着的地方放着一个文具盒，还有一张嵌在像框中的照片。

他身后靠墙处摆了些书架，从书架上摆放的《神学论》和那一整套布朗宁的诗集，行家们一眼便能洞穿牧师的狡狯神威性；也能通过一本黄色封底的《进步与贫穷》《费边论》《约翰·鲍尔的梦想》、马克思的《资本论》和另外六本有关社会主义的文学名著，看出他作为一位改革家的政治主张。房间中他的对面，靠近打字机的地方有一扇门。壁炉的对面很靠里面的地方有一个橱子，橱子上面有一个书箱，橱子跟前有一张沙发。壁炉中炉火很旺，炉边摆着一把舒适的扶手椅，椅子的一边是一个漆着花形图案的煤斗，另一边摆着一把供孩子们坐的小椅子。一个上漆的木制壁炉台上有精雕细刻的架子，台面上镶嵌着小镜片，一只旅行钟放在一个皮匣里（一件必备的新婚礼物）。在上面的墙上悬挂着一幅很吸引人的画，那是一幅蒂希安的《圣母升天图》中的主要人物的复制品。

总的说来，房间被主妇安排得井井有条。但从那张桌子来看，它被哪位龌龊鬼给糟蹋了，但其他地方仍被主妇收拾得很利落。就家具的装饰效果而言，与那位招摇撞骗而又土气的家具商的广告中说的"一套客厅家具"的风格相违背，但件件家具都还不是虚设，都能派上用场。作为伦敦东区的一位牧师，他囊中羞涩，不敢破费钱财虚摆设。

这位尊敬的詹姆斯·梅弗·莫雷尔是英国国教会中有社会主义倾向的基督牧师，也是圣·马太公会和基督社会联盟中的活跃分子。他已届不惑之年。精力充沛、友善和蔼、深受爱戴，且强健俊俏。举止文雅热诚，为人周到体贴，声音自然优美，并谙熟大量精彩的语汇。他是一位训练有素的演讲家，发言娴熟洪亮，辞令宏富精确。他确是一流的牧师，能够对他喜欢的人谈论他喜欢的事，能够教训他人而又不使自己树敌，能够将自己的权威凌驾于别人之上而又不使他们蒙羞，而且，也会时而干涉一下他们的事务，却又不显得鲁莽。他那热情与恻隐的泉源从未干涸过。他为了在每日同精力消耗与恢复的战斗中取胜，而尽情地吃饱睡足。然而，作为一位胆小的大人物，他很自负于自身的权势，不知不觉地为此而感到沾沾自喜，这种心态倒还可恕谅。他的气色健康，天庭饱满，有两道剑眉，眼睛明澈而热切，嘴形刚毅但又没有刻意造作之嫌，鼻子坚挺，但这位激奋的演说家鼻孔扁平灵动，宛如他的其他特征一样，鼻子微微欠缺一点细腻感。

打字员普罗斯派因·加尼特小姐，已过而立之年，个头矮小，动作敏捷，出身中下阶层，穿着整洁但很廉价的黑色的美利奴羊毛裙子，上身穿一件短外套。讲话心直口快，礼貌方面欠缺一些，但是很敏感，且柔情似水。当莫瑞打开他上午的最后一封信时，她正在机器旁嗒嗒地忙着。他明白了信的内容，发出了一声怅然滑稽的呻吟。

※ 两位女士的肖像

……安·怀特菲尔德是否楚楚动人，那就取决于你的鉴赏力了；也许还主要取决于你的年龄和性别。在奥克特沃斯眼里，她可是一位绝代佳人。整个世界因她的大驾而变得绮丽多彩。通过对她的民族在东方起源的整部生活史的神秘回忆，甚至也可回溯到这个民族已失落的天堂，这种回忆使得很不足道的个体意识的局限性倏然间就会变得广阔无垠。对奥克特沃斯来说，安就是浪漫传奇中的现实，愚谬中的颖悟灼见，安开阔了他的视域，也使他的灵魂释然翩飞，安化掉了他的时空和环境，使他的血液沸腾滚滚，汇成了生活中欢跃的河流，安将万千玄秘昭示于他，也使所有教义都变得十分圣洁。然而安的母亲却尽力对女儿不事张扬，认为她还远没有达到完美无瑕的地步。这并不能说奥克特沃斯对她的倾慕有些荒唐或有失体面。就容貌而言，安确是天生丽质，一位完美型的淑女，高雅娇艳，双眸生媚，秀发诱人。而且安不像她母亲那样装扮得那么咄咄刺目。安曾亲手设计了黑紫色丝织丧服来悼念亡父。这一做法也显示了拉姆斯登所看重的反正统的良好家风。

但上述喋喋絮语，都不足诠释安的真正魅力所在。让她扯下精制的黑紫色丧服，系上卖花女的围裙，戴上卖花女的头饰，再避去谈吐中的所有的"h"音，再让她将鼻子高高翘起，这样只消瞧一眼她的眸子，她就能让男人们梦绕魂牵。生命力和人性是一回事，但像人性一样，生命力有时会升华为一种天赋。安就是个生机勃勃的天才。真是怪哉，她竟毫无浮荡之嫌。这倒成了她致命的缺陷，而不是真正的长处。尽管她行为冲动，有着时新的爽直的一面，但她仍是一位令人仰慕的举止得体的大家闺秀。她给人们的印象就是如此。安无意去做任何事情时，也能鼓舞起人们的士气。如果她认为是对的事情，或许丝毫不顾及他人的看法正确与否，就会放手去做。她的这些行为也许会令他人生畏，简而言之，女性中有时就将她斥之为恶妇……

怀特菲尔德太太身材矮小，头上的黄毛活像插在鸡蛋上的几根稻草，表情中显示着一种稀里糊涂的严厉，表示不满的大嗓门短粗刺耳。对那些挤兑她的强手，摆出一副要将他们揉到一边去的架势。人们可以揣度得出来，她就是这样一种女人：清楚自己被人愚弄和无足轻重的地位，又乏力有效地保护自己，但无论如何，又绝不会向命运俯首认输。

※ 童年岁月

……我母亲喜欢自己的膝下，人们常对她的这一慈母情怀阔谈再三。但她实则对谁也恨不起，对谁也爱不上。我的胞妹芳龄二十便兰摧玉折，这虽唤起了她的些许母爱，但直到小妹撒手归西后，她的心中才受到了一些触动，而且这种触动也不是太显见。母亲对我们不大操心。母亲也是一门学问，但她却从未问津此道。孩子们的吃喝，对她说来，更是无关痛痒。她每年花上八英镑雇个佣人，然后将这一切都抛给了那些目不识丁的家仆……这样，我们在成长的过程中，便受不到春晖的沐浴，只能自己照顾自己，以伤筋动骨的代价来对付生活中的困苦，不可避免地受到万千愚弄后，才积得一些智慧……如果我们想赶着一头小牛从大街上穿过，用不着让它到每一家瓷器店都去闯荡一番。简而言之，以现代福利工作者的专业观点看，我母亲既算不上是一位贤妻，也称不上是一位良母，而只能将她归于有着贵妇习性，又豪放不羁的无政府主义者之列。

家父一生贫寒，又无啥建树。他所做的一切都激不起母亲的兴致，而他又无法割舍那令人憎恶的酗酒。当父亲最终掷掉酒杯时，对于改善他与母亲的关系已是收效甚微。人生中，如果没有想象力，没有理想，没有音乐的魅力，没有美丽的大海和媚人的夕阳，没有我们天生的善良与文雅，我们就难以预卜将会坠入何等野蛮的境况。

母亲常从音乐中寻求解脱。她的音调纯正，有着超凡的女中音的天赋。为了培养这一天赋，她从师于乔治·约翰·温德勒·李。那时李先生任管弦乐队指挥，也是一位音乐会组织者，同时也兼做音乐教师，在都柏林已名声雀噪。他的音乐蹊径独辟，极富创见性。因此他全靠自己培植的业余歌手进行演出。那些职业歌唱家都很厌恶他，而他则将职业歌唱家斥之为歌唱的亵渎者。实际上，他们也都是那路货色。他还把这一批判精神扩展到医学界。更令我们瞠目的是，他只食黑色面包而不沾白色面包，睡觉时窗户洞开。从那时起，我把他的这两个习惯都学到了手，并一直实践至今。最终李先生成为我们家庭的一员，并对我们的家庭产生了广远的影响。他使我养成了对学术权威质疑的习惯，而且现在我仍墨守这一成规。

李先生传授给我母亲一种很好的歌唱方法。她活过八十大限，直到谢世时，这种方法使她的嗓子保养得都很柔润，而且他还赐给了母亲赖以生存的目标及信条……

家父是一位爱尔兰新教徒，他属于从下层社会向上奋斗的年轻一代。他没有可承继的遗产，没有职业，没有手艺，也没有任何资格获得一个确定的社会地位。父亲肯定受过小学教育，因为他能读会写，虽然多少出些舛误，但他总算是能胜任记账的差使。观其言语穿戴，他像是一位受过教育的爱尔兰绅士，而不像一位铁路搬运工。但他的确没有大学文凭，也从未听他提及过他是哪所小学或大学的毕业生。家父从小到大都认为，所有肖氏家族的人都天生彬彬有礼。这是因为他们都是征服者威廉姆的拥戴者（有着光荣的虔诚和不朽声誉的荷兰威廉姆，而不是那位诺尔曼冒险家），也是爱尔兰的地产商，或与他们沾亲带故。这些卓跞冠群的后生都来到了都柏林，其中一位在那里建立了皇家银行。在我的髫龄时代，许多老人仍将这家银行称作肖氏银行。这位银行家被授予了从男爵位，并在远离拉斯发汉姆大街的一个名为丛林公园的居民区建立了都柏林肖氏家庭。家父是那位从男爵的第二个侄子，得到特许乘马车去参加丛林公园的葬礼。此外他还应邀去那里的一些家庭参加聚会。所有的肖氏成员都是新教徒，也都很势利。

借此势利气焰，家父在屈就了一两次职员后，斗胆放言道，他的家族对国家屡建功勋，在爱尔兰大法庭谋得一席职位，应是理所当然的。后来这个职位被取消，他被一点点养老金给打发回家。此后他卖掉了这笔养老金，又涉足了自己一窍不通的玉米生意。据我推测，他一直到仙逝时，也未获得多少生意经。在稍微远离乡村的地方，他开了一家小磨房。既然磨房中的机器在不停地运转，或许能混出房租。他的合伙人有两个孩子，他们是我的快乐的伙伴。

这间磨房的主要作用倒像是专供我们寻乐开心的。

我认为，就新教贵族说来，爱尔兰是世界上宗教信仰最不虔诚的国度。我的洗礼是由叔叔做的。当时由于我的教父灌得酩酊大醉，未能到场，教堂司事便受命代他承诺宣誓。这就像我叔叔命令他向教堂的火炉中添几铲煤一样随便。我对宗教从未达到坚信不疑的境界。我觉得，我的高堂也是如此。对于英国家庭举行典礼的庄严性我所知甚少。因为那时爱尔兰新教主义还称不上是一种宗教：它只是政治争斗的一个侧面，一种阶级的偏见，一种对罗马天主教的定罪方式，说他们是社会中很低劣的人，死后会被排斥出新教徒的行列，被打入地狱中去。天堂只能为新教徒的绅士淑女们所独享。在童年岁月，每个礼拜天，我都被送往一所周日学校。在学校里，那些假斯文的孩童嘴中絮叨着经文，并能获得签字的小卡片作为奖赏。如此这般折腾上一个小时后，我们就被赶进临近的一家教堂（上利森街的摩利耐克斯教堂）。在那儿，我们围坐在圣坛的栏杆边，个个如芒刺在背，大家都衷心盼望着仪式速速结束。我忍受这些，不是为了寻求自我的解脱，而是父亲的脸面要求我这么做。当我们迁居达尔客后，就把这一切仪式都付诸东流了。而且以后再也未曾染指此道。

劳动人民从来无暇涉足教堂，这是促使它成为一切社会罪恶的温床的原因。在英格兰，教士们常步入穷人的圈子，徒然地劝说他们走进教堂。在爱尔兰，穷人都是天主教徒（我的祖父奥兰治称他们为天主教徒）。新教教堂跟他们毫无瓜葛。我不能说，在我那个时代，爱尔兰新教徒的状况比他们描绘得还要糟，我只能谈及一些自己熟悉的片段。

请读者诸君设想一下，人们生活在这样的一个国度里，连一件蔽体的破烂衣衫都被贫困剥去，而小人们还不停地向你灌输要鄙视劳力者、要敬重富绅！再请您想一下，小人们就在你的耳边鼓吹，只有一个上帝，天堂只属于新教徒和堂堂正正的绅士，要反对那个被人盲目崇拜，称作教皇的大骗子！还要请您再想一想，英国贵族们为依靠中产阶级的收入而苟存所编造的种种托词，您感觉如何呢？我记得，有一天斯托福布鲁克告诉我，从我的书中，他看出了我对社会的不可遏制的藐视和憎恶。这难道还很奇怪吗？

如果在童年岁月，没有遭受过这种种不公的磨折，我对这一套或许还能压住心头的怒火。对一位局外人来说，这可能是不足挂齿的。这些只不过是在一个天主教国家里，一群悲凄的新教商人所上演的一幕喜剧。这群商贾聚集在由证券经纪人、医生和土地代理人组成的富豪集团的麾下，还有一群地主劣绅为他们作掩护，这群土豪因债台高筑而无法逃往伦敦，但他们有一位遭流放的副王做大帅，该统帅只能屈就皇家陆军中尉这样一个职务，年薪两万英镑。

这笔钱仍使他感到囊中羞涩，但却无碍他将娇妻封为副王后。那帮人就在他的帅旗下，扮演着达官显宦或宫廷大员的角色。那种种虚伪，再加上对收入和社会地位的串串谎言，他们已将生活中的真情实意彻底丧尽。

现在，我是从爱尔兰的宗教中发现了何种力量，才将自己从孤寂烦恼中解脱出来的呢？这很简单，那便是艺术的力量。母亲恰巧就有着卓跞冠群的音乐天赋。为了能认真地培养这一天赋，她就得同其他有音乐天才的人交往。她的声音同其他一些最悦耳的嗓子共同演唱的伟大作品，令人不可思议地奉献给了罗马天主教徒。这一事实引发了我的这样的一个问题，上帝是否真正是一位好的新教徒。甚至连那些神圣的名流绅贵们的身份时下也成了一个有待回答的问题。因为有些歌手，无可否认只不过是些区区小店主而已。如果最优秀的男高音，必定是一位天主教徒，身份至少需是一位会计师的话，那么一位滑稽演员的身份至少也得是一位诚实的文具商了！

如果母亲不想只待在客厅里，唱那些民间小调，她就必须摈弃一切宗派意识，丝毫不受信条或阶级身份的羁绊，毅然去和那些具有相同艺术天赋的人们交往。她也必须允许罗马天主教牧师进入她的生活，也要敢于接受邀请进入无赖汉的家庭或天主教堂，去演唱莫扎特的弥撒之歌，否则她的一切努力就都于事无补。如果是宗教把人们捆绑在一起，那么漠视宗教的观念又使他们分裂。那么我必须证实这一点，在音乐天才的身上，我发现了我们国家的宗教所在，而在我们的教堂和客厅中，我却发现无宗教可言。

※ 被我们遗弃的母亲

举个常见的势不两立的例子。一个寡妇把儿子拉扯成人，他遇到一个陌生女人，携她而去，娶她为妻，扔下自己的母亲去忍受孤独。他连想也没想这对母亲是多么难以忍受，而是把这当作理所当然的事情，事实上，他还巴望着母亲大发爱心，接受自己的妻子，却不想想，恰恰是因为她，做母亲的才会遭到遗弃。如果他对自己的所作所为表现出纤毫悔恨，如果他能与母亲共同泪水沾衣，恳求哭泣的母亲，别太费心神去想他了，因为他只得服从于一个男人的必然的命运安排，离开自己的父母，去爱恋妻子，母亲会祝福他，很有尊严地接受失去亲人的现实，而不会去嗔责他半句。但他却连做梦也没想到过这个茬呀。在他眼里，母亲对他那招人疼爱的新娘心存偏见。在这个问题上，母亲表露出的情感，是情理不容、荒唐可笑、甚至很令人作呕呢。

我曾把这个寡妇的经历看做是一个异常显眼的个例。但是有许多丈夫和妻子对自己的配偶感到厌倦失望或是背信疏远对方；这些父母因为儿婚女嫁失去了儿女，或许就失去了他们关心的一切。父母对膝下之爱比对任何物事之爱都更为纯洁无瑕。对孩子的爱心中绝无有意识的性爱的情感，但却有痛苦、嫉妒和因惑的失意之情，这些情感也都展示了性欲的特点。实际上，这种所谓的纯真之爱比性欲更加自私和妒忌。这样看来，为什么天真无邪的人们有时试图以强烈的嫉妒心去阻挠孩子们结婚成家，也就众目昭彰了。

罗斯福

西奥多·罗斯福（1858—1919），英国共和党政治家，美国第26任总统，生于纽约，哈佛大学毕业。他曾于1898—1900年期间任纽约州长。

※ 勤奋地生活

先生们：

你们是西方最大城市的公民，是产生了林肯和格兰特的国家的公民。你们卓越和杰出地体现了美国性格中最具美国特色的一切。在向你们这样的人物讲话时，我想谈的不是苟且偷安的人生哲学，而是过勤奋生活的道理——过艰苦奋斗的生活，劳动、竞争的生活；我想谈那种最崇高的成就，即贪图安逸之辈与之无缘，而不畏艰险、不避劳苦从而获得最大的辉煌胜利的人才能取得的那种成就。

胆小的人，懒惰的人，不信任祖国的人，丧失坚强斗志和英雄气概的"过于文明"的人，愚昧无知的人，对"胸怀大志的铮铮铁汉"亦为之动容的巨大鼓舞力量也无动于衷的、麻木不仁的人——总之，所有这些人都闭眼不看国家正在承担新的责任；闭眼不看我们正在建设能满足我国需要的海军和陆军；闭眼不看我们正在世界事务中尽我们自己的一份力量；我们英勇的陆、海军士兵把西班牙势力逐出了美丽的热带岛国，恢复了那里的秩序。这是这样一些人，他们害怕过勤奋的生活，害怕过唯一真正有价值的国民生活。他们相信与世隔绝的生活，那种生活会销蚀一个民族的吃苦耐劳美德，正像销蚀个人的吃苦耐劳美德一样。

不然，他们就沉湎于唯利是图、贪得无厌的泥潭而不能自拔，认为经商致富乃国民生活之根本。殊不知，经商致富固然重要，但毕竟只是造就真正伟大国家的许多环节中的一环而已。物质繁荣来自勤俭，来自干劲和事业心，来自工业活动领域中的艰苦努力；任何国家，如果没有深厚的物质繁荣的基础，都不可能长久生存下去；但是，如果仅仅依赖于物质繁荣，任何国家也永远不会成为真正伟大的国家。不错，一切荣誉应当归之物质繁荣的设计师；归之于创力了工厂和铁路的实业巨头；归之于那些为了富裕而殚精竭虑、不辞劳苦的强人；国家大大感激这些人以及诸如此类的人。但是，我们更感激那一些人，他们的最崇高典范应当到林肯那样的政治家和格兰特那样的军人当中去寻找。他们以自己的所作所为表明，他们深谙工作的法则和斗争的法则；他们含辛茹苦，使自己和家属过上了富足的生活；但他们懂得还有更崇高的责任——对国家的责任和对民族的责任。

因此，我的同胞们，我对你们要讲的是，祖国要求你们不要过安逸的生活，而要过艰苦奋斗的生活。20世纪已赫然在目，它将决定许多国家的命运。假如我们游手好闲，虚度光阴，一味骄奢淫逸，苟且偷安，假如我们在你死我活的激烈竞争前畏首畏尾，裹足不前，那么，更勇敢、更坚强的民族将超过我们，并将赢得统治世界的权利。因此，让我们勇敢地面对斗争的生活，下定决心卓越而果断地履行我们的职责；下定决心不仅在口头上而且在行动上坚持正义；下定决心做既诚实又勇敢的人，脚踏实地地为崇高的理想而奋斗。最重要的是，只要我们坚信斗争是正当的，就让我们不要逃避斗争，不论是精神的或物质的斗争，国内的或国外的斗争；因为只有通过斗争，通过不避艰险的努力，我们才能最终达到真正伟大国家的目标。

1899年4月10日

拉格洛夫

赛尔玛·拉格洛夫（1858—1940），瑞典女作家，1909年诺贝尔文学奖获得者。
著有长篇小说《古斯泰·贝林的故事》《耶路撒冷》等。
她的童话故事《骑鹅旅行记》被认为可以和安徒生童话相媲美。

※ 午睡

拉格洛夫中尉认为，孩子们要长得健康结实，长大后能成为有用的和能干的男人和女人，最重要的就是要求他们养成午睡的习惯。抱着这种信念，在吃过午饭之后，他总是带着两个最小的孩子到农庄办事处去，那是在另一幢建筑物里面，隔住宅并不太远。

办事处是一间很大的屋子，看起来好像和马尔巴卡时代牧师们的居室一样，那时它被用来作为办公室和书房。在屋子的一端，靠近窗口处，有一张黑色的皮沙发椅，在它前面是一张长椭圆形的桌子。在一堵墙边有一个床铺，一只黑皮椅，一张漆成赤色的巨大的胡桃木写字台和一个高大的有许多抽屉的柜子。在另一边还有一张床，一只黑皮椅，和用瓷砖砌成的壁炉。在壁炉上边的墙壁上，挂着三个鸟类标本，一只用海豹皮制成的猎袋，一把马上用的大手枪，一把击剑用的钝头剑和一把坏了的军刀。在这些武器中间，还有一对巨大的鹿角。造近门边，一边是总是挂着布帘的壁橱，另一边是一个书柜。壁橱下边，有一只中尉的用铁皮包裹的橡木箱子，一只团队的会计用过的箱子，其中有一只角已经烧焦了一点儿。

在书柜里，中尉保存着他的一些账本，另外还有两代人用过的学校教科书。好些本《欧洲文艺年刊和荷马、西塞罗、李维的作品挤在一起。彼得大帝和腓特烈大帝的历史，由于它们那暗褐色的厚纸板装订的封面，也被流放到了这儿。这儿还有威廉·封·布劳恩的著作——不过这些著作不是因为封面的原因，而是由于其他的原因。地板上放着一些测量仪器，那是中尉在边界线上工作时留下的；此外还有几只小箱子，放着钓鱼用具和零碎物品。

走进办事处之后，中尉和他的两个小女儿要做的第一件事就是驱赶苍蝇。门窗全部打开了。中尉拿起一毛巾挥舞着，两个小女孩解下她们的围裙开始击打空气。她们爬上椅子和桌子，东挥西舞，因为那些嗡嗡的苍蝇飞来飞去，似乎决心要留下来，不过，终于还是把它们赶走了，门和窗都关了起来。

然而还是有一只苍蝇没有被赶走，他们把它叫做"办公室的老苍蝇"。它对每天一次的驱赶已经习惯了，完全知道怎样躲避驱赶。当一切都安静下来以后，它就从藏身之地跑了出来，停留在天花板上。

中尉和两个女孩没有对它再进行驱赶，因为他们都知道它是过于机敏了，他们决不能把它赶走。于是他们着手进行午睡之前的第二件事。女孩们放好两个皮枕头，并在沙发椅上放一只矮枕头，中尉可以把头枕在上面休息，他伸长了身子，闭上眼睛，假装睡着了。

接着，女孩们尖声叫喊着，扑到他的身上。他把她们抛掷起来，好像她们是两只皮球；又摆弄着她们，好像她们是两只好玩的小狗。她们则扯他的胡须，弄乱他的头发，并且爬到沙发上，和他开各种各样的玩笑。

当中尉认为孩子们已经得够了，就拍拍手，说："别玩了。"

怎么能够呢？孩子们继续玩着，一次又一次地爬上沙发，被抛开又被拉回来，尖声叫着，大声嚷着。

过了一会儿，中尉第二次拍手说："真的别玩了。"

然而这次拍手也没有见效，同样的嬉闹继续着，伴随着叫声和笑声，直到中尉第三次拍手说：

"好了，真的别玩了。"

两个女孩立刻停止了吵闹，各自上了自己的床去睡觉。过了一会儿，中尉开始打鼾。他的鼾声并不很大，但足以使两个孩子睡不着觉，尽管中尉要求她们要养成午睡的习惯。

孩子们是不准离开床铺，也不准相互谈话的，只能够静静地躺在床上。而她们的目光却在满屋子里打转。她们瞧着地板上的破垫子，分辨着妈妈和姨妈的旧衣服，这些衣服已被裁剪成了地毯。她们瞧着马尔姆伯格将军的肖像，它挂在墙上的两幅描绘战斗场景的油画中间。她们瞧着墨水瓶和笔，鹿角和猎袋，钝头剑和那把著名的被称为"杀兔者"的枪。她们瞧着床单上的图案，数着墙纸上的星星，看着地板上留下的钉头和窗帘上的方格花纹。时间过得真是太慢了！她们听见了别的孩子们发出的愉快的叫声，他们的年龄大了点，可以不必被迫午睡了。他们四处跑动，幸福而又自由，大口大口地吃着樱桃、醋栗和青苹果！两个小女孩唯一的希望寄托在那只"办公室的老苍蝇"上。它正在中尉的面孔四周嗡嗡叫着，尽其所能发生出喧闹之声。如果它能够一直这么嗡嗡下去，就一定会把他弄醒！

（夏月 译）

切斯纳特

查尔斯·沃·切斯纳特（1858—1932），美国小说家和新闻记者，终生以速记员为职业。切斯纳特的大多数作品问世于19世纪末和20世纪初，以反映美国南方黑人生活为主。

※ 巴克斯特和《强求一致》

《强求一致》是博德莱安俱乐部出版的一本书。博德莱安俱乐部的会员都是些具有高度文化修养的绅士，书籍爱好者，收藏家。据我所知，俱乐部起了这么个名字是为了纪念牛津著名的博德莱安图书馆。在本地喜欢豪华公馆和珍本书籍的人们心目中以及别的城市的朝圣者心目中，这座俱乐部乃是一座圣殿。博德莱安俱乐部当年接纳过马克·吐温、约瑟夫·杰佛逊以及其他文坛和剧坛的名流。

它拥有一套十分可观的收藏品，这些收藏品原属于有名望的作家。其中有歌德的吸墨器，爱默生用过的铅笔，马修·阿诺德的书信手迹，甚至还有格莱斯顿先生砍倒的一棵树上的木屑。

俱乐部图书馆藏有不少珍本书，其中有一套很不错的谈论棋艺的书——我们有一些会员很喜欢下象棋。

但是俱乐部的活动不仅仅限于图书。我们有一座漂亮的建筑物，布置得十分考究，雅致。这座房子的前厅挂着优秀的绘画，包括好几位前任俱乐部主任的肖像。除了书籍，我们收藏的烟斗也格外引人注意。吸烟室（其实根本不用设吸烟室，因为每个房间都允许吸烟）有一个长长的木格架子，上面陈列着收藏的烟斗，在文明的世界里恐怕再也找不到能与之匹敌的收藏品了。我们有个不成文的规章：凡是想要加入俱乐部的人，除了申请书外，还要交上一只样式别致的烟斗，如果他被接纳，他的这只烟斗便归入收藏品之中，且登记上他的姓氏。一年一度，在沃尔特·雷利（是他最早把烟草介绍给英国）逝世纪念日这一天，全体会员都来到俱乐部。当天晚上大家都把一包包上好的、贵重的烟草摆到桌子上。到了九点整的时候，人人都从架子上取下自己的烟斗，装满烟草，点着，然后在俱乐部主任率领下，一边喷云吐雾，一边对俱乐部各个房间进行礼仪性巡视，之后又回到吸烟室。到了那里我们的主任先发表演讲，他讲完话便请每个人发言：或引某作者的话或用自己的话，颂扬一番尼古丁。仪式结束后，大家把烟斗磕打干净，放回原处。

但是，如上所说，我们俱乐部的生存意义和声誉的源泉乃是所收藏的珍本书，其中最引人注目的是我们自己的出版物。就连我们的图书目录看上去也都像一件件艺术品，而且印数有限，成为图书馆和藏书家争相猎取的对象。博德莱安俱乐部创建以来所出版的书都符合藏书家们的最高要求。固然，我们的书并不奢求古雅，但就美观新颖的装帧，特制的"仿古"纸张，别致的开本，不切齐的纸边，宽大的页边空白，印数极其有限等而言，博德莱安俱乐部无疑是善于执牛耳的。

老实说，书的内容在这里只占次要地位。起初出版委员会曾声称，只有人类才智的最伟大的作品才有资格用俱乐部出版的豪华版本传世。但到头来起决定作用的反倒是作品的篇幅：页边空白很宽、精致小巧的书本容纳不下长篇文字。例如，我们出版了科尔律治的《古舟子咏》，爱默生的一篇论文，托罗的一篇论文。我们还印了由赫隆·阿兰根据牛津博德莱安图书馆收藏的手抄本翻译的波斯诗人欧玛尔·海亚姆《鲁拜集》，这个译本在诗歌技巧方面不如爱德华·菲茨杰拉尔德的译本，但却鲜为读者所知。几年以前我们开始出版本俱乐部会员自己的作品。贝斯康姆《论烟斗》一文便是一个极其成功的例子。这篇论文共印行了一百册，由于该文从未出版过，而且版权属于我们俱乐部，因而成了珍本书，价值连城。

采取的第二个步骤是出版巴克斯特的《强求一致》这部叙事诗。

我还未来得及交代，博德莱安俱乐部每年有一次到两次，在事先通知召开的大会上举行书籍大拍卖。会员们把自己藏书中复本或者由于某种原因不再需要的唯一的一本书送到拍卖会上，以最高的价码拍卖出去。我们的拍卖会总是有许多来宾光临；近年来本俱乐部出版的书特别畅销。三年前贝斯康姆的论文《论烟斗》卖十五美元，俱乐部印这本书的成本是一美元七十五美分。在下一届拍卖会上，这篇论文切边的卖二十五美元，不切边的卖了七十五美元。我们从前也知道不切边的书很值钱，但这次在财务上取得的成功，大大提高了不切边书的吸引力。《论烟斗》一书的价格猛涨，不能不影响俱乐部出版的其他图书。例如，爱默生论文从三美元一下子涨到十七美元。托罗是一位不大出名的作者，据他本人说，他的书卖不上大价钱，但是这一次他的书却以略高于定价的价钱转手给新主。

眼下必须竭尽全力保住书价不下跌。每个会员手头都有一本或几本值钱的书，所以对提价的方针都毫无隐讳地表示关切。

但卖价最高的书则首推巴克斯特的《强求一致》。

巴克斯特可说是博德莱安俱乐部一位最有学问的会员了。他毕业于哈佛大学，曾周游各地，博览群籍，虽然不像我们当中有些人那么热衷于收藏书籍，却拥有一座藏书相当可观的私人图书馆，就像本城任何一个体面的青年人一样。他加入俱乐部时刚三十五岁，显然是某种辛酸的生活经历，不知是情场上的失意，还是希望的破灭，给他的性格打上了烙印。巴克斯特那好看的外貌（浅色的卷发，红润的面孔，灰亮的眼睛）使人想象他具有温文尔雅的性格，或许还喜欢华丽的词句。然而他却很少开玩笑，说话总带点玩世不恭的味道，流露出阴暗的、悲观厌世的哲学观点，这和此人的容貌如此格格不入，以致我们不由得要去寻找造成他心中隐秘的忧伤的原因。可究竟是什么忧伤，却无人知晓。他拥有家产，在社交界很走红，而且我上文已提到，他长得又是仪表堂堂。至于说他到了三十五岁还是个单身汉，这倒是支持了失恋一说，但他在本俱乐部会员中的朋友们对此却无法加以证实。

我倒暗暗产生了怀疑：巴克斯特也许是一位不得志的作家吧？他是一位诗人，这我们很清楚。他的打印出来的诗稿常常在会员当中传阅。但巴克斯特本人却一直表白他对当代文学的深刻蔑视，不厌其烦地说他怜悯那帮文字奴隶，他们的饭碗能否保住和才华能否被承认，却取决于那些趣味不高的读者们的怪癖。因而我们当中没有人认为他希望发表作品，但是，我再说一遍，我头脑中突然产生一个想法，他在这个问题上所持的态度既是因又是果：他对发表作品之所以鄙夷不屑，可能是因为他曾孜孜以求而终于受挫，而他的作品得不到发表，又可能使他对时下的风云人物———一位拳击家或航空家所享有的庸俗的名声产生傲慢的偏见。

说句公道话，出版《强求一致》倒不是巴克斯特本人的主意。但是他把这部长篇叙事诗的构思透露给某些会员，因而不久俱乐部全体会员都知道了巴克斯特正在写作一部出色的作品。

他曾多次在我们图书馆会客室向少数几个友人读过叙事诗的片断——每次从不超过十行，听众从不超过五人，这些片断使某些人对该诗的主题思想和宗旨已经了解得相当清楚。至少我本人已逐渐明确，这部叙事诗反映了巴克斯特的哲学观点。社会就好比是普罗克拉斯提斯，它如同希腊神话中的这位强盗一样，把每个来到这个世界上的人都用一种人为的尺度来衡量，而这种尺度总是人最难以适应的。在生活中不能得其所的男男女女，世界上大有人在。大多数的婚姻都是不幸的，因为结成伴侣的多是彼此格格不入的人。宗教不过是迷信，科学多是伪科学，国民教育是培养蠢材、糟蹋天才的体系，其宗旨就是把正在成长的整个青年一代都拉平到一个平庸的水平线上。不久生活将变得如此刻板、单调，以致几乎失去生活下去的价值了。

如果我没记错的话，出版《强求一致》是斯密斯的主意。但是当人们向作者提出来时，他并未表现出高兴的样子，反而犹豫了许久，说他的这部叙事诗不值得发表出来。不过，听说只印五十册时，他又答应考虑考虑。我还记得我曾暗中推测巴克斯特在写作上遭到挫折，所以劝他尽可以放心，因为书印的很少，能够拿到这本书的都是他的朋友，而别有用心的评论家是很难搞得到的；退一步进，即使有人不喜欢这本书，那么关于这本书写得不成功的消息也只能在有限的范围内流传。巴克斯特被我这番话说服了，因此当文献出版委员会正式向他提出这个建议时，他同意了，虽则很勉强。不过他提出一个条件，要亲自督办印刷、装订以及向订户发书的事宜；他答应文献出版委员会将按时交稿并履行装帧方面的要求。

巴克斯特如期交了稿，但要求不在会上宣读，因为他不希望这部叙事诗不加必要的装帧就面世；于是乎委员会再一次做出让步，听了巴克斯特关于叙事诗的题材及其发掘情况的通报后，表示相信他这位作者的眼力和造诣，便婉言取消了宣读手稿的做法。但是关于装帧的事却丝毫不含糊！纸张采用凯尔姆斯各特工厂手工生产的仿古纸，字模是英国古老哥特式花体字字模。封皮是巴克斯特亲自选定的：墨绿色的上等羊皮，边缘饰有用红漆印刷的小铃铛形图案，封里是栗色羊皮，有压印的花纹。巴克斯特授权与印刷厂洽商，并监督印制。经决定，这一版书（共五十册）在出版前便尽数拍卖，但一人只能买一本；卖书的全部收入必须抵补印制费用，如有盈余，则上交俱乐部。人们许诺给巴克斯特一册作为报酬，但他表示反对，理由是那书价将高于他的稿酬。

不过，经大家劝说，他到底还是同意了接受作者应得的赠书。

在讨论《强求一致》出版事宜的那些日子里，有一位会员在会上读了某杂志上刊登的一篇文稿，说康帕内拉的十四行诗集最新译本加了封印后卖了三百美元。这给我的同事们留下强烈的印象。这真是别出心裁！这真是长久保存珍贵典籍的一个高明的办法！这样一来圣洁的典籍便不会被那班鄙陋无知者的目光所亵渎，而书的主人可以在想象中翻阅它的宝贵的篇页，享用自己的财富，并且因为外人无法分享他的财富而感到无上快慰。文献出版委员会也迫不及待地想采用这个办法，建议巴克斯特在分发《强求一致》时也如法炮制。巴克斯特并不反对，而希望得到加封印的书的人都向作者提出申请。我也提出了申请。一本好书说到底是一笔万无一失的投资。既然有可能把这本书变得更稀罕，因而也就越珍贵的版本，我自然不会错失良机。

巴克斯特的书终于问世了，订户们都收到了一本邮寄来的、装在用厚纸板做的精美封套中的书。每本书都包着一层薄薄的而又十分坚固的透明纸，可以看到封皮上的图案和压花。包装纸上标有书号，两边折起的纸边用火漆封好，火漆上打着博德莱安俱乐部缩写花体字图章，证明这本书完好无损。

在我们俱乐部下一次会议上，人们大谈特谈《强求一致》这本书，异口同声地说这是博德莱安俱乐部出版的一本印制最精美的书。说来也真凑巧，谁也没有把自己那本书带来，而供俱乐部图书馆用的那两本，装订工人还没送来。巴克斯特解释说，这两本书还要另加些装饰。

在一位参加拍卖的同事的提议下，选举了一个三人小组，在将于最近召开的会议上评论这部长诗。

我不幸被选入这个书评小组。

不言而喻，我现在必须把这部长诗读一遍。为此还得把我那本启封，但紧接着又举行的一次拍卖使我没能这样做。这次拍卖的是一本加封的《强求一致》，结果被一位局外人出了一百五十美元的惊人高价买去！

在这之后我没敢去揭下我那本书上的火漆印，不得不另外设法阅读这部叙事诗。我怕显得太自私，便绝口不提自己那本加封的书，也没有开口向别人讨借。不过我却似乎无意之中对巴克斯特说我想看一下他的长条校样，因为我打算给自己那篇书评加进一些引文，可又不敢把自己那本书交给打字员。巴克斯特以一种明显的遗憾心情回答说，他看不出长条校样有什么用处，便填进壁炉烧掉了。他这种漠视珍贵墨迹的态度，在我看来不免有些过分。一份莎士比亚亲笔改过的校样肯定会被当作无价之宝！

在俱乐部的某一个活动日，我注意到同我一起被选入书评小组的汤普森和戴维斯两人，在吸烟室里令人可疑地匆忙而又十分热心地谈起巴克斯特的那本书，极力探问其他同事的见解。

任何一篇书评当然都或多或少以它的真正读者对象的评价为依据的。我想当然地认为汤普森和戴维斯既是订户，肯定读过《强求一致》，因而我也很想听听他们的意见。

"诸位对社会体系一章如何评价？"我这样问道。我忘了说，这部叙事诗是用无韵诗写成的，全诗分为若干章，每章有标题。

"这个嘛！"戴维斯颇为审慎地开了头。"这并不完全是斯宾塞的观点，虽然有许多地方很像斯宾塞，并且相当接近于黑格尔。依我说，这乃是把当代一切哲学家的杰出思想同巴克斯特世界观的特征熔于一炉。"

"对，对！"汤普森随声附和地说道。"这一章的精彩之处就在于它使我们感到它表现了巴克斯特的思想。就连它的风格也反映了巴克斯特的智慧，你就好像听见了他的声音。由于我们了解巴克斯特，所以很容易对他这本书进行评价，而读了这本书之后，我们觉得自己更进一步了解了我们这位同事——真正的巴克斯特。"

在我们进行这场谈话的时候，巴克斯特正在房间里，站在壁炉旁吸烟。我无法判断他那似笑非笑的神态是什么意思：洋洋得意还是玩世不恭。这是巴克斯特惯有的表情，而且我老早以前就觉察到，无论是他的神态还是他的言谈都使你无法判断他的心情。当我们俱乐部的看门人的残废儿子死去时，巴克斯特说这样对可怜的孩子会更好些，看门人也甩掉了包袱，我觉得他这话太冷酷无情了；可是过了一个星期以后，看门人偷偷告诉我，巴克斯特曾出钱为孩子动了一次费用很高的手术，以期延长他的生命。就因为这个，我从此不再根据巴克斯特的笑容作任何判断了。现在，他还没听完我们的谈话就走了出去，这使我松了口气。

这时戴维斯对我说："我说琼斯，您是否赞同巴克斯特关于蜕化的观点？"

我常常听到巴克斯特就当代文明似乎正走向衰落的问题发表议论，这使我可以满怀信心地、具有坚定把握地对他的观点作一广泛的评述。我说：

"我觉得他的思想同叔本华的思想是相吻合的，但不像叔本华那样易动肝火，他的思想又同诺尔道的思想相吻合，但不像诺尔道那样夸夸其谈。他的唯物主义同海克尔的唯物主义有着亲缘关系，但又是以奥马尔·海亚姆的魅力表现出来的。"

"您说得很有道理，"戴维斯说，"这也符合当代的迫切要求。对于质朴的乐观主义不满，说明哲学面对着未知时是无所畏惧的。"

我恍惚记得在什么地方读到过这类话，不过在我们这个时代，要想探讨某一严肃课题而又不无意之中借用别人的见解和别人的言论，那几乎是不可能的。引章摘句，一如效仿他人，是一种高级的献媚形式。

汤普森被委托就《强求一致》的形式发表评论，他说："这部叙事诗是用音调铿锵的诗节组成的，诗节的旋律回旋反复，耐人寻味，而且形式和内容结合得如此紧密，因此，如摘引个别段落，不免要冲淡整体印象。只有通读全篇，才能做出公允的评价。我将在我的那篇评论中谈到这一点。"接着他问我："您对装帧质量有什么话要说吗？"

我作为一个懂行的人，要对这本新书的装帧技术做出评价。

我若有所思地回答说："装帧同这颗明珠倒是很匹配的。墨绿的封皮压有漂亮的花纹，古老的英文字体，仿古法制作的纸张，这一切都使得《强求一致》这本书堪称我们所印制的最珍贵的版本之一。从印刷方面看来，这本书也是完美无缺的——在大西洋彼岸还不曾看到比这更精美的版本。文字部分看上去也很美，犹如美丽的小溪，在宽阔的田野中间蜿蜒流过。"

我不记得我当时为了什么事离开了房间片刻。我在走廊里几乎和站在门外的巴克斯特撞个满怀；他正在观看迎面墙壁上一幅描写狩猎场面的版面，不时地现出愉快的笑容。

他对我说："这幅画真逗。您看这位年老的胖先生，骑着这么一匹高头大马！我敢打赌，他连第一道篱墙都跳不过去！"

装得倒蛮像，可骗不过我去！巴克斯特装出一副满不在乎的样子，其实他急于知道我们对他那书的看法，正是为了这个他才站在走廊里，好在那里听我们的谈话，又不至于因为他在场使我们难堪。他听了我们的赞扬却掩饰着内心的高兴，佯装被那幅有趣的版画逗得发笑。

前来参加《强求一致》讨论会的有本俱乐部的许多公众，还有几位客人，其中有我们一位同事的表弟，这是一个初次到美国的英国青年。我们的人在别的俱乐部和社交场合见过他，都认为他是一个讨人喜欢的血气方刚的青年，只是对美国的事物充满天真的无知，唯其如此，他的观点更显得新鲜，有时甚至使人好笑。

我们的报告都是经过精心准备的，虽则内容有些含糊不清。

作者的诗歌天才几乎得到所有报告人的高度评价。

汤普森说："我们的兄弟巴克斯特不要把自己的才华埋没了。这颗明珠当之无愧地属于博德莱安俱乐部，而创作了这部出色作品的作者还会创作许多别的作品，用以激励和愉悦知恩的人类。"

戴维斯接着说道：

"作者在他这部出色的叙事诗中所表现出的生活态度，将有助于我们挑起生存的重担，使我们认识这样一个深刻的哲理：通过发愤图强，可以实现理想，从痛苦中可以获得一定的乐趣。当巴克斯特认为可以把他的丰富思想、把我们有幸分享到的这笔财富馈赠给广大读书界的时候，我们希望他的荣誉的一部分将留给博德莱安俱乐部。我们俱乐部有权自豪地宣布这位诗人是它的一位会员，而这个权利是谁也剥夺不了的。"

接着该我发言。我从装帧的角度谈到了这本书美学上的优点。我在与我们的出版委员会谈话时了解到订购了什么样的字模，至于说书的封皮，我那里有一本加封的书，隔着包装纸可以清楚地看到书的封皮。末了我说墨绿色的封皮反映了作者严肃的生活态度，强调了坚忍不拔的必要性。然而饰有高筒帽和小铃铛的色彩鲜艳而又带有一点轻佻意味的花边，则象征着一个乐观主义者迫使自己相信生活是美好的这种自欺欺人的做法。衬页上压印的复杂的花纹暗示着命运使我们对我们的未来，对我们的过去，甚至对今天还会发生什么事，都一概不知。

古老的哥特式英语字母，以及每个诗节一开头的古老花体字头，都突出表现了哲学上的悲观主义，但我们懂得，由于我们履行着自己的职责，所以我们逐渐认识到生活的真谛，并对人类会有一种较好的命运产生了希望，从而使这种悲观主义有所和缓。巴克斯特的书用诗歌形式体现了博德莱安俱乐部的理想，单凭这部叙事诗俱乐部就可以问心无愧地存在下去。假使博德莱安俱乐部过去以致将来都无所作为，那么单就出版了《强求一致》一举，就足以对它的富有成效的活动做出极高的评价，因为它使一部杰作得以问世。

不知是谁在桌子上放了一本封着的《强求一致》。我把它拿在手中，借此使自己的话更增添点分量，然后又把书放回原处。

当我发言结束坐下来的时候，发现霍恩金，就是坐在对面的那位年轻的英国客人，拿起那本书，正在很感兴趣地端详它。

慷慨的掌声终于沉寂下来，人们开始呼唤这次盛会的庆贺对象：

"巴克斯特！巴克斯特！本书的作者！"

巴克斯特在人们宣读书评稿的时候一直坐在一个角落里，而且据我看，他用玩世不恭的漠然表情巧妙地掩饰着内心的喜悦。但满场热烈的气氛也触动了他：当他起来致答词时，看得出他正在克制着某种强烈的感情。他说：

"先生们，尊敬的同仁们！书评家们如此专心致志地研究了拙作，朋友们怀着罕见的同情力求理解我对人生和品行的观点，这使我由衷地感到高兴，至于为什么会这样，我暂且不谈。

十分感谢诸位！我的心情很激动，因此请诸位允许我就讲这些吧。"

巴克斯特回到了自己的座位上；这时又爆发了一阵掌声，突然有人高声喊叫起来。原来是仍旧坐在桌旁的那位英国客人，他喊道：

"天哪，我可是第一次见到这样的书！"

这位英国人被大家包围起来。他激动地说：

"真是莫名其妙。你们大家如此盛赞这本好书，使我很想看看它究竟是一本什么样的书。于是我解开了绸带，用桌上这把刀子裁开了书页，我发现，天哪，我发现书里一行字也没印上！"

听了这番话之后场内顿时变得鸦雀无声，因为事实果真是这样。我们每个人都本能地意识到博德莱安俱乐部上了一次大当。巴克斯特趁着大家陷入慌乱的时候溜出了会场，但后来传讯他做出解释时，他十分胆怯地坦白了。他说他一向认为印制书页不切开而又加封的书是一种荒唐的做法，而这一次他很想看看事情会闹到什么地步，结果却证实了他的这种看法：装着空白页的书和装着一部天才著作的书同样受到收藏家的器重。他提出由他偿付印制"子虚乌有的"《强求一致》一书的全部费用，或者用印好的书来更换空白的书，由俱乐部酌定。但俱乐部蒙受了这番侮辱之后，对他的书自然也就不再感兴趣了。不过，人们还是允准了他偿付费用，而且明白地暗示说，他要是申请退出俱乐部，会得到谅解和批准的。但他并没有提出申请，不久就去了欧洲，这场风波也就逐渐平息下来。

起初，我们当中有许多人出于对巴克斯特叛卖行径的义愤，都把自己那本书启开了封印，有人把书和一封措辞尖刻的附信一起寄给巴克斯特，有人干脆把它付之一炬。然而一些精明的人（这种人并不多）却把自己那本书保存起来，当这本书所剩无几的消息传开来时，那般会钻营的收藏家们明白了这些书现在已经成了珍本。

一天晚上，俱乐部主任和几位经过挑选的会员围坐在壁炉旁聊天时说："巴克斯特比我们想象的要聪明，就连他自己也不懂得他到底有多么聪明。他那本《强求一致》在收藏家眼里是完全合乎情理的，这本书堪称书籍出版方面的顶峰之作。对于一位真正的藏书家来说，书籍永远是艺术作品，书的内容如同歌剧中的道白，无关紧要。艺术装帧，往往是书籍所缺少的东西，在这个意义上说，《强求一致》达到了理想的境界。纸张好得无以复加。空白页边很宽。真正的藏书家都珍视宽页边，而《强求一致》只有空白，在这个意义上可以预言，新时代的曙光就在前面。印数吗？印数越少，收藏家们越强烈地盼望得到稀世的版本。我听说，没有切边的只剩下了六本，没有启封的只剩下了三本，而其中的一本被我幸运地保存着。"

我们主任发表这番讲话之后，在下一次进行得异常热烈的拍卖会上，一本未启封的巴克斯特著《强求一致》卖了二百五十美元，也就不足为奇了。这是一个创纪录的数目，博德莱安俱乐部出版的书还从未卖过这么大的价钱。

（范国恩 译）

契诃夫

安东·契诃夫（1860—1904），俄国作家。
作品充满现实主义精神，隐喻色彩浓厚。代表作有《套中人》
《万尼亚舅舅》《三姊妹》等。

大师谈生活

129

※ 生活是美好的

生活是极不愉快的玩笑，不过要使它美好却也不很难。为了做到这点，光是中头彩赢了20万卢布、得了"白鹰"勋章、娶个漂亮女人、以好人出名，还是不够的——这些福分都是无常的，而且也很容易习惯。为了不断地感到幸福，甚至在苦恼和愁闷的时候也感到幸福，那就需要：一，善于满足现状；二，很高兴地感到："事情原来可能更糟呢"，这是不难的。

要是火柴在你的衣袋里燃起来了，那你应当高兴，而且感谢上苍：多亏你的衣袋不是火药库。

要是有穷亲戚上别墅来找你，那你不要脸色发白，而要喜气洋洋地叫道：挺好，幸亏来的不是警察！

要是你的手指头扎了一根刺，那你应当高兴：挺好，多亏这根刺不是扎在眼睛里！

如果你的妻子或者小姨练钢琴，那你不要发脾气，而要感谢这份福气：你是在听音乐，而不是听狼嗥或者猫的音乐会。

你该高兴，因为你不是拉长途马车的马，不是寇克的"小点"，不是旋毛虫，不是猪，不是驴，不是茨冈人牵的熊，不是臭虫……你要高兴，因为眼下你没有坐在被告席上，也没有看见债主在你面前，更没有主笔土尔巴谈稿费问题。

如果你不是住在边远的地方，那你一想到命运总算没有把你送到边远的地方去，你岂不觉着幸福？

要是你有一颗牙痛起来，那你就该高兴：幸亏不是满口的牙痛起来。

你该高兴，因为你居然可以不必读《公民报》，不必坐在垃圾车上，不必一下子跟三个人结婚……

要是你给送到警察局去了，那就该乐得跳起来：因为多亏没有把你送到地狱的大火里去。

要是你挨了一顿桦木棍子的打，那就该蹦蹦跳跳，叫道：我多么运气，人家总算没有拿带刺的棒子打我！

要是你的妻子对你变了心，那就该高兴，多亏她背叛的是你，不是国家。

依此类推……朋友，照着我的劝告去做吧，你的生活就会欢乐无穷了。

泰戈尔

罗宾德拉纳特·泰戈尔（1861—1941），印度著名诗人、作家、艺术家、社会活动家，1913年以其诗集《吉檀迦利》获诺贝尔文学奖。

❋ 孟加拉掠影（选五篇）

6

　　昨天，就在我接见佃户，倾听他们的诉述的时候，有五六个男孩子找上门来，在我面前规规矩矩地站成一排。我还没有发问，他们的发言人就以经过精心选择的夸张语气开始说道："先生！阁下再次光降此地，乃全能之神之恩典，无知村童之鸿运也。"他以这种语气连续讲了差不多半小时。他不时背错，停顿下来，抬头望望天，纠正错误，然后就又继续下去。我听出，是他们的学校缺少长凳和凳子。正如他所说的，"由于缺少这些木制坐具，吾辈不知自己当坐于何处，亦不知当让吾侪尊敬之教师坐于何处，亦不知吾人最敬重之督学来视察之时，当向其献呈何座位。"

这里是让农民陈述他们的重大要求的地方，他们操着的是朴素直率的方言，在这种方言里，稍微与众不同的词藻也会显得可悲地不伦不类。而这么一个小家伙竟能口若悬河，滔滔不绝，在这里就显得特别格格不入了。对此，我几乎忍不住微笑起来。然而，在场的职员和农民似乎都因此产生了深刻的印象，他们似乎还有些嫉妒，仿佛在抱怨他们的父母失职，未能赋予他们这种向地主呼吁的卓绝才能。

这位年少的演说家还没有讲完，我就打断了他的话，答应筹措他们所必需的那么多数量的长凳和凳子。他毫不气馁，"让我说完话"，便又从他中断的地方接上继续他的演说，直到说完最后一个字，全部结束，才向我深深地鞠了一躬，带着他的小分队走了。倘若我拒绝供应坐具，他或许不会在意，但是，如果他费尽苦心背下来的演说词有哪一部分被剥夺了发表的机会，他一定会愤愤不平的。所以，尽管他的演说耽搁了我的重要事务，我还是得听他讲完。

1891年，迦利格拉姆

14

昨夜，我做了一个最离奇的梦。整个加尔各答似乎都笼罩在一种可怕的神秘气氛之中。透过浓密、幽暗的雾霭，只能模模糊糊地看到一些房舍建筑。在雾幕里面，正在发生着一些怪异的事情。

我正坐在一辆出租马车上，沿着公园街走着。当我经过圣冉威尔学院时，我发现这座学院开始迅速变大，不一会儿就变得高不可及，四周烟雾笼罩。于是，我认为，一定有一队魔术师来到了加尔各答。如果给他们报酬，他们就能造出许多这样的奇迹来。

当我到达我们的乔拉桑科家宅之时，我发现这些魔术师也在那里出现了。他们长得很丑陋，属于蒙古人那种类型，唇上胡髭稀疏，颏下伸出几根长毛。他们可以使人变大。有几个姑娘想让魔术师把她们弄高些，魔术师把一些药粉撒在她们头上，她们立时就长高了。我向自己遇到的每一个人不断重复着说："这真是太离奇啦——就像一个梦！"

这时，有人建议，让我们的住宅也都变大。魔术师们同意了。他们先拆掉一部分房间，以此作为初步的准备。拆卸工作刚结束，他们就伸手要钱，否则他们就不干了。出纳员强烈抗议。怎么能在工作还一没有完成的时候就先行付款呢？魔术师们闻言狂怒了，把房屋扭歪了，扭得极其可怕，于是，人和砖墙都混合在一起，身子在墙内，只有头和肩膀露在外面。

看来，这一切完全像是魔鬼干出来的勾当，我将此告诉了我的长兄。我说："你瞧，竟有这种事。我们最好求神救助我们！"但是，尽管我竭力以神的名义诅咒它们，我却觉得我的心在碎裂，什么话也说不出来。这时，我醒了。

一个离奇的梦，不是吗？加尔各答落入魔鬼手里，在一片邪雾带来的黑暗之中，着了魔似的狂长着！

1891年6月，沙乍德普尔

27

这里没有教堂塔顶的钟声，附近也没有别的居民住宅，鸟儿一停止歌唱，无限的静穆就随着夜晚一道降临。夜初和午夜没有多大区别。在加尔各答，不眠之夜就像一条巨大、缓慢的黑暗之河一样奔流；人们躺在床上，可以数出它流过时的各种声响。然而在这里，夜却像一个浩渺、静止的湖，在沉稳地睡着，没有一点儿动静。昨夜，当我辗转反侧时，我觉得自己就像是被一片浓重凝滞的水流包围了似的。

今天早上，我比平日起得略迟了一点儿，下楼来到我的房间之后，就靠在长枕垫上，一条腿架在另一条腿上。就这样，胸前放一块石板，在晨风和鸣鸟的伴奏下，我开始写一首诗。我写得极其顺利——我的唇边泛着一丝微笑，我的眼睛半闭着，我的头随着韵律摇晃着，我哼着的东西渐渐成型——这时，邮差到来了。

有一封信，最新一期的《实践》杂志，一册《一元论者》，还有一些校样。我读罢信，浏览了毛边的《实践》杂志，然后又继续点着头哼完我的诗。直到把这首诗润饰完毕，我才去做别的事情。

我不知道，为什么写作几页散文不能给人以如同写成一首诗那样的快乐。人的种种情感在诗中以极其完美的形式表现出来；仿佛可以用手指将它们拈起来似的。而散文就像满满一袋松散的东西，沉重而又笨大，无法随意提将起来。

如果我每天都能写出一首诗来，那我的一生就会在欢乐中度过；然而，尽管我忙于侍弄诗歌已经多年，它还是没有被驯服，还没有成为那种任我随时套上辔头的飞马！艺术给人的快乐，就在于幻想可以任意驰骋；以后，即使回到监狱似的世界里面，也还会有回声在耳畔缭绕，有喜悦在心头萦回。

虽然不曾寻觅，短诗却在不断涌上心头，因而妨碍了我的戏剧创作的进行。如若不是由于这些原因，我本可以放那些一直在叩我心扉的思想进来，写它两三个剧本。恐怕我得等到天气转冷的时候。除了《齐德拉》，我的所有剧本都是在冬天写成的。在那个季节，热烈的诗情容易变冷，人也就有闲暇去写剧本。

1892年杰斯塔月（5月）16日，波尔普尔

40

在一场令人痛苦的疾病之后，我感到虚弱而又疲乏，在这种情况下，大自然的护理倒真是让人快慰。我觉得，在阳光的沐浴下，我就像天地万物一样，也在懒洋洋地闪露出我的喜悦，我在不停地写信，但是心不在焉。

世界对于我来说，永远是新鲜的；就像今生和前世都曾挚爱过的一位老友，我们相知既久且深。

我完全清楚，多少世代以前，当刚刚进入青春时期的大地，从海浴中起来，祈祷着向太阳致意的时候，我一定是树丛中的一株，从她那新形成的土壤中钻出来，以原始冲动的全部清新气息，舒展我的枝叶。

大海就像一个溺爱儿女的母亲，在轻摇着、晃动着她那头生的孩子——大地，她那翻来覆去的爱抚都快把孩子窒息了；而我却在阳光下用我整个的生命畅

饮着雨露，怀着新生儿莫名的狂喜在碧空下颤动着，用我全部的根须紧紧抓住我的大地母亲，吮吸着她的乳汁。在盲目的喜悦中，我枝叶萌发，花朵怒放；当乌云聚集的时候，它们那爽人的荫凉，常以温柔的触摸来抚慰我。

此后，世世代代，我一直以各种不同的形态在这大地上再生。所以，现在，每当我们单独在一起，相对而坐的时候，各种各样古老的记忆，又会渐渐地，一个接一个地，回到我的心中。

今天，我的大地母亲披着金色的阳光，坐在河边的稻田里；我在她的脚边、膝下、怀中翻滚嬉戏。作为许多孩子的母亲，她只是心不在焉地听着他们对她的不停呼唤，她是那样耐心，但也有些冷漠。她坐在那里，以一种恍惚的神情凝视着午后的天际，而我却一直在不倦地、喋喋不休地絮语着。

1892年12月9日，谢丽达

46

一堆堆乌黑、胀大的云块向这里涌来了，它们就像一叠叠巨大的吸墨纸，把我面前风景中的金色阳光都吸走了。雨一定快来了，微风湿呼呼的，含满了眼泪。

在远方，在西姆拉那刺破天空的群峰之上，你会发现，你很难确切地了解，在这里，乌云的到来是一件多么重大的事情，或确切地知道，有多少人在急切地仰望着天空，欢呼着它们的出现。

我对这些农民——我们的佃户——上天的高大、孤弱、幼稚的孩子，怀有深深的怜悯；必须把食物径直送到他们的嘴里，否则他们就完了。当大地母亲的乳房干瘪了的时候，他们不知所措，只会哭喊。然而，饥肠刚一填满，他们就会忘记自己过去的所有苦难。

我不知道，比较平等地分配财富的社会主义理想能否实现，如果不能，上天的安排就实在太残酷了，而人也真是一种不幸的生物。如果在这个世界上必须有苦难存在，那就让它存在吧；但总应该留下一线光明，至少留下一点儿希望的闪光，以促使人类中较高尚的部分，怀着希望，不停地奋斗，以减轻这种苦难。

有些人断言，分配天下的物产，使每一个人都有一口饭吃，有一身衣服穿，只不过是一个乌托邦似的梦想，他们讲的是何等残酷的事啊！的确，所有这些社会问题都是残酷的！命运只给了人类这么一床小得可怜的被子，把它拉到世界的这一部分，另一部分就只好裸露出来。在消除贫困的时候，我们会失去自己的财富，而拥有这笔财富，我们却会失去多少善心，多少美和多少力量啊。然而，太阳又照射出来了，不过西天依旧堆积着乌云。

1893年5月10日，谢丽达

霍普特曼

盖哈特·霍普特曼（1862—1946），德国著名剧作家，
一生创作了42个剧本，20多本长短篇小说，10多部诗歌、童话、传说和3部自传体作品，
是德国历史上少见的多产作家。1912年获诺贝尔文学奖。

※ 上学的第一天

随着岁月的流逝，上学第一天的阴影变得越来越浓厚。那是圣诞节后的一天，我母亲对我说：等春天来了，你就该上学了。这是必须迈出的严肃的一步。你得学会老老实实地坐在那儿。总之你必须学习，学习，因为不然的话你就只能成为一个废物。

因此你必须得上学！必须！

自从向我宣布了这件事，我大为震惊。我应该成为一个什么样的人，难道我不已经是个这样的人？对此我真不理解。我的过去可跟我完全是一回事呀，就永远这样生存，活下去，是我过去唯一的、也几乎是本能的愿望，我就安于此。自由，太平，欢乐，独立自主：为什么人就应该想成为另一个样子？父母的各种管教都没打破这种状态。难道他们想要夺去我的这种生活，而代之以"应该"和"必须"吗？难道他们想要我违反一个尽善尽美的、完全适合我的生存形式吗？

我简直弄不懂这件事。

用别的方式而不是按照我所常用的有意无意的方法去学习，我既不感兴趣、又不实用，我过去可完全是精力充沛的、生气勃勃的。我掌握市井上的土话，就如我掌握父母所说的标准德语一样。直到今天我才知道，这当中有着多么了不起的智慧的成果，它是无法估量的，一个孩子更难看到这点。在玩耍中，在没有意识到已经学过什么的时候，我就在使用一部包罗万象的词典中的所有语汇概念，以及与此有关想象世界中的一切语汇与概念。

不进学校我是不是也许真的能成长得更快、更好和更充实呢？

但是最糟糕的也许是我所感受到的灵魂上的痛楚。我父母一定知道他们给我带来了什么。我曾经相信他们那无限的爱，而现在他们把我交到一个陌生的、令我恐惧的地方去。这难道不是像把我驱逐一样吗？他们承认他们有责任把我——一个只能在自由自在的氛围里，在自由的行动中才能生存的人——关在一个房间里，他们承认他们有责任把我交给一个凶老头儿，已经有人跟我讲起这老头儿，并且说以后有我受的：他用手打孩子的脸，用棍子打手心，以致留下红红的印记，或者是扒下裤子打屁股！

上学的第一天临近了。第一次上学的路，我已记不得是拉着谁的手，我是怀着又害怕又畏缩的心情走过这段路的。当时我觉得那是一条长得无尽头的路，当我半个世纪后去寻访那古老的校舍时，只是由于它从古老的"普鲁士皇冠"的窗口一眼就可望及的缘故却反而没找到它，我确实感到很惊讶。

途中我曾几度绝望，送我上学的女人说了许多好话，当她在学校门口把我一个人留在集合那里的孩子们中间之后，昏昏沉沉的顺从就取代了绝望。

有短短的一段等候时间，在这期间同甘共苦的小伙伴们相互探询着彼此认识了。当我们拥在学校前厅里的时候，一个小东西向我靠近，并且试图增强我的恐惧感而后快，他已经看出了我的害怕心理。这个肮脏的蛆虫和坏蛋选中了我作为他暴虐狂本能的牺牲品。他向我描述了学校里的情况，这一点他知道得并不比我更多，他把老师描绘成一个专门对学生进行刑罚的差役，当他看到我充满恐惧的哭丧的脸上流露出相信他的神情时，他高兴了。这个捣蛋鬼说：你说话，他打你。你沉默不语，你打喷嚏，他也打你。你擦鼻涕，他也打你。他大声叫你时，就是要打你了。你要注意，你跨进屋里去，他也打你。

就这样不知过了多久，他就用老百姓在街头巷尾所说的方言叨唠个不停。

一个小时以后，我回到家中，高高兴兴地一边和父母一起吃饭，一边吹牛，然后比往日更加高兴地冲向室外，奔向那童年时代无拘无束的、尚未失去的世界。

不，这所乡村学校，连同那位年老的、脾气总是很不好的老师布伦德尔，都没把我毁坏。我的生活空间没有被夺走，我的自由、我的生活乐趣依然如旧。

费尔普斯

威廉·莱昂·费尔普斯（1865—1943），耶鲁大学英国文学教授、著名演说家，曾著有二十余册文学论著。

※ 一双短袜

　　一个天气宜人的下午，我走在第五大道上，突然间想起该买双短袜了。我为何单单只想买一双短袜，这无关紧要。我走进映入眼帘的第一家短袜店，一个年纪不会超过17岁的少年店员迎上前来。"您想买点什么，先生？""一双短袜。"他的眼睛顿时一亮，语气中带着一股激情，"您是否知道，您进了世界上最好的商店买短袜？"我对此一无所知，因为我进来完全是出于偶然。

他兴奋地说："请随我来。"我跟着他来到商店的里面，他开始从一个接一个的货架上搬下一只接一只的盒子，取出盒子里面装着的袜子，供我——挑选。

"等一下，年轻人，我只买一双短袜！""我知道的，"他答道，"不过，我想让您瞧瞧这些短袜有多漂亮啊！多棒的短袜啊！"他的脸上露出庄严神圣而又欣喜若狂的神情，仿佛在向我揭示他所笃信的宗教的神秘所在。

我对他产生的兴致远远超过了对短袜的兴趣。我愕然地望着他。"朋友，"我说，"如果你能这样持之以恒，如果你这种热情不仅仅是出自一时的新鲜感，不仅仅是因为得到了一份新的工作，如果你能坚持天天如此热情，那么10年之后你将成为美国的袜子大王。"

这个男孩对销售工作的自豪感和喜悦之情，我为之惊异不已，本文的读者诸君恐怕也难理解。在大大小小的商店里，顾客常常不得不耐心等候店员的接待。待到最后，某个店员降尊纡贵垂顾到你，你几乎感到像在打扰他。他要么陷入沉思冥想，痛恨别人的叨扰，要么在与年轻的女店员卿卿我我，你置身其间似乎感到万分歉疚。

无论是对你还是对他拿着薪水去销售的商品，他都兴趣索然。可是十有八九，现在冷若冰霜的这位店员在刚刚踏上工作岗位时，也充满了希冀和热情。日复一日枯燥乏味的工作令他不堪忍受，新鲜感逐渐消磨殆尽，他只能在工作时间之外寻找乐趣。他成了一个机械麻木，而不是富有激情的推销员。变得机械麻木之后，在工作上他也逐渐不能胜任；接着，他会看到对工作积极热情的年轻店员获得升迁，跃居他之上。他变得阴阳怪气、心存不满。他走到了职业生涯的尽头，已是身无长物。

在三教九流形形色色的人中，我曾耳闻目睹不少这种令人感伤的生活颓废，因此我得出这样一个结论，机械麻木地对待工作注定了要走向失败这条死胡同。例如，世界上没有比《圣经》更为伟大的文学著作，没有比宗教更为激动人心的话题。可是我聆听许多福音牧师在教堂诵读《圣经》时，发现他们既没有丝毫的兴致，也没有强调的气势，而他们本来应当仿佛刚刚通过无线电接收到万能的上帝口传的福音那样诵读《圣经》的。我听过成百上千次机械呆板、单调乏味的布道，要是把布道者换成一只学舌的鹦鹉，感染力也不会因之逊色多少。无论是在中学还是大学，都有不少教师似乎比他们最愚钝的学生还要愚钝；他们敷衍塞责、装模作样地讲授课程，实际上如同电话机一样缺乏亲切感。

在阅读《爱德华博克的美国化》这部佳作时，博克关于商业竞争的言辞令我印象深刻。作为一个初出茅庐的年轻人，博克在刚进入某一行业时曾预计会遭遇最惨烈的竞争。可是实际上，他没遇到任何竞争，而是发现，假如一个人为自己创造必要的条件，世界上最易如反掌的事莫过于获得成功。

博克与其他几个小伙子同在一家公司供职。他是唯一提前上班的人。在午间用餐时，其他人对生意上的事情从来都只字不提，谈来谈去都是他们的女友、体育活动或各种放荡不羁的话题。他是唯一下班后仍然留下来工作的人，他也相信自己是晚上唯一脑子中依然考虑工作的人。

博克不费吹灰之力便得到了晋升，脱颖而出，究其原因有二：首先，他使自己成为公司不可或缺的人物；其次，他从工作中而非工作之外的放浪形骸中，获得了最大的人生乐趣。

一个人被一份新工作的新奇感所吸引，这是再简单不过的事情。真正困难的是，在人生中的每一天都保持这种创业时的热情，每天清晨上班时都满怀激情。我相信，每个人都应该将人生中每一天视作自己在人世间的第一天和最后一天。

每个人都需要放松，需要娱乐；但是，一个人的主要乐趣不应在其日常工作之外而应在工作之中。儿童的快乐与成人的快乐之间，首要差别在于儿童的快乐取决于和日常生活不同的事，如野餐、远足或其他形式的休憩。但是对于有事业心的男男女女而言，快乐在于日常工作本身，而不是打破生活常规。人们希望生活别出现变化，希望他们保持身体健康，以便继续从事他们为之倾心的职业。

童年自有童年的享乐，成年自有成年的乐趣。但不幸的是，有些人终其一生都处在童年时期。

吉卜林

鲁迪亚德·吉卜林（1865—1936），英国小说家、诗人。

他以讽刺诗和短篇小说如《山中的平凡故事》和《三个士兵》等成名。

他的诗集《军营歌谣》《七海》，小说《从林故事》《吉姆》都为经典之作。

1907年获诺贝尔文学奖。

※ 爱神的箭

从前在西姆拉，有位非常美貌的姑娘，她的父亲是个非常正直而贫穷的地区法院法官。她是位好姑娘，不过，她当然知道自己的魅力，也知道怎么利用它。她的妈妈就像世界上所有的好妈妈一样，为女儿的前途操尽了心。

如果说，有这么一个人，他既是专员，又是个单身汉，他有权利把种种精工镶嵌的金首饰别在衣服上，并且进门的时候，有权利走在人们的最前头（除非还有市参议员、代理总督或者总督之类的人在场），那么这个人确实是值得姑娘们考虑出嫁的对象。至少，那些太太夫人们是这么说的。那时候，在西姆拉就有这么一位专员，他的身份和穿戴打扮完全跟我前面讲的一样。他的长相很平常——长得很丑——可以说是亚洲最丑的人，在那里，只有两个人比他还丑。他的脸是人们梦见以后，醒来想把它雕刻在烟斗上的那种脸。他的名字是萨戈特，巴尔—萨戈特，安东尼·巴尔—萨戈特，名字后面还跟着六个字的头衔。他是某部专员，算得上是印度政府手底下最出色的人员之一。在社交方面呢，他就像个善于奉承人的大猩猩。

当他开始向贝顿小姐献殷勤的时候，我相信，贝顿太太看见老天爷在她晚年给她送来这么一件礼物，简直高兴得流下了眼泪。

贝顿先生没有表示意见。他是个很随和的男人。

专员们全都阔气极了。他们的薪金大大超过了最贪心的人的奢望——那是非常大的一笔钱，足以容许他们用一种几乎会叫市参议员丢面子的办法去进行节约。大部分专员都很吝啬；但巴尔——萨戈特是个例外。他大摆宴席；他骑的是好马；他举办舞会；他是当地有权有势的人物，他的举止也完全符合他的身份。

请注意，我写的这一切都发生在英属印度历史上的一个几乎属于史前的时期。有人也许还记得，在草地网球还没有诞生以前，我们所有的人都玩槌球。在更早些时候，假如你相信我的话，连槌球也还没有发明出来，于是射箭——1844年以后，它在英格兰又重新复活了——就像现在的草地网球一样，成了一种流行的时髦玩意儿。人们挺有学问地讲什么"持箭"啦，"放箭"啦，"石柱"啦，"反射弓"啦，"五十六磅弓"啦，"背手弓"或者"整根水松木弓"，等等，正像我们讲什么"连续对打"、"截击"、"杀球"、"回球"和"十六网球拍"一样。

贝顿小姐射箭技巧高超，射程也超过了妇女的一般距离——那是六十码——她被认为是西姆拉最优秀的女射手。男士们称她为"塔拉—德维的黛安娜"。

巴尔—萨戈特对她大献殷勤；正像我说过的，她的母亲因此心里充满了希望。吉蒂·贝顿对待这件事要冷静得多。当然，有这样一位名字后头带着几个字的头衔的专员垂爱于你，让其他的姑娘心里充满怨恨，这是使人感到愉快的。但是，巴尔—萨戈特实在丑得出奇，这个事实是无法否认的；他费尽心机打扮自己，结果是使自己显得更加怪诞。人们给他起了个外号，叫他"龙古尔"——也就是灰猿——那不是没有原因的。吉蒂觉得，让他拜倒在她的石榴裙下是愉快的，但是躲开他，跟乌巴拉龙骑兵团的一个放荡不羁的龙骑兵卡博一块去骑马要愉快得多。小伙子长得很英俊，可就是没钱没地位。吉蒂很有点儿喜欢卡博。而卡博呢，从来不掩饰自己是完完全全地陷入了情网，因为他是个爱说实话的小伙子。于是吉蒂时常躲开巴尔—萨戈特体面堂皇的求爱，跟年轻的卡博出去玩，因此也常常挨她妈妈的骂。"可是，妈妈，"她说，"萨戈特先生实在……实在……丑得太吓人了！"

"亲爱的，"贝顿太太虔诚地说，"我们的模样不都是全能的老天爷造出来的吗？那是没法改变的。再说，你将来会比你自个儿的妈妈还有出息呀，你知道吗？想想吧，这样你就会听话了。"

这时，吉蒂就高高地昂起了她娇小的下巴颏，对地位啦、专员啦、婚姻啦，讲了好多不礼貌的话。贝顿先生只是挠了挠头顶。他是个很随和的人。

这一个季节快过完了，巴尔—萨戈特认为时机已经成熟，便想出了一条计策，这计策说明他确实有办事能力。他要组织一次女子射箭比赛，并且拿出一只高贵精致的钻石手镯作为奖品。他十分巧妙地规定出比赛的条款，于是人人都看出，这只手镯是准备送给贝顿小姐的礼物；而接受礼物，就等于接受巴尔—萨戈特专员的求婚。比赛条款规定：参加者要进行圣伦纳德轮射，按西姆拉射箭协会的章程，就是让每个射手在六十码距离外射三十六箭。

西姆拉的全体居民都接到了邀请。比赛在阿楠代尔，也就是今天的大检阅台那个地方举行。

在那里，一棵棵雪松下面摆设了一张张布置得极其精美的用茶点的餐桌；那只钻石手镯就单独放在一个蓝色天鹅绒匣子里，在太阳下，光芒四射，显得格外气派。贝顿小姐显然非常急于参加比赛，简直有点儿过分心急的样子。在预定的那个下午，西姆拉的人全都骑着马来到阿楠代尔，观看这场和帕里斯的裁决刚好相反的比赛。吉蒂和年轻的卡博是并肩骑马到场的。可以看出，这个小伙子显然愁眉不展，心事重重。以后发生的事，看来不该归罪于他。吉蒂则脸色苍白、举止不安，长时间地凝视着那只手镯。穿着华丽的巴尔—萨戈特比吉蒂还显得不安，而且从来没有像现在这样丑陋。

贝顿太太呢，就像一位未来的专员夫人的母亲那样，趾高气扬地微笑着。射击开始了。所有的人围成一个半圆形，夫人小姐们一个个出场了。

没有什么比射箭比赛更令人厌烦了。她们射了又射，射了再射，射个不停，直到太阳沉在山谷后面，云松间吹拂起了阵阵轻风。

大家都等着看贝顿小姐取得射箭的胜利。众人包围着射手们，站成一个半圆的圈子，卡博站在圈子的一头，巴尔—萨戈特站在圈子另一头。按名单顺序，贝顿小姐是最后一个射手。前面那些参加者分数都不高，那只手镯，加上巴尔—萨戈特专员，看来准是属于她的了。

专员亲自动手，为她绷紧了弓弦。她上前一步，望了一眼手镯，第一箭分毫不差——直射"金"心——九分。

站在左边的卡博脸色发白。支配着巴尔—萨戈特命运的魔鬼促使他微笑了一下。巴尔—萨戈特的微笑，一向会吓得马匹往后倒退的。吉蒂看见了那个微笑。她朝左前方看去，对卡博几乎难以觉察地点了点头，继续射了起来。

我真希望我的一支拙笔能够把接着发生的事情描绘出来。那简直太不寻常，太不体面了。吉蒂小姐不慌不忙，极其从容地把箭压在弓上，好让每个人都能看见她在做的事。她是个十全十美的射手；她使用起四十六磅弓来得心应手、恰到好处。她十分小心地接连射出四箭，每只箭射中靶牌木柱的一条腿。她又一箭射中了靶牌的木柱顶端，所有的夫人小姐们都相互交换了一下眼色。然后她开始对准靶牌上的白圈表演起花样来。那些白圈，射中了正好得一分。她朝白圈射中了五箭。这的确是高超极了的箭术；不过，由于她本来应该射中"金"心，好赢得那只手镯的，于是巴尔—萨戈特的脸变成了嫩芹菜那样的青绿色。接着，她朝靶牌的上空射去了两箭，又朝离靶牌很远的左边射出了两箭——射的时候都那么认真从容。全场观众都陷入冰冷的沉默中，贝顿太太掏出了手绢。然后，吉蒂朝靶牌前的地面上射起箭来，射裂了好几只箭。然后她射中了一次红心——也就是七分——好叫人知道，她要是愿意的话，能射得多准，最后，她又朝靶牌的柱子射去好多支花箭，作为这场惊人表演的结束。下面是她的计分：

贝顿小姐：金心，一；红心，一；蓝心，零；黑心，零；白心，五；总计射中七箭，总分二十一分。

从巴尔—萨戈特的模样看起来，似乎最后几箭的尖头都扎进了他的腿里，而不是射进靶牌木柱的腿里。深深的沉默被一个塌鼻子、小个子、脸上长满雀斑的半大姑娘打破了。她胜利地尖声喊了起来："这下我赢啦！"

贝顿太太费尽力气克制自己，但还是当着众人哭了起来。不管她多么训练有素，也经不住这样巨大的失望的打击。吉蒂使劲"嘣"地一下放松了弓弦，走回自己的座位，这时巴尔—萨戈特正装出一副满意的样子，把手镯扣到那个塌鼻子姑娘又粗又红的手腕上。这场面实在太叫人难堪了——简直难堪到了极点。大家都赶紧一齐离开现场，好把吉蒂留给她妈妈去教训。但是卡博把她带走了，然后——其余的事就没什么可写的了。

（文美惠 译）

罗曼·罗兰

罗曼·罗兰（1866—1944），法国著名作家，剧作家和音乐评论家。1915年曾获诺贝尔文学奖。他的著名代表作10卷长篇小说《约翰·克利斯朵夫》为大家所熟知。

※ 鼠笼——童年的回忆

童年时，在我心灵中最初发生的疑问是："我是从哪儿来的？现在我给禁闭在什么地方？"

我出生在一个中产阶级的小康之家，周围是爱护我的亲人们；我的老家在故乡景色宜人的一角；后来通过我的柯拉山的声音，我回味并赞美了那儿欢乐的风尚。

不知怎的，从我诞生的时刻起，最初的感觉，我小时候最强烈最执拗的感觉就是——隐隐约约、不断萦绕的，使我有时反抗、有时忍受的感觉："我是一个囚徒！"

克拉麦西有一所摇摇欲坠的礼拜堂，那古老的圣玛旦寺，据传说：弗兰斯华一世走进那里时说："好一个鼠笼！"——而我就落在那"鼠笼"里面。

起先是一种视觉的印象，我那孩子的眼光最初看到的境界———一座相当宽敞的砌着砖石的院落，当中有一块花圃，三面是三道围墙，我觉得那些墙高极了。另一面是街道和对面的房屋，中间隔着一条运河。虽然这四方的庭院坐落在水滨的平台之上，然而对于那关在楼下房间里的孩子说来，它却像动物园里围墙跟前的一座深堑。

另一个显著的印象：幼年时体弱多病。虽然我的父母都很健康、祖先也很强壮（罗兰和古洛两族的人都是高大而筋骨嶙峋，身体没有缺陷，天赋着无限的精力，使他们能硬朗而勤恳地活跃到最后一息。他们全是些长寿的人，我的外祖父和外祖母毫不在意地活到八十岁以上，此刻，就在我写这篇文章的时候，我那八十八岁的老父亲正在园子里兴高采烈地浇花哩）———虽然我也是用同样的骨骼造成的，能够像他们一样不管一切患难，经得起疲劳和忙碌的生涯中如许考验，可是幼年时一次偶然的不幸造成了痛苦的后果，影响了我终生。那是因为一个年轻的女佣人不小心，忘记了照顾我，让我暴露在冬天的寒风中，几乎冻死了，那时我还不到一岁呢。从此就种下了病根，毕生容易患支气管炎和气喘病，真是受累无穷。人们可以几次三番在我的作品中发现"呼吸方面"的词句，比如"窒息"、"打开的窗子"、"户外的清鲜空气"、"英雄气息"，等等，不由自主地迸发出来，仿佛一只鸟在飞翔时受到了打击，又挣扎着想飞起来。———这鸟儿扑打着翅膀，或者胸口受了伤，烦躁不安地困伏着，缩成了一团儿。

最后是精神方面的印象，强烈而沁人肺腑：我最初十年的生命中笼罩着死亡的念头。———死神侵入过我的家庭，在我身边夺走了一个比我年轻的小妹妹（下面找还要谈到她）：她的影子继续留在我们家里，没有消散。我那热爱子女的母亲对这件事始终觉得伤心，不能忘怀，她如醉若狂地追悼着死去的孩子。而我眼看她不到几天就消逝了，又整天看见母亲孤零零地一心一意惦记着女儿，于是死的阴影就包围了我，尽管在我那种年纪对什么都满不在乎，老是想溜到外边上———况且我在十岁或十二岁以前，自己的生命时常受到威胁，因此更容易让那念头乘虚而入了。经常的伤风、支气管炎、喉痛、难治的鼻出血，所有这一切剥夺了我对生活的热情，我在小床上不断地反复喊道："我不愿意死！"

我那哭泣的母亲抱紧了我，答道："不会的，我的好孩子。善良的上帝不会把你从我身边夺走的！"

这些话只使我将信将疑，因为我对那个上帝究竟知道些什么呢？除了从我开始踏上人生的道路起，他就乘机滥用他的权力。我关于他的最清晰的观念不自觉地跟那园丁对主人的观念吻合了：

那好人说道："这都是国王的鬼把戏。

……

如果你们向国王祈求，那就是天大的傻瓜。

你们绝不能让他们侵入自己的园地……"

那古老的屋子，我脆弱的肺部，以及不吉祥的充满死亡的气氛组成了三重监狱，我童年时代最早的意识就在里面萌生，同时由我母亲怀着忧虑而慈爱的心情守护着。仿佛一株娇嫩的植物，跟在庭中墙角盛开的山藤与紫茄宛如同亲姊妹；它们那容易枯萎的花瓣发出的幽香混合着凝滞的运河中湿腻腻的气息。我这小小的囚徒也像它们那样，在地里扎了根，然而企冀着阳光，在半睡半醒的状态中、在空气里盲目而本能地探索着，想找一条无形的出路，逃向天涯海角。

眼前望出去只见那黑黝黝的运河，在我凭临的平台下面流淌着。河水浑浊而深绿，没有一丝涟漪，它载着那些深厚沉重的船只，纯粹被瘦削的船夫们俯冲着向前纤去。我隐隐约约听得见船栏杆上缆绳的摩擦声。一座浮桥在吱吱嘎嘎地作响，缓缓地转动了。船舱的小天窗上放着一盆天竺葵，从舱里冉冉升着一缕袅袅的青烟，舱口坐着一个女人，在默默地做活计；她慢慢抬起头来，淡然地向我这边瞅了一眼，船驶过了……而我靠在平台的矮墙上，似乎看到那堵墙和我自己也驶去了，把那船只撇在后面了；是我们在向前浮去，浮去，随波而下，到了广漠无边的远方；没有一些颠簸，没有一点震荡。我们悠悠忽忽地徜徉着，仿佛要像那夜空一般，毫不变幻地滑翔，溶化在永恒的宇宙之中。于是我们又互相发觉了，那堵墙和我，还在原来的所在梦想着。船已经去远了。它会到达目的地吗？它后面又来了一只，看上去一模一样……

接着我又幻想另一条出路，没有阻碍的自由之路：天空———一个孩子常常会仰起脸来，向着高空，望着那些飘忽的云朵和呢喃的飞燕，望着那霭霭的白云，在孩子的心目中化成变幻莫测的空中楼阁（那就是他雕塑的处女作：一个富于创造性的孩子是把空气当作黏土的）。至于其他一切那就不必细说了：那些森黑逼人的彤云、法兰西中原隆隆的雷雨，闪烁着石破天惊的霹雳。就在这些险恶的风云中，以万物为刍狗的敌人显身了——那粗眉暴眼的天公对那孱弱的小囚徒重新关上了天窗……可是来了一个救星，就像女巫的手指在太空中打开了天窗……我说的是那钟声。听，圣玛旦寺的钟声！它们在我的《约翰·克利斯朵夫》卷首回响着。它们的音乐已铭刻在我未曾觉醒的心灵中。它们从矗立在我们户外的老教堂中雕饰的钟楼上一阵阵传出来。可是这些宗教的歌手并没有使我想起教堂。以后我将谈到我同那教堂里的上帝的交往。我们之间的关系是冷淡的、讲究礼节然而疏远的。尽管我虔诚地努力想接近他，可从来没有跟他亲近过。只有神知道我怎样热情地追求过他呵！可是了解我心思的神绝非那个神。我特意创造了一个神，为了使他向我谛听，而我一生也就始终皈依着他。这个谛听我的神正附在那蹁跹的歌手之鸟身上，就是那钟声，散布在太空中的清音。并不是圣玛旦寺中那个盘踞在雕镂的圆拱之上、蜷伏在鼠笼中的神像，而是"自由之神"。

——当然，那时我还不知道它的羽翼有多大。我只听到那些仙翼在缥缈的云霄中振动。且我也不能确信它们是否比飘浮的白云更加真实。对于我说来，它们仿佛永远是引起我思乡的幻梦，在匆匆飞逝之前为我洞开一线光明，转眼又让那笼门在禁闭我生命的窟洞外盖上了。

……好久好久以后（将来我会说到这一段经历的），我攀登着，向上推着，用前额把那鼠笼硬撞开了，终于在浩瀚的海洋上获得了自由，重新听到了余音缭绕的钟声。可是在整个少年时代，我是在一个紧闭的窟洞中摸索着——那广大而瑰丽的窟洞勃根尼，犹如一间排满了酒桶的地窖，桶内盛着美酒，桶上结满了蛛网。别人在那儿都觉得很自在，除了一个女子。同时我听到了他们的哄笑声，我们那儿的人就是这样开怀大笑的。我并不鄙视他们的豪饮欢笑……可是，我多么想接触洞外的阳光呵！真的有阳光吗？（要是我能知道就好了！）或者，敢情是夜色吧？……可是，既然那些强壮的汉子一个都不想离开，我明明知道自己这样弱，也就心灰意懒，缩在自己的角落里了。

我在十六七岁读《哈姆雷特》时，那些亲切的词句在我那窟洞的穹顶下引起了多么强烈的共鸣呵：

"……我的好朋友，你们什么事冒犯了命运，要被它解到这儿来下监狱？"

"监狱，殿下？"

"丹麦是一座监狱。"

"那么这世界也是。"

"一座大大的，里面有许多囚室、监房和地牢……"

说真的，再念几行，一句神奇的话使我充满了无限的希望：

神明呵，即使我被困在果壳中，

也认为自己是无限空间的主宰……

这就是我一生的历史。

当我此刻回顾遥远的昔日时，首先使我惊异的是那庞大的"自我"。它刚脱离蒙昧状态就勃然苗生，仿佛一朵在池水上舒展的大莲花，那时我还小，不能像今天这样衡量自我的范围，因为一个人只有在生活中碰壁之后才能理解它究竟有多大。这些挫折把高举在水天之间的、任意展开的大花冠的花瓣给掩上了。身体一年年生长，同时受着反复不断的考验，于是体格日益长大而自我日益缩小了。只有到青春时期快完时，自我才又彻底控制它的躯壳。可是它再也不能获得初次盛开时弥漫于天地之间的丰满了。一个婴孩的精神本质是和他小小的身体完全不相称的。几道罕有的灵光射入远在天际的朦胧的回忆中，照亮了巨大的"自我"——盘踞在生命的种子里。

以下是第一道闪耀的灵光——不是最悠远的（还有别的光芒照到我三岁的时候，甚至再早些），可是这一道光射到了我最敏感的心灵深处。

那时我才五岁。我有一个小妹妹玛德玲（后来一个也叫这名字），她比我只小一岁。那时是1871年6月底。我们跟母亲一起在阿卡欣海滨。这小女孩已经不舒服了好几天，在渐渐委靡下去。一个庸医没有诊断出潜伏的病根，我们也没想到几天后她就要离开我们了。有一天，风和日暖，我在海边跟一些伙伴们玩耍，她也走过来，可是并不参加我们的游戏。她坐在沙滩上一只小柳条椅中，默默地看着男孩子们叫嚷，吵闹。我没有别的孩子那么强，被他们挤了出来，就撅起了嘴，呜呜咽咽的，不由自主地回到这小女孩脚边——那双小小的脚，荡在椅子边，还够不着地呐。我把脸藏在她裙子里，一面啜泣着，一面拨弄着沙土。于是她用那双小手轻轻地抚弄我的头发，喃喃说："可怜的小曼曼……"

不知怎的，我的眼泪没有了。我抬起了头，望着她那怅惘而怜惜的脸。只不过这样。再过一会儿，我就不会想起这一切了——可是我要想起的，我一辈子都不会忘记呢……

那三岁的小女孩，她那相当大的圆脸、淡蓝的眼睛、秀美的长长的金发（那是我母亲一直夸耀的），还有那蓝白交织的斜方格裙子和上面洁白的衬衫，那双穿着粗白袜子和圆头羔皮鞋的、荡在椅子边的小腿儿……她怜悯的声调、搁在我头上的柔和的小手、那凄凉的眼光……这一切都深深嵌入了我心坎里。忽然，我依稀感到了一种天赐的启示。我也说不上是什么。而那时我又像小动物似的漫不经心，接着就被别的东西吸引去，把这些都给忘了。

我们回到了自己的住所。海面上夕阳在西沉。这是我的小玛德玲在世的最后一天了。当晚，在窒闷的旅舍房间里，经过了六小时极其痛苦的挣扎后，她被白喉夺去了生命。人们不让我走近她。我只看到那盖紧的棺木和我母亲从她头上剪下的一绺金发，还有那眼睛深陷的母亲，她好像疯了，只管哭着，喊着，不许别人把女儿抬走……

几天后——也许就是第二天——我们回家了。现在我眼前还显出那节把我们载走的火车；那些人、沿途的景色、使我有些惊恐的隧道，都占去了我所有的心思。我并不觉得难受。在我心里，我甚至并不惋惜离开我不喜欢的海边。我把那儿发生的一切不愉快的事情都抛在脑后；于是，什么都仿佛烟消云散了……

可是那坐在海边的小女孩，她那纤手的抚摸、她的声音、她的眼光，却从未离开过我。它们已经刻骨铭心地印在我生命中了！那时地还不到四岁，我也不满五岁，而不知不觉的，我们两颗心在诀别中融合了。我们是超越时间的。从那时起，我们就一直紧紧地在一起成长。因为差不多每晚在临睡以前，我总要把心里一些不成熟的思想向她诉说。而且我在她身上认出了那种"启示"，她就是传达这启示的纤弱的使者——这是一种神圣的灵感，也就是人类的同情心，在她逝世时最灵异的一刹那使我和她纯洁地融合了。

在我所著的"女朋友们"的卷末，当葛拉齐亚在客厅的镜子里映现时，可以想见一些隐约的回忆，追溯那灵光烛照的瞬间。

李科克

斯蒂芬·李科克（1869—1994），加拿大幽默作家，写过三十多本轻松的随笔和小品文。主要作品有《文学的失误》《我发现的英国》等。

※ 我们是怎样过母亲节的——一个家庭成员的自述

在最近提出来的所有各式各样的意见中，我认为，一年过一次"母亲节"这个主意要算最高明了。难怪五月十一日在美国正在成为一个人人喜爱的日子，而且我还相信，这样的想法也一定会蔓延到英国去。

在我们这样一个大家庭里，这个想法特别受欢迎，所以我们决定为"母亲节"举行一次特别庆祝。我们觉得这是个好主意。它使我们大伙儿都体会到：母亲为我们成年累月地操劳，她吃足苦头和付出牺牲，全都是为了我们的缘故。

因此，我们决定把这一天过得痛痛快快的，成为全家的一个节日，我们要做一切我们力所能及的事情让母亲高兴。父亲决定向办公室请一天假，好在庆祝节日时帮帮忙，姐姐安娜和我从大学请假回家，妹妹玛丽和弟弟维尔也从中学请假回来了。

我们的计划是，把这一天过得像过圣诞节或别的盛大的节日一样隆重，我们决定用鲜花点缀房间，在壁炉上摆些格言，以及诸如此类的事情。我们请母亲安排格言和布置装饰品，因为在圣诞节她是经常干这些事情的。

两个姑娘考虑到，逢到这样一个大场面，我们应该穿戴得最最漂亮才合适，于是她们俩都买了新帽子。母亲把两顶帽子都修饰了一番，使它们显得挺好看。父亲给他自己和我们兄弟俩买了几条活结的丝领带，作为纪念母亲这个节日的纪念品。我们也准备给母亲买顶新帽子，不过，她倒是似乎更喜欢她那顶灰色的旧无檐帽，不喜欢新的，而且两个女孩子都说，那顶旧帽子，她戴了非常合适。

早饭后，我们做了一个出乎母亲意料之外的安排，我们准备雇一辆汽车，把她载到乡下去美滋滋地兜游一番。母亲一向是难得有这样一种享受的，因为我们只雇得起一个女佣人，在家里母亲几乎就得整天忙个不停。不然，如今乡下正是风光明媚的时节，要是让她驱车游逛几十哩，度过一个美好的早晨，这对她来说可真会是莫大的享受。

但是，就在当天早晨，我们把计划稍微修改了一下，因为父亲想起了一个主意，与其让母亲坐在汽车里逛来逛去，倒不如带她去钓鱼更妙。父亲说，出租汽车么，雇了一样得花钱，我们何不利用它又游玩又开到山上有溪流的地方去钓鱼哩。就像父亲说的，如果你只是驱车出游而没有一个目标，那么你就会有一种漫无目的之感；可是如果你要去钓鱼，前面就有个明确的目标，能提高你的兴致。

我们大伙儿都感觉到，对母亲来说，有个明确的目标会更好些；再说，不管怎样，父亲昨天刚好又买了一根新钓竿，这就更自然而然地使他想起钓鱼来了。他还说，要是母亲愿意的话，她还可以使用那根钓竿；真的，他说过，钓竿实际上是给她买的，不过母亲说，她宁愿看着父亲钓鱼，她自己却不想钓。

这样，我们便为这次旅行作好了一切安排，我们让母亲切了些夹心面包片，为了怕我们肚子饿，还准备了一顿便餐，当然中午我们还要回到家里来吃一顿丰富的正餐，就像过圣诞节和新年那样。母亲把所有的东西都给我们收拾齐全，放到一只篮子里，准备上车。

唉，车子到了门口的时候，不料汽车里面看来并没有我们想象的那么宽敞，因为我们没有把父亲的鱼篓、钓竿以及便餐估计在内，显然，我们没法儿都坐进车里去。

父亲叫我们不必管他，他说他留在家里也很不错，而且他相信他能利用这段时间在花园里干点活儿；他说那里有一大堆他可以干的粗活和脏活，比如挖个垃圾坑什么的，这就免得雇人来干了，所以他愿意留在家里；他说我们也用不着顾虑他三年来一直没有过个一个真正的假日这回事；他要我们马上出发，快快活活地过个节，不要为他操心。他说他能够整天埋头干活，而且，真的，他还说，本来，他想过个什么节就是想入非非。

不过，当然我们全都觉得，让父亲留在家里可绝对不行；特别是，我们都知道，他果真留下来的话，准会闯祸。安娜和玛丽姐妹俩倒也都乐意留下来，帮着女佣人做中饭，只是，在这样一个美好的日子里，她们买了新帽子不戴一戴，未免太使人扫兴。不过，她们都表示，只要母亲说句话，她们就都乐意留在家里干活。维尔和我本来也愿意退出，但遗憾的是，我们在准备饭菜上，却是一点儿忙也帮不上。

因此，到最后，决定还是母亲留下来，就在家里痛痛快快地休息一天，同时准备午饭。反正母亲不喜欢钓鱼，而且尽管天气明媚，阳光灿烂，但室外还是有点儿凉，父亲有些担心，要是母亲出门，她没准会着凉的。

他说，当母亲本来可以好好地休息的时候，如果他硬拉她到乡下去转悠，一下子得了重感冒，他是永远不会原谅自己的。他说，母亲既然已经为我们大伙儿操劳了一辈子，我们有责任想方设法让她尽可能安安静静地多休息会儿。他还说，他之所以想到出门去钓鱼，主要的是，这么一来就可以给母亲一点儿安静。他说年轻人很少能体会到，安静对于上了年纪的人有多么重大的意义。关于他自己，他总算还够硬朗，不过他很高兴能让母亲避免这一场折腾。

于是我们向母亲欢呼了三次之后就开车出发了。母亲站在阳台上，从那里瞅着我们，直到瞅不见为止。父亲每隔一会儿就转身向她挥手，后来他的手撞在车后座的边上，他才说，他认为母亲再看不见我们了。

嗯，我们把汽车开到美妙无比的山冈中行驶，度过了最愉快的一天。父亲钓到了各式各样的大鱼，他敢肯定，要是母亲来钓的话，她是无论如何也拽不上来的。维尔和我也都钓了，不过我们钓的鱼都不及父亲钓的那么多。至于那两个姑娘呢，在我们乘车一路去的时候，她们碰到不少熟人，在溪流旁边她们还遇到几个熟识的小伙子，便在一块儿聊起来。这一回，我们大伙儿都玩得痛快极了。

我们到家已经很晚，快到下午七点了，不过母亲猜到我们会回来得晚，于是她把开饭的时间推迟了，热腾腾的饭菜给我们准备着。可是首先她不得不给父亲拿来手巾和肥皂，还有干净的衣服，因为他钓鱼时总是弄得一身肮里肮脏的，这就叫母亲忙了好一阵子，接着，她又去帮女孩子们开饭。

终于，一切都齐备了，我们便在最最豪华的筵席上坐下来，有烤火鸡和圣诞节吃的各种各样的好东西。吃饭的时候，母亲不得不屡次三番地站起来，去帮着上菜、收盘，再坐下来吃；后来父亲注意到这种情况，便说，她完全不必这样忙来忙去，他要她歇会儿，于是他自己便站起身到碗橱里去拿水果。

这顿饭吃了好长的时间，真是有趣极了。吃完饭，我们大伙儿争着帮忙擦桌子、洗碗碟，可是母亲说她情愿亲自来做这些事，我们只好让她去做了，因为这一次我们也总得迁就她才行。

一切收拾完毕，已经很晚了。睡觉之前我们全都去吻过母亲；她说，这是她有生以来过得最最快活的一天。我觉得她眼里含着泪水。总之，我们大家都感觉到，我们所做的一切得到了最大的报偿。

（凌山 译）

亨利希 · 曼

亨利希·曼（1871—1950），德国作家。

他是大文豪托马斯·曼的兄长，同为德国批判现实主义的代表，

生于德国北部古城吕贝克。

创作以小说见长，也写散文、杂文和剧本。《臣仆》为其长篇小说代表作，

其他如《垃圾教授》《亨利四世》等均为公认的名著。

他的政论和散文也写得出色，结集的就有《权力与人》《理性的独裁》《七年》

以及《精神与事业》等。他的散文，尤其是政论判断正确，目光锐利，笔调冷峻。

大
师
谈
生
活

161

※ 化装舞会

童年往事，对于我的一生一定也是有影响的。但我不知道，我能否把这些往事回忆起来，编纂成一本书。每当我忆起一件事情时，总会联想起其他几件事情来。现在，我就说其中一件。

那是在七十年代的卢卑克，一个冬天的下午，一条陡峭的街道上结了冰，很滑，天几乎是黑的。立在每家门口的煤气路灯只能照着门前。远处传来门铃的响

声，说明有人进了那幢房子。这时，一个女仆拉着一个小男孩在街上走着，这男孩就是我。街上像溜冰场一样光滑，我挣脱了她的手，顺着街面溜下去，越溜越快。就在快到十字街口的一瞬间，忽然，一位衣衫褴褛的妇女从横街走出来，她手上的头巾包着什么东西，我一时刹不住脚步，冲到她身上去，她猝不及防，路又滑，被我撞倒了。我在黑暗中逃跑了。

但是，我听到盘子打碎的声音，原来那个妇女的头巾里包着一只盘子。我闯了祸！我停住脚步，心里怦怦直跳。女仆终于赶上了我。

我说："我不是有意的。"

"她今晚没饭吃了，"女仆说，"她的小儿子也没饭吃了。"

"你认识她吗，施蒂娜？"

"她可认识你呢！"施蒂娜回答。

"她会来我们家告诉爸爸妈妈吗？"

施蒂娜点点头，吓唬我。我害怕起来。

我们全家正在忙碌，因为明天过节。这个节比任何节日都隆重：举行化装舞会。这天晚上，我没有忘记黄昏时那件蠢事，以及它带来的威胁。上床以后，我还在倾听着门铃声，担心是不是那个妇女来了。她现在没有饭吃，她的小儿子也没有饭吃。我感到很不好受。

第二天，当施蒂娜到学校接我回家时，我第一句话就是向她打听那个妇女的事。我问："她来过我们家吗？"女仆想了一下，说没有来。但她又说，那个妇女肯定会来找我的……

直到晚上，我还在害怕。然而，家里轻松而热烈的气氛感染了我，大家都在等待举行舞会。大厅里灯火通明，充满了花香和不寻常的气味。妈妈打扮得很漂亮：第一批客人已经来到，那是妈妈的年轻女友，还有一位从不莱梅来的小姐，她是一个人来的，住在我们家里，我总是缠着她。后来，大家都化了装，戴起假面具，但我熟悉内情，知道那个吉卜赛女郎是谁扮的，那个红桃Q又是谁扮的。

现在我必须睡觉去。但我又悄悄地起了床，穿着很少的衣服，摸上楼去，化装舞会已经开始。大厅前面那些房间都空着，舞会改变了一切，我几乎认不出原来这些房间。要是有人走进来，我就赶紧躲到隔壁房间去，这样我跑遍了所有的房间。大厅里的舞会莫名其妙地吸引了我，那里金碧辉煌，传出了音乐声、脚步声、人声和温暖的香气。最后，我径直来到大厅的门背后，那是冒险的，也是值得的。我看见了被柔和的灯光照耀着的裸露的肩膀，看见了像珠宝一样闪烁的头发，看见了像生命一样发光的宝石。人们毫不疲倦地旋转着。爸爸化装成一个外国军官，头发扑了粉，腰间佩着剑，我看了很得意。妈妈化装成一个红桃Q，她靠在爸爸身边，比平时更奉承他。但是当我看到从不莱梅来的那位小姐时，就无话可说了，我只觉得她溜到一位先生的身边去，依偎着他，但愿他不知道她是谁扮的。当时我只有七岁，站在舞厅的门后看到了这一切，高兴得不知如何是好。

舞厅的装饰体现出一种柔和、明快的风格。我后来才知道这种风格叫"洛可可"，大约十年前才从巴黎传过来的。那些舞步，四人舞、快步舞也是从那里传来的。每个细节都是事后从拿破仑三世和美丽的欧仁妮的皇宫传出来的。他们挥霍无度，可是他们的社交风气曾经流行一时，一直流传到我们这个德国北方的小城市。沙龙文化当时是最受人重视的。礼节后来也没有像当时那么讲究。人们常做哑谜游戏、猜谜，太太们在她们女友的扇子上面画水彩画，那些奉承她们的先生们则在扇子上写下他们的姓名。在那个世界，人们常做文字游戏。那是一种奇特的发明，我那时还不懂，后来才从书上知道它的道理。在拿破仑狭窄的圈子里，往往有人说出一句话叫别人写出来。这种游戏是为了发现谁的错别字最少。这种市民的游戏也适合于当时的卢卑克。

化装舞会是豪华而高贵的，不仅迎合那些一直统治着巴黎的冒险家的癖好，而且吸引着德国的上层人物。舞会最后总是以"活的形象"结束，那是为了展览当天的美女和那些奉承她们的高贵男子……躲在门后的小男孩紧张地等待着，生怕看不到这些活的形象。

突然，门被我撞开了，有人发现了我。那是一个佣人，他叫我，说楼下有个妇女找我。他没有注意我当时吓得脸都变白了，晃动着他的燕尾服下摆走开了。我独自站在那里，思考着该怎么办？如果我不下楼见那个妇女，谁知道她会不会直接上舞厅来，那时就糟了。我宁可自己受点委屈。

那个妇女站在灯光微弱的大门前。她的身后是一个黑暗的房间。她还像昨天那样，穿着一身褴褛的衣衫，一动也不动，好像是从黑暗中突然冒出的一座良心雕像。我越来越迟疑地走近她。我要问她对我有什么要求。可是，我说不出话来。

"你打碎了我的盘子，"她很低沉地说，"我的小儿子没有饭吃了。"

听了她的话，我也哽咽起来。别的小孩的遭遇感动了我。就像我现在被人叫下楼来一样难过。

我到厨房拿点吃的给她，好不好呢？但是，厨房里到处都是女仆和佣人，我的举动瞒不了他们。于是我结结巴巴地对她说："请您等一等。"说完我走进她身后那个黑暗的房间。那里挂着客人们的大衣，我从大衣丛中钻过去，一直钻到堆放我的玩具和书的地方。我拿着这些东西，甚至要拿那只天鹅展翅的可爱的花瓶，但是那只花瓶不是我的。我把这些东西都送给了那个妇女，她接过后放在她的篮子里，走了。我也赶快跑开，去上床睡觉了。

我睡得比昨晚更安静些……奇怪的是：第二天，当我放学回家时，发现我送出去的东西都重新摆在原来的位置上。我不能理解。我把我的心思透露给施蒂娜。起初她也表示惊讶，但很快禁不住笑了起来。她笑了以后我才怀疑了她。原来，昨天晚上，那座良心雕像，那个为了我的罪过而挨饿的小孩子的不幸的母亲就是她扮的。

事实上，也许根本没有人挨饿。天知道，那天晚上打碎的是否只是一只盘子。施蒂娜是个很好的演员，她演出了她自己导演的一幕悲剧。但我不会忘记这件往事。当时我只有七岁，正沉入在表面上的繁华幸福生活的时候，曾有一次从别人拉开的帷幕背后看见了贫穷，看见了自己的过错。

※ 焰火与选美

卢娜公园，七月里一个周日的傍晚。公园里游客并不算多，柏林人大都去了施托尔普欣湖畔。每逢周末，谁人不去欣赏马克地区的景致，而会来到这卢娜公园？只有少许智者和尚没有汽车的人。在这里，他们可以享受到无限的空间。人们坐在大旅馆的阳台上，可以观看地面与天空连成一片，倘若天边没有那几座烟囱，景色会更美。夜幕刚刚降临，使所有一切变得更加神奇。

阳台上聚集着不同层次的游人，其中不乏青年男子。与汽车相比，他们情愿要一名女友陪伴左右。汽车可以为他们服务，载着他们到田间和树林去兜风，但却是孑然一身。而车上要带上一名女友，却超出了自己的经济理智。有女友而没有汽车则是允许的。你瞧，她正沉浸在自己的价值观之中。因为她十分清楚，她不仅在同类中属百里挑一，而且还使男友远离尘世中的其他诱惑而倾心于自己。当她转了一圈重又回到桌旁时，那种自豪感更为惹人注目。她大胆地扫视着周围的其他男士，他们还能够给予她什么呢！她的全部价值已被自己钟情的人所承认。今后，他还会为她弄到汽车。在这里，对自己男人的自豪感清晰地表现在了女人的姿态和眼神里。在美国，国民财产的一半早已属于妇女，她们的表情或许与此不同。

忽然间，对面腾起了焰火，五光十色，义无反顾，因为它们在高空就已化为灰烬。飘落下来的仅是火星，尔后化为乌有。黑暗的夜空中，忽地出现了几株由无数火花组成的棕榈树，随后支干弯曲下来，招着手消失在黑暗中。由火花组成的树叶消失的瞬间，在它们背后现出了一股像它们一样形状的黑烟，活像它们的影子。接着，一只巨大的火团噼噼啪啪地掠过公园上空，一座塔楼出现在人们头顶，其正面爆出一组单独的火柱。或许由于本身的激烈，它又被撕得粉碎。随着最后一颗火星的陨落，焰火宣告终结，然后是夜空依旧。为了观赏这一盛况，夜空下面人头攒动，与几百年前的情景毫无区别。焰火原本是一种古老的遗趣。

统治者过节时，宫廷和市民都可以观赏到相同的焰火与火轮，过去大都在花园里。欧洲的所有王室都有观赏焰火的习惯，而在木栅栏的另一边，平民们却也伸长着脖子。那曾是一种惊人的欢乐。如今，即使再也没有人为之惊讶，却也感到趣味盎然。当火轮在转动，银屑燃烧着纷纷落下，在池塘中熄灭，任何人都不会无动于衷。诚然，利用现代手段，所有事物都可以模拟。可是，电流所制造出来的光色效果，却难以与焰火给人留下的印象相比拟。焰火乃是火焰本身的变幻。当焰火披着童话般的盛装，闪烁着期盼的光芒，飞舞着飘落下来的时候，阳台边上的少男少女们，情不自禁地摸索着对方的肩膀。深沉的性感魔术大师令他们渐渐坠入了火样的情感。

模仿魔术师轻而易举。人们也可以预言美，实则却是恶作剧。公园里，为舞蹈搭起了一座木棚。据称这里要举行选美比赛，还有人在为活生生的裸体洋片鼓噪。棚内人满为患，幸亏至少新鲜空气还可以穿堂而入。并非所有男士都把自己的女友带来，有的恰要在这里挑选，一名戴眼镜的会计师大腹便便，他的舞伴总是同一个女人。她打扮得虽然花枝招展，但脚拐却显得过宽。每场舞毕，他总要乖乖地将她引回原位，而自己却走向酒吧。最后人们发现，这两人原来相约要一起离去。选美开始之前，他们真的消失得无影无踪了。

并非所有男士都认为他们的女人参赛对自己有利。他为何要特地将她置于众人贪婪的目光之下呢？倘若他认为她漂亮，那么他就不会怀疑，她也会讨别人的欢心。或者他对她了如指掌，而担心她在选美比赛中名落孙山。与别人羡慕相比，名落孙山要糟糕十倍。而作为女士，她们却毫不怀疑自己的实力。不管那位谨慎的经纪人转向何方，她们随时准备应战。只见一位女士跟随经纪人走向一个椅子，椅子对面就是裁判。裁判员为清一色的男士，代表着不同层次的力量与容貌。他们正襟危坐，一言不发。其他同类分坐两旁，高声嚷着轻浮而不负责任的评价。

参赛美女的座椅逐渐占满。经纪人面面俱到，所有受欢迎的类型都不能缺少。金发村姑和城市犹太女郎都在其中。年轻泼辣的柏林姑娘，过去曾经容光焕发，经过商店的修饰却显得苍白，似乎应该再加涂点什么。眸子显得更加明亮，闪着安详的光，它懂得对生活的期盼：不能苛求，但应满足。从内心到外表，所有在座女士均属中等标准。从根本上说，谁更漂亮一些确实无所谓。

所有参赛女士几乎穿戴得同样漂亮。价廉物美，每人都懂得什么最适合自己，或许同一件衣服却也适合所有人。她们置身于此种氛围，任凭别人评头论足，因为这样是通往浪漫的第一步。每人可曾知道，她身边的女士同样如此想象？尽管平日里她与别人毫无差别，然而今天就可能成为公主。但她心里仍然忐忑不安。尽管她们信心十足，但男士们喊倒好的声音却使她们心惊肉跳。然而，所有被经纪人叫到名字的女士依旧神情端庄。她们的内心感觉：尽管如此，尽管木棚简陋，尽管泼皮起哄，而我却可能成为公主！

七名参赛选手，受到的待遇均为"啊"的赞叹。然而，当坐在后排的一位女士上台亮相时，却博得了唯一完全令人信服的满堂彩。经纪人尽量予以平息，但却徒劳。原因显然并非在于她。她向每位崇拜者都送去一个飞眼，接着向所有人先后展示了自己的前部与侧面。观众纷纷讨厌她的先生——一名褐色皮肤的纨绔子弟挡住了视线。即使他不担心她冷酷地卖弄风情，却也没想到她会如此糟糕地面对观众。他曾警惕地监视着她。可惜稍不留神，她便衣着华丽地站了起来。片刻沉默之后，她已经坐到了第八张选美椅子上了。于是，她成了她们当中的头号种子选手。

　　面对裁判员，所有参赛者都要以自己为轴心来回旋转数次。有些不负责任的观众在扯着嗓子喊叫："尊贵的夫人，请再转上一圈！"其中一个竟然还从《乐园》中学来的声调表示着自己的惊讶。相反，初评过后，那些富有责任感的裁判员又决定进行重选。结果八名选手中，有四名荣获桂冠。冠军除得到一只大布娃娃外，还出人意料地得到了一辆小轿车——事实上，却是一件儿童玩具。

　　观众从未寄予过高期望，至少对于现在接下来的裸体洋片是如此。它们只用纱帘挡着，暗箱光线并不充足。尽管如此，不少人仍然抱有些许幻想。然而，观众看后却遗憾不已，更多了些自我嘲讽。谢天谢地，幸亏存在嘲讽，所有一切才变得可以忍受。纱帘后面的裸体洋片仍在继续，里面甚至也不时传出诙谐的笑声……

（卢永华　译）

大师谈生活

德莱塞

泰奥多尔·德莱塞（1871—1945），美国著名小说家，出生于德国移民家庭。
其成名作为长篇小说《嘉莉妹妹》。作品有长篇小说《珍妮姑娘》《美国的悲剧》等。
散文作品有散文集《一个大城市的色彩》等。

※ 我的梦中城市

它是沉默的，我的梦中城市，清冷的、静穆的，大概由于我实际上对于群众、贫穷以及像灰砂一般刮过人生道途的那些缺憾的风波风暴都一无所知的缘故。这是一个可惊可愕的城市，这么的大气魄，这么的美丽，这么的死寂。有跨过高空的铁轨，有像峡谷的街道，有大规模升上壮伟广市的楼梯，有下通深处的踏道，而那里所有的，却奇怪得很，是下界的沉默。又有公园、花卉、河流。而过了二十年之后，它竟然在这里了，和我的梦差不多一般可惊可愕，只不过当我醒时，它是罩在生活的骚动底下的。它具有角逐、梦想、热情、欢乐、恐怖、失望等等的哗鸣。通过它的道路、峡谷、广场、地道，是奔跑着、沸腾着、闪烁着、朦胧着，一大堆的存在，都是我的梦中城市从来不知道的。

关于纽约——其实也可说关于任何大城市，不过说纽约更加确切，因为它曾经是而且仍旧是大到这么与众不同的——在从前也如在现在，那使我感着兴味的东西，就是它显示于迟钝和乖巧，强壮和薄弱，富有和贫穷，聪明和愚昧之间的那种十分鲜明而同时又无限广泛的对照。

这之中，大概数量和机会上的理由比任何别的理由都占得多些，因为别处地方的人类当然也并无两样。不过在这里，所得从中挑选的人类是这么的多，因而强壮的或那种根本支配着人的，是这么这么的强壮，而薄弱的是那么那么的薄弱——又那么那么的多。

我有一次看见一个可怜的、一半失了神的而且打皱得很厉害的小小缝衣妇，住在冷街上一所分租房子厅堂角落的夹板房里，用着一个放在柜子上的火酒炉子在做饭。在那间房的四周，她有着充分空间可以大大地跨三步。

"我宁可住在纽约这种夹板房里，也不情愿住乡下那种十五间房的屋子。"她有一次发过这样的议论，当时她那双可怜的没有颜色的小眼睛，包含着那么的光彩和活气，是我在她身上从来不曾看见过，也从来不再见到的。她有一种方法贴补她的缝纫的收入，就是替那些和她自己一般下等的人在纸牌、茶叶、咖啡渣之类里面望运气，告诉许多人说要有恋爱和财气了，其实这两项东西都是他们永远不会见到的。原来那个城市的色彩、声音和光耀，就只叫她见识见识，也就足够赔补她一切的不幸了。

而我自己也不曾感觉到过那种炫耀吗？现在不也还是感觉到吗？百老汇路，当四十二条街口，在这些始终如一的夜晚，城市是被从西部来的如云的游览闲人所拥挤。所有的店门都开着，差不多所有酒店的窗户都张得大大，让那种太没事干的过路人可以看望。这里就是这个大城市，而它是醉态的，梦态的。

一轮五月或是六月的月亮将要像擦亮的银盘一般高高挂在高墙间。一百乃至一千面电灯招牌将在那里霎眼。穿着夏衣戴着漂亮帽子的市民和游人的潮水；载着无穷货品震荡着去尽无足重轻的使命的街车；像嵌宝石的苍蝇一般飞来飞去的出租汽车和私人汽车。就是那轧士林也贡献了一种特异的香气。生活在发泡，在闪耀；漂亮的言谈，散漫的材料。百老汇路就是这样的。

还有那第五大道，那条歌唱的水晶的街，在一个有市面的下午，无论春夏秋冬，总是一般热闹。当正二三月间，春来欢迎你的时候那条街的窗口都拥塞着精美无遮的薄绸以及各色各样缥缈玲珑的饰品，还再有什么能一样分明地报告你春的到来吗？十一月一开头，它便歌唱起棕榈机、新开港以及热带和暖海的大大小小的快乐。及到十二月，那么同是这条马路上又将皮货、地毯，跳舞和宴会的时装，陈列得多么傲慢，对你大喊着风雪快要来了，其实你那时从山上或海边回来还不到十天哩！

你看见这么一幅图画，看见那些划开了上层的住宅，总以为全世界都是非常的繁荣、独出而快乐的了。然而，你倘使知道那个俗艳的社会的矮丛，那个介于成功的高树之间的徒然生长的乱莽和丛簇，你就觉得这些无边的巨厦里面并没有一桩社会的事件是完美而沉默的了！

我常常想到那庞大数量的下层人，那些除开自己的青春和志向之外再没有东西推荐他们的男孩子和女孩子，日日时时将他们的面孔朝着纽约，侦察着那个城市能够给他们怎样的财富或名誉，不然就是未来的位置和舒适，再不然就是他们将可收获的无论什么。啊，他们的青春的眼睛是沉醉在它的希望里了！

于是，我又想到全世界一切有力地和半有力地男男女女们，在纽约以外的什么地方勤劳着这样那样的工作——一个店铺，一个矿场，一家银行，一种职业——唯一的志向就是要去达到一个地位，可以靠他们的财富进入而留居纽约，支配着大众，而在他们认为是奢侈的里面奢侈着。

你就想想这里面的幻觉吧，真是深刻而动人的催眠术哩！强者和弱者，聪明人和愚蠢人，心的贪馋者和眼的贪馋者，都怎样的向那庞大的东西寻求忘忧草，寻求迷魂汤。我每次看见人似乎愿意拿出任何的代价——拿出那样的代价——去求一啜这口毒酒，总觉得十分惊奇。

他们是展示着怎样一种刺人的颤抖的热心。怎样的，美愿意出卖它的花，德性出卖它的最后的残片，力量出卖它所能支配的范围里面一个几乎是高利贷的部分，名誉和权力出卖它们的尊严和存在，老年出卖它的疲乏的时间，以求获得这一切之中的不过一个小部分，以求赏一赏它的颤动的存在和它造成的图画。你几乎不能听见他们唱它的赞美歌吗？

罗素

柏特兰·亚瑟·威廉·罗素（1872—1970），英国著名哲学家，社会活动家，1950年获诺贝尔文学奖。他的作品充满了理性思维，在议论中叙述深刻的人生哲理。代表作《西方哲学史》。

173

※ 良善的生活

对幸福的生活，不同的时代及不同的人们持有许多不同的概念。在某限界中，这不同处依从于论证；这是当人们在达成目的之诸种方法上的不同。有人认为监狱就是阻止犯罪的好方法；其他人认为教育比较好些。这种不同只能凭着充足的证据来决定。但有些相异就不能如此试验。托尔斯泰（Tolstoy）谴责一切战争，别的一些人认为一个士兵为着正义而从事战争是极其高尚的。此处可能包括着目的上的真正不同。称赞士兵的人通常认为惩罚罪犯这事本身是好的；托尔斯泰并不这样想。在这种事上没有论证是可能的。因此我不能证明我对良善生活的见解是正确的；我只能陈述出我自己的见解，而期望尽量得到同意。我的见解是：

"良善生活是由爱贯注且由知识引导的生活"。

知识与爱皆可无限扩展，因此无论生活多美好，总是能想象得到更美好的生活。有知识而无爱，有爱而无知识，皆不能产生出良善的生活。在中世纪里，当在一个地方出现疾疫时，圣人就劝告人们群集教堂为救援而祈祷，结果是传染病以惊人速度在群集的祈求者中蔓延开来。这是爱而无知之一例。上述大战提供出知而无爱的一项例子。在两种的情况下其结果是大规模的死亡。

虽然爱与知识两者都必要，但在一种意义里爱是更为基本的，理由是它会引导睿智之人去寻求知识，以发现如何有利于他们所爱的人。但若人们并不睿智，他们会以相信人们所告诉他的而自满，并且会不顾最纯正的利益而为害。医学或许提供出我所指的最好例证。对于一个病人，一位能干的医生比最热忱的朋友更有用，而医学知识之进展在增进群体健康上比误导的博爱主义更有用。虽然如此，但一项仁慈的因子，即使是富人要凭科学的发现而获益的话，亦是有用的。

"爱"这字概括着不同的情绪，当我想将它们都包容在这字的意义中时，我曾任意使用它。"爱"作为一项情绪——这是我所论及者，因为，"在原则上"爱的意义在我看来并不清晰——是在两个极点之间移动着：一端是构思的纯粹快乐；另一端是纯粹的慈悲。于涉及无生机对象之处才有快乐发生；我们不能在一种风景或一只奏鸣曲上感到仁慈。这类消遣大概是艺术之源泉。它在年少的孩童中比成人更强，成人易于以一种功利论的观点去看待事物。它在我们对人的情感上担任重大的角色，如将它们想成美学构思之对象时，有些人具有魅力，有些人相反。

爱之另一极端是纯粹慈悲。人们曾牺牲自己的生命去帮助麻风病患者，竟致他们所感到的爱不能有任何美学消遣之因子在内。双亲之爱一向随伴着对孩子的外观之喜欢而生，但当这因子完全不具备时，这爱仍然强烈。将一位母亲对患病孩童的热心称之为"慈悲"似乎可笑，因为我们惯于使用这词去记述一种极不真实的淡薄情绪。但极难找出任何其他词去记述对别人的福利之欲望。事实上这样一项欲望在双亲的情感上会达到任何有力地程度。在其他情境里，它较不浓厚；看来所有利他的情绪是双亲式情感之"心理升华"（Sublimation）或泛滥。由于一个较好的世界之需要，我将称这情绪为"慈悲"。但我想明示出我正谈到的是一种情感而非原则，并且我并不把任何（像通常与这字相连的）优越性情感包括在内。"同情"这词部分表达出我所意谓者，但忽略了我所愿涵容在内的行动因子。

最完美的爱是一种乐爱与善意两项因子之不可分的结合。双亲之一对于一个美而成功的孩子之喜爱结合着这两项因子；最佳形式的性爱亦然。但在性爱中，慈悲只在于获得占有，理由是否则妒忌会将它毁灭，同时或许事实上增加了构思上的乐爱。乐爱而无善意则是残忍的；善意而无乐爱极易趋向冷酷及少量优越感。一个期望被爱的人希望成为包括这两项因子的爱之对象，除非在极端软弱的情境里，例如幼童时代或者患着重病。在这情境里，所欲求即是慈悲。相反的，在极端强健的情境里，需要赞美之欲望更强于需要慈悲：这是统治者及名佳丽的心理状况。我们愈感到需要他人的协助或者愈感到他们之为害时，我们仅期望他们的善意。至少看来像是"生物学上的情境逻辑"（biological logic of situaion），但它对生命而言并不十分正确。我们期望热爱，为的是逃避孤寂之感，为了能够如此（就如我们所说的能被"了解"）。这是同情的事，不仅是慈悲；以热爱使我们满足的人不必仅是愿我们好，而必须了解我们的幸福是由什么构成的。但这属于良善生活的另一个因子；即知识。

在一个完满的世界里，每个有情感的人，对其他任何人说来，都是最完满的。由乐爱、慈悲及不可分地互相交织的了解所复合成的爱之对象。它并不能推衍出我们在这实际世界里，该试图对任何自己遇到的有情感的人持有这种情感。有许多人是我们所不能感到乐爱的，因为他们令人厌恶；若我们强制自己的本性去试图发现他们之中的美感，我们仅会弄钝我们对自然地发现为美的事物之情感。不用说，人类之中有着跳蚤、臭虫及虱子。我们在能思考这些动物之前，我们很难像古代水手那样抑制自己。有些圣人（这是真的）曾称他们为"上帝之珠"（Pearls of God）；但这些圣人所乐爱者乃是夸示他们自己的情感之机会。

慈悲易于扩散，但即使是慈悲，亦有其限制。假定某人想娶一位女士，若他发现别人也想娶她时，我们不该认为他最好是撤退回来；我们该把它当作是公平竞争的场合。但他对敌手的情感不可能"完全"慈悲。我认为良善生活之所有记述中，我们必须假定动物式的活力及本能的某种基础；没有了这一点，生命就变得死板而无趣。文明该对它有所增益，而非取代它；禁欲主义的圣者及孤离的贤者在这方面无法成为完整的人。他们之中的少数人会使一个社会群富足；但由他们所构成的世界会使人烦闷窒死。

这些考虑导致对"乐爱之因子乃是最佳的爱之成素"的强调。在这世界里乐爱不可避免地是抉择性时，而且阻止我们对所有的人类持有相同的情感。当冲突发生于乐爱与慈悲之间时，它们一向必须靠妥协来决定，而非是凭对任何一者的完全投降来决定。本性具有它的权利，而若我们压制它到达某一点，它会以微妙的方式报复。因而在企向一种良善的生活中，心中必须切记人理可能性之限度，此处我们再度回到知识的必要性上来了。

当我说知识是良善生活之一项要素时，我心目中并不是想到了伦理知识，而是想到科学知识以及特殊事实之知识。我并不认为有伦理知识存在。若我们意欲达成某项目的，知识会展示方法给我们，然而这种知识会松弛地被当成伦理知识。但我并不相信我们能决定何种行为是对或错，除非依凭对这行为的可能结果之指涉。既定一项企图达成的目的，科学方面的事是去发现，如何达成它。所有的道德律必须借检验"它们是否能实现我们所欲的目的"来试验。我是说我们所欲的目的，而非我们所"应该"欲求的目的。我们在所"应该"欲求的仅是一些其他人所希望我们企欲的。通常它是权威当局们——父母、教师、警察、法官——所希望我们企欲的。若你对我说"你该如此这般去做"，你的评语之动机，只在于我企求你的拥护——总归，可能有报酬或惩罚随伴着你的赞成与不赞成。由于一切行为发自欲望，显然伦理意念（除非当它们影响到企欲）并无重要性。他们基于企欲赞成或者恐惧不被赞成而这样做。

这些都是有力地社会强制力，而若我们想要实现任何社会目的的话，我们自然会努力把它们赢到我们这边来。当我说行为之道德是就其可能的结果来裁决时，我意谓自己企欲看到，可能会实现我们企求的社会目的之行为得到赞成，而对相反的行为不赞成。现在这一点并未做到；现有某种传统规范，依它们说来，拥护与否乃是不论结果地被分派出来。这是我们在下节将谈到的论题。

理论伦理学之多余，在简单的情境里显然可见。例如，假定你的孩子病了。爱，使你想将病治愈，而科学告诉你如何去做。其中并没有伦理理论的一段中间介绍阶段向你证明你最好是治愈你孩子的病。你的行动直接来自对一项目的之企求，加上方法之知识。这对一切行动都同等为真，不论善或恶。目的不同，则知识对相同的情境比对不同情境更为适切。然而并没有任何可以想象出的方法使得人们去做他们不愿做的事。所可能的是靠一种赏罚原则去改变他们的企求，在这系统中社会的赞同与否并非是最有力地。这赏罚原则如何布置得能够担保立法当局的最大量所欲事物？若我说立法当局持有不良的意图，我仅是意谓它的意图与我所属的社群的某部分之意图冲突。除了人类的欲求之外并无道德指示。

如此，区分伦理学与科学并不是任何特殊的一种知识，而是欲求。伦理学中所需的知识正如其他领域中的知识一样：特别的是某些目的是欲望之所求，而且正确的行为对它们有所助益。当然，若"正确行为"之界说是想造成广泛的吸引力，则那些目的必须是大部分人类所欲的。若我将"正确行为"界定为"增加我自己收入的行为"，读者就会不同意。任何伦理论证之整个效果在于它的科学部分，即是说，在于证明一种行为而并非是他种行为，而其方法是完成广泛所欲的目的。我无论如何将伦理论据与伦理教育区分开。后者在于加强某种欲望而减弱另一类。这是极不同的过程，它将在后面分别讨论。

我们现在可以更为正确地解释本文之始所展开的良善生活之界说的要意。当我说良善生活是由爱构成，由知识导引，推动我的是尽可能去过这样的生活之求，而且帮助他人去过这种生活；这述辞之逻辑涵蕴是，在人们如此生活着的一个社群中，更多的欲求将比在一个较少爱或较少知识的地方更易于满足。我并非意谓这是一种"美德的"生活或者跟它相反的生活是"罪孽的"，理由是没有科学证明为合理的概念。

※ 宁静

过度的兴奋不仅有害于健康，而且会使对各种快乐的欣赏能力变得脆弱，使得广泛的机体满足被兴奋所代替，智慧被机灵所代替，美感被惊诧所代替。我并不完全反对兴奋，一定的兴奋对身心是有益的，但是，同一切事物一样，问题出在数量上。数量太少会引起人强烈的渴望，数量太多则使人疲惫不堪。因此，要使生活变得幸福，一定的忍受力是必要的。这一点应该告诉年轻人。

一切伟大的作品都有令人生厌的章节，一切伟人的生活都有无聊乏味的时候。试想一下，一个现代的美国出版商，面前摆着刚刚到手的《旧约全书》书稿。不难想象这时他会发表什么样的评论，比如说《创世纪》吧。"老天爷！先生，"他会这么说，"这一章太不够味儿了。面对这么一大串人名——而且几乎没作什么介绍——可别指望我们的读者会发生兴趣。我承认，你的故事开头不错，所以开始时我的印象还相当好，不过你也说得太多了。把篇幅好好地削一削，把要点留下来，把水分给我挤掉，再把手稿带来见我。"现代的出版商之所以这么说，是因为他知道现代的读者对繁复感到恐惧。对于孔子的《论语》，伊斯兰教的《古兰经》，马克思的《资本论》，以及所有那些被当作畅销书的圣贤之书，他都会持这种看法。不独圣贤之书，所有精彩的小说也都有令人乏味生厌的章节。要是一部小说从头至尾，每一页都扣人心弦，那它肯定不是一部伟大的作品。伟人的生平，除了某些光彩夺目的时刻以外，总有不那么绚丽夺目的时光。苏格拉底可以日复一日地享受着宴会的快乐，而当他喝下去的毒酒开始发作时，他也一定会从自己的高谈阔论中得到一定的满足。但是他的一生，大半时间还是默默无闻地和他的妻子克姗西比一起生活，或许只有在傍晚散步时，才会遇见几个朋友。据说在康德的一生中，从来没有到过柯尼斯堡以外10英里的地方。达尔文，在他周游世界以后，余生都在他自己家里度过。马克思，掀起了几次革命之后，则决定在不列颠博物馆里消磨掉余生。总之，可以发现，平静的生活是伟人的特征之一，他们的快乐，在旁观者看来，不是那种令人兴奋的快乐。没有坚持不懈的劳动，任何伟大的成就都是不可能的。这种劳动令人如此全神贯注，如此艰辛，以至于使人不再有精力去参加那些更紧张刺激的娱乐活动，除了加入假日里恢复体力消除疲劳的娱乐活动，如攀登阿尔卑斯山之外。

毛姆

威廉·索默赛特·毛姆（1874—1965），英国著名作家。
主要作品有《人间的枷锁》《月亮和六便士》《剧院》等。

※ 江上歌声

　　沿江两岸回荡着船夫的号子声。艄夫划着收扎起帆樯的高尾舢板，顺流而
下；你听，他们喊着嘹亮雄浑的号子。纤夫背着纤绳，逆流而进，五六人拖着小
舟，两百人拽着扬帆舢板，越过激流险滩；你听，他们喊着船夫号子，那是更加
气喘吁吁的歌唱。船中央，一人站立，不停地擂鼓督阵；纤夫们弓腰曲背，着了
魔似的曳着纤绳；极力挣扎，有时就在地上爬行。他们奋力紧拉纤绳，同激流的

无情力量抗争。工头在一旁察巡，谁不拼死卖命，那一头破开的竹鞭，便会抽打他赤裸的脊背。人人都得竭尽全力，要不就会前功尽弃。他们喊着激越、高亢的号子——激流曲。语言怎能描述歌声里蕴蓄着多少辛劳。这歌声啊，足以显示那极度劳损的心灵，那紧绷欲绽的筋肉，以及那人类征服自然力量的顽强精神。纤绳可能断裂，舢板纵然旋回，而湍流险滩终将被战胜。劳累的一天结束时，饱餐一顿，或吞云吐雾，或陶醉在悠闲自在的美梦中。然而，最痛楚的歌唱却是码头工扛着沉沉大包，沿着陡峭石阶，走向城垣时哼出的歌声。他们上上下下，走个不停；"嗨哟，啊嗬"，那节奏分明的喊声，就像他们的辛劳一样，永无休止。他们光脚赤膊，汗流浃背。他们的歌唱是痛苦的呻吟，是绝望的叹息，是凄惨的悲鸣：简直不是人的声音。它是无限忧伤的心灵的呐喊，只不过带上了点旋律和谐的乐音，而那收尾的音调才是人的最后一声抽泣。生活太艰难，生活太残忍，歌唱是绝望的最后抗议。这就是江上歌声。

（李传声 译）

切斯特顿

吉尔伯特·凯斯·切斯特顿（1874—1936），英国评论家、小说家和诗人。他写过不少诗歌，也写过文学评论和社会评论。晚年主要以宗教题材写作。

※ 谈圣诞节

圣诞节总是始终不变地带来这个想法：它是一桩又特殊又普遍的事；只要它保持着在特殊的时刻怀着普遍的感情这种人类老习惯的那种仪式就行。这种人类的老习惯，像人类的一切老习惯一样，一直是一种高度现代的争论话题；人们愤慨地问自己，为什么要做甚至他们正做的那些事，以及甚至他们继续在做的那些事。最近几个世纪以来，改革家已非常明显地拒绝促进人人平等，或者甚至促进一切公民平等，但他们有时也发动前景暗淡的反抗，主张一切日子平等，仿佛它们是365个公民全站在一排似的。清教徒在试图这样做时便把一切日子变得如同黑夜一般漆黑；尽管那是指有点不同的意义，而不是指痛痛快快玩一晚上（making a night of it）。功利主义者和他们所创造的工业文明，在实际上而非在比喻上，在物质上而不仅在道德上，确把白天搞得如同黑夜一样漆黑。他们一往无前，不朝后面望一眼；径直驶向前方进入浓雾之中；从最确切的意义上讲，他们并没有前灯。在他们掌权的日子里，他们真的要牺牲一切来适应惯常的那种高速度；假如他们发现他们的通路被自己造成的浓雾所阻断，他们也不会真正明白如何把他们一味从理智着眼的整个立场重新考虑一番；他们只能用这样的思想来安慰自己：假如一切日子都是枯燥无味的，那就证明一切日子都是平等的，任何有关圣诞节的废话，其危险性也就减少了。

然而，一般来说，正常的人们享受这种特殊的节日而不知道为什么，正如有学问的、高贵的、有教养的、开明的人士蔑视这种节日而不知道为什么一样。我并不是指任何人都能轻而易举地准确说明为什么人们愿意把快乐集中在特殊的地点或时间上。从某种意义上讲，这是一个太实际的心理学问题，因而无法说明。这就像要求哲学家用数学方式解释他为什么在早餐和晚餐时感觉饥饿，因为这是白天日程表中两次可喜的大宴会。母牛不断吃草，或多或少可以持续一整天；母牛的确把用餐铺得很广，直到用餐成为普遍的事，而且涉及一天所有的钟点，仿佛那些钟点都是平等的。也许母牛比哲学家更有哲学头脑。母牛喝水，而哲学家，至少真正的哲学家，则是喝酒。这个词至今仍被我们的杂志为在知识分子中间对某个有趣的话题展开辩论而使用的东西，它不过是古希腊哲人的饮宴或酒会的名称而已。有一位编辑要我参加座谈会，当时我想我真的有资格认为他要请我喝酒呢。他只是用希腊语（因为所有的编辑都是有学问的人）向我提出一个请求，相当于仪式上神秘的发言，我听起来就是"你要喝什么酒？"和"请说时间"。假如我感激不尽地回答他的请求，把那特别价廉的酒名说出来，像史蒂金斯先生那样，那么编辑也许会感到有点惊讶。可是古希腊的哲学象征是一个非常富于哲学意义的象征。哲学家所饮的酒跟母牛所饮的水迥然不同，它的确代表集中或强化的概念，而这些概念是属于人类的神圣标志的。所以，酒便集中在酒杯里，而水则是在草地上漫无边际地四处流淌。而且，甚至异教哲学家中最异教的人士也很少一天到晚饮酒不止的，像母牛整天不停地吃草那样。他的头脑，不论多么崇高，也很自然地倾向于衡量和界定。它还同样倾向于时间和地点集中这个概念。

禁酒，像富人迫害穷人的其他任何形式一样，在富豪掌权的现代国家里，是比较容易策划的事。由于这个缘故，极有可能也会在我们这个国家马上颁布禁酒令；凡是反对自己的国家在整个文明世界面前做傻瓜的人们都可能被要求予以支持。不过，我现在并不想以更特别和直接的方式涉及有关酒店的通常政治问题这件事。我暂且只想指出这个离奇的运动肯定不会在这样的琐事面前止步的，例如取消酒，尽管那是为柏拉图酒宴命名的东西，或宣布再不准吃吃喝喝，因而把莎士比亚的头脑也变傻。禁酒是由于有所禁而存在的；它一旦开始，就绝不会停止。我方才收到一份波士顿地区的禁酒报纸，它是在哈佛大学的庇护下出版发行的，上面刊载着的一长串事物都是下一步被禁止之列的。抽烟的人会有兴趣得知"疯狂的恐惧和惊吓经常困扰着抽烟者"，而且这种草"把地上的幽灵聚集在受它奴役的人们身旁"。但这仅仅是开始。要说这种东西在那作者看来似乎跟酒精一样坏，那还是含蓄地说活呢。"谈到毒品的罪恶，"他轻蔑地大声疾呼，"谈到鸦片、海洛因、吗啡……促使全美国走向失败和毁灭的麻醉品就是尼古丁、咖啡因和茶碱。"我相信我的所有美国朋友都会有兴趣确切地知道促使全美国（全美国，请注意）走向失败和毁灭的究竟是什么。许多人必定早就对那曾经打败和毁灭他们的究竟是什么感到奇怪；有些人可能甚至大惑不解，对他们是否曾真正被打败和毁灭表示怀疑。可是得知由于喝杯茶也能把那样规模的溃败和毁灭引发出来，这总是令人感兴趣的事。就个人来说，我可不相信任何人曾经被美国的一杯茶毁灭过。我曾知道有些旅游者为了努力获得一杯英国茶而被打败过。其中有一位是我很熟悉的女士，她初次尝到美国式的、改造过的饮料时说："好啊，假如那就是我们运送给你们的那种茶，那么你们把它倾倒在波士顿港里我简直不觉得奇怪。"

然而就茶的情况来说，还要指出一点，就是凡是有茶的地方，那里就有喝茶的时间。凡是它真正作为可以喝的饮料而存在的地方，那里也存在着一种必须遵守的习惯；它的名称不光是茶，而是下午茶。这种时间和空间集中的要素又重新出现了，正如在人类历史上的任何地方一样。太阳缓缓下落的某一阶段，星星踪迹所显示的天体数学图上的某一条线，下午和傍晚之间的某一美好的阴影，都被人类古老的本能确定下来并加以标明，甚至是为了现代喝茶的习惯。茶是对那一方天空的太阳、对那种情况下地上和天上的神灵所作的祭奠，完全像复活节彩蛋适合于复活节，或圣诞节布丁适合于圣诞节。由于情况的需要，它也要随着季节有所改变，这是真的；但人们会发现，这种习惯在结果上就具有稍稍不同的调子。在这方面，它类似复活节，而不像圣诞节，而且仅在光线和区域的意义上，它也表明圣诞节的实际好处优于复活节的是什么。完全撇开圣诞节的一切真正重要的因素不谈，圣诞节正是体现集中和固定这一概念的主要而崇高的范例；因为它是不可改变的宴会。许多极端学派的狂人曾徒然地要改变它，甚至完全取消它。尽管知识界表露出种种恼怒，学究们也想通过解释把它取消，但是人类几乎肯定地会持续不断用某种方式来纪念这个冬日的宴会。假如这对他们仅仅是个冬日的宴会，那会发现他们会用冬日运动会来加以庆祝。假如这对他们仅仅是个异教的宴会，那他们就会像异教徒那样来加以纪念。可是他们中绝大多数人将会继续遵守那些不能如此解释的仪式；他们将会用圣诞礼物和圣诞祝福来纪念圣诞节；他们将来也会继续这样做；到了某一天他们会突然醒悟过来，发觉原因何在。

※ 再谈圣诞节

　　大多数聪明人都说，不可能期待成年人像小孩那样欣赏圣诞节。至少，G.S.斯特里特先生这样说过，他是当今用英语写作的最聪明的人。可是我不能肯定，甚至聪明人也总是正确的；而这一点一直是我决定保持愚蠢的主要原因——这个决定至今也不可更改。也许仅仅是因为我愚蠢——不过我倒宁肯这样想：就一年其余的时间相对来说，我享受圣诞节的快乐比小时候享受的快乐还要多。当然，孩子们的确喜爱圣诞节——除挨打以外，他们差不多样样事情都喜爱，所以从这个真理中无疑便产生了这个习俗。可是真正的问题并非小学生是否喜爱圣诞节。问题是他还同样喜爱非圣诞节。比如说，小孩高兴地发现了一个新球，那是威廉叔叔（穿着打扮酷似圣尼古拉，只是头上没有圆光）放在他袜子里的。可是假如他没有新球的话，那他也会用积雪做出100个新的球。为此，他要感谢的不是圣诞节，而是冬季。我想，用雪球打仗正在遭到警察的取缔，就像其他每种基督教习俗一样。一位富裕而严肃的金融家再也不会有一颗银色大星突然啪的一声打在他背心上，真的就像授予他一枚伯利恒星勋章似的。因为那是天真而好奇的星，因此竟会提醒他：一个婴儿还有可能出生呢。不过，的确在某种意义上，我们可以真正说小孩并不喜爱哪一季节，因为他们喜爱所有的季节。我本人是这样一种体型，非常喜欢冷天，而不喜欢热天；我对伊甸园位于北极比位于热带任何地方都更容易相信。要明确说出天气产生的效果，这是件难事；我只能说一年中其余全部时间我都是不整洁的，可是夏天里我倒感到了不整洁。然而，我虽然（按照现代生物学家的观点）从遗传获得的人体，在童年时代如同在目前衰老时期一样，必定是同一基本类型，但我清楚记得，每到酷热难耐的日子，我就想到自由，甚至想到能把力气使用出来，因而热烈欢呼。我就读的那所小学有一个优良的习惯，就是天气太热不能学习，便让学生放假半天，我完全回忆得起我是怀着多么巨大的欢乐把维吉尔抛开一边，然后围绕着运动场一圈又一圈跑起来。我对这事的趣味已经改变。不仅如此，而且已经颠倒过来。假如我如今发现自己（这个变化过程我不能轻易地推测出来）在火辣辣的夏天里围绕着运动场一圈又一圈奔跑的话，我希望我不会显得太学究气，假如我说我宁愿去读维吉尔。

这样说来，从某个观点看，老绅士在圣诞节寻欢取乐比孩子们所能办到的要多，这的确是可能的。他们可能最终真正发现圣诞节更有趣得多，正如他们终于发现维吉尔更有趣得多一样。尽管人人都说古典文学是冷冰冰的，但是那位描写一个人住在自己乡间家里，既不怕国王，也不怕群众的诗人，绝不可能不理解瓦德尔先生的心情。正是有那种思想感情，以及类似的思想感情，所以成年人比小孩更能欣赏。例如，成年人比小孩就更能欣赏家庭生活。家庭生活的支柱和基本原则之一，如贝洛克先生所正确指出的，就是财产私有制。圣诞节布丁代表着成年人财产的奥秘；而对布丁的检验就在于吃。

我一向认为彼得·潘是错误的。他是个可爱的小孩，他从事冒险活动是真心实意的；然而，他虽然大胆勇敢像个小孩，但他却是个懦夫——也像小孩。他承认死亡将是一次伟大的冒险；可是他似乎未曾想到，生活也将是一次伟大的冒险。假如他曾同意跟弟兄伙伴们一道前进，他早就会发现，甚至在成长过程中也有真实的经验和重要的启示。这些现实情况很可能对他显得如此真实，以致破坏了他自己少儿眼光中真正的善良事物。可是这恰好是他为什么应该按照吩咐去做的缘故。这仅仅是为权威进行辩护。在跟孩子打交道的时候，我们做父母的有权命令他——因为如果使孩子信服，我们就居然能把童年扼杀呢。

且说，彼得·潘的错误是新的生活理论的错误。我可以称之为彼得·潘主义。这是一种观点，认为扎根并没有好处。可是，假如你对最近的一棵树说出它听得懂的话，那棵树就会告诉你：你是个有眼无珠的蠢驴。扎根是有好处的啊；那好处的名字就叫果实。说游牧民甚至比农民还自由，这不是真的。游牧民可以骑在骆驼上奔驰而过，留下一大团灰尘；可是灰尘并不因为会飞便是自由的。游牧民并不因为会飞而是自由的。你不可能在骆驼背上栽种白菜，正如你不可能在死刑犯牢房里栽种一样。还有，我相信骆驼通常总是以比较悠闲的步态行进的。不管怎样，大多数纯粹的游牧民都是这种步态，因为"随身携带着房屋"是极讨厌的事。吉卜赛人带着房屋；蜗牛也是如此；可是他们谁也走得不快。我居住在一间那些有教养的阶级可能想象得出的最小的屋子里；但我坦白承认，每次出去散步都携带着它，我会感到后悔的。有些有汽车的人几乎生活在汽车里，这是真的；可是令我感到满意的是，这些有汽车的人一般都会死在汽车里。我要高兴地说，他们遭到惊人而可怕的毁灭，这是由于他们企图超过比他们更高的动物——例如吉卜赛人和蜗牛——而受到的判决。不过，一般说来，房屋是静止不动的东西。一个静止不动的东西就是扎下根的东西。那些扎下根的东西之一便是圣诞节，另外一个则是中年。除开财产外，私人生活中的另一大支柱就是婚姻；可是我不想在此谈论它。试想一个人既没有老婆，又没有孩子；试想他只有一个好仆人，或只有一个小花园，或只有一间小房子，或只有一只小狗。他仍然会发现他不经意地扎下了根。他意识到自己的花园有些东西甚至在伊甸园里也是没有的；因此在诸如丘花园或肯辛顿花园也是没有的。他意识到——这也是不能让彼得·潘意识到的东西，就是坐落在自己后院里一间普通的自己的房子，跟在树梢上白云围绕着的房子或在树根底下高度密谋修建的房子一样，都是真正富于浪漫情调的。但这是因为他在自己的房子里探索过，而彼得·潘和那些如此不满足的孩子们却很少这样做。反正一样，孩子们应该想到那"乌有之乡"——那是外面的世界。可是我们应该想到"永恒之乡"——那是内心的世界，也是永久长存的世界。这就是为什么我们虽然坏，但对圣诞节却知道得最多的缘故。

伍尔芙

弗吉尼亚·伍尔芙（1882—1941），英国女作家。
生于伦敦，父亲莱斯利·斯蒂芬是著名学者，
曾主持《英国名人传记词典》和《康希尔杂志》，吸引英国许多文学和文化名人，
为伍尔芙创造了良好氛围。伍尔芙爱读书、爱思考、爱写作，一生勤奋，著作甚丰，
风格多样，主要作品有《达洛维太太》《到灯塔去》《海浪》《幕间》等小说；还有《普通
读者I》《普通读者II》《一间自己的房间》等文论集。

※ 莱斯利·斯蒂芬

儿女渐渐长大，父亲的辉煌岁月也结束了。他跋山涉水的胜绩都是在儿女们出生前完成的。种种念想，就散落在房间里——书房壁炉上的银杯；墙角书架旁戳着的锈迹斑斑的登山杖；他常常聊起那些伟大的登山者和探险家，直到临终，钦羡和嫉妒的口吻兼而有之。但他自己早已不那么活跃，只能满足于漫步瑞士山谷，或在康沃尔郡的大沼里闲荡。

　　他的几个朋友，不时谈起各自的出行经历，对比之下，显见得，他口中的漫步和闲荡，就多了些意思，不像别人说得那般轻巧。吃过早饭后，他会独自一人，或带上一个同伴出门。正餐前不久转回家来。倘若走得尽兴，他必定摊开大张地图，用红笔标上新近发现的捷径。

　　他似乎有本事整天徜徉在沼泽地中，很少对同伴说上只言片语。那时，他已经写完几本书，包括《十八世纪英国思想史》，有人说，这将是他的代表作；《伦理学》——他对此书用力最勤；《欧洲的度假胜地》，其中有"勃朗峰的落日"一章——他认为，这是他写得最好的一本书。

　　他仍然每日里有板有眼地写书，但每次都不会花上太长时间。在伦敦，他的书房是一间大屋，房间的顶部，有三扇长大的窗子。他几乎是斜躺在低矮的摇椅上，一边写作，一边前仰后合，当作摇篮一样，嘴里叼一只黏土烟斗，周遭堆满书籍。用过的书丢到地板上，砰的一声，楼下也能听到。时常地，他踱着方步上楼进入书房时，会突然哼出一些奇怪的曲调，也不是唱歌，因为他根本不好音乐，哼的都是各类韵句，有他所谓的"俚俗谣谚"，也有弥尔顿或华兹华斯的精妙诗章，走路或上楼，他都会即兴咏诵些东西，全看想到了什么，或什么与他的情绪合拍。

　　但儿女们能够跟在他身后漫步乡间小路，或阅读他写的书之前，倒是他灵巧的双手，让他们着迷。他用手转动一张纸，剪刀下，纷纷跌出大象、牡鹿，或猴子，长了活灵活现的鼻子、茸角和尾巴。要么，看书时，他拿一支笔，信手画出一只又一只野物，结果，书的扉页上，挤满了猫头鹰和驴子，像是为了图解他时常在书页空白处不耐烦地涂写下的批语——"天呐，蠢货！"或"自以为是的笨蛋"。他写文章时，就更有节制，但其中的想法，或许就是由这些简短的批语生发出来，让人想起他谈话的一些特点。朋友们都曾证明，他有时沉默寡言。但他叼着烟斗喷云吐雾之际，突然就会脱口插话，嗓音低沉，话却说得有力量。有时只用一两个字，伴着手势的一两个字，就驳倒了像是他的静默引发的一大套痴言妄语。

　　"光是在伦敦，就有四千万未婚女子！"里奇太太有一次对他说。

　　"得了，安妮，安妮！"父亲以惊惧而又亲昵的口吻驳斥她。但里奇太太，像是喜欢给人驳斥，下次来时，数字又长出一截。

他讲故事，逗孩子们开心，像在阿尔卑斯山的冒险经历啦——不过他说，必是你蠢到不听向导的话，才会发生意外——或那些远足啦，一次，他冒了酷暑从剑桥前往伦敦，抵达后，"我喝酒，说起来惭愧，喝得伤了身子。"这些故事都很简短，却有一种奇异的力量，让人仿佛身临其境。他没道出的事情有影有形，一一凸显在背景中。所以，他虽然很少讲什么逸闻趣事，而且，对于事实，他的记性很差，但当他描述一个人时——他认识很多人，有的声名显赫，有的默默无闻——只需三言两语，就把他对此人的想法交代得明明白白。他的想法没准儿与其他人截然相反。他总有办法颠倒众人认可的名声，漠视世俗的价值观，这让人窘迫，有时还会伤害别人，尽管他比任何人都更尊重在他看来的真实情感。不过，逢到他突然睁开明亮的蓝眼睛，摆脱了心不在焉的状态，讲出他的想法时，人们就很难充耳不闻。这个习惯也有其恼人之处，尤其是后来，因为耳背，他意识不到别人在听他讲话。

"我是最容易厌烦的人了，"他像通常一样如实写道；大家庭里难免会有些访客，茶点过后，端坐不去，看看还等待正餐，此时，父亲常将他的一绺头发绕来卷去，表明他的恼怒。

随后，他开始发作，一半是冲着自己，一半是冲着头上的神明，但闹出的动静，也清晰可闻，"他为什么还不走？他为什么还不走？"然而，这种单纯，自有其可爱处——他不是同样直率地说过，"厌烦是大地上的盐"？——厌烦归厌烦，访客很少就走，真的走了，也会原谅他，下次再来。

或许，对他的沉默，我讲了太多，对他的克制，我也强调得过分。他喜欢清晰的思想，厌恶煽情和装腔作势；但这并不是说他很冷漠，不动声色，日常生活中，总在批评和指责。恰恰相反，他对事物有强烈的感受，而且能够热烈地表达他的情感，有时，他陪同什么人时，不免使人不得安宁。例如，一位夫人抱怨多雨的夏季搅了她在康沃尔郡的出游。父亲虽然从来不以民主主义者自命，但对他来说，雨水却意味着玉米会倒伏；一些穷人又要倾家荡产了；他起劲儿诉说他的同情——当然不是对夫人——结果令她很不自在。有时，他会像对登山者和探险家一样，对农民和渔夫生出尊重。因此，他虽然很少谈论爱国主义，但在南非战争期间——他厌恶一切战争——他又长夜难眠，仿佛听到了战场的枪炮声。同样，哪个孩子如果没有按时回家用餐，他必然认为可怜的小人儿准是出了意外，非死即伤，此刻，理性和冷静的常识都派不上用场。签署支票时，他的全部数学知识，加上他始终坚持必须绰绰有余的银行存款，都不能让他相信，全家人并没有像他所说的，"孤注一掷，要败家了。"他画的老人和破产法院，在温布尔登的陋室里（他在温尔布登有一间小房子）养活一大家子人的破落文人，这些都表明，他可不像有些人埋怨的那样说话克制，只要他愿意，照样能够夸大其词。

然而，他的不讲道理都是表象，只需看他的情绪消退之快，就证明了这一点。支票簿刚一合上，温布尔登和济贫院就忘到了脑后。一些有趣的想法让他忍俊不禁。他拿起礼帽和手杖，唤上爱犬和女儿，阔步直驱肯辛顿公园。孩提时，他曾在那里跳跳蹦蹦，他的哥哥菲茨詹姆斯和他还曾在那里邂逅年轻的维多利亚女王，潇洒地向她鞠躬致意，女王也仪态万方地欠身还礼；从肯辛顿公园，绕过瑟彭廷湖，就来到海德公园演说角，在那里，他曾同伟大的公爵本人打过招呼。散步之后，父亲一行就转回家来。这时，他不会让人有一丝一毫的"不自在"；他非常简单，待人和善，有时，从圆塘到大拱门，他都一声不吭，但即使他的沉默，也是意味深长的，他仿佛正在内心中独白，出入诗歌、哲学和他的旧雨新知中间。

父亲的生活极为节俭。他始终抽烟斗，从来不吸雪茄。他的衣服都要穿到显出寒碜；对奢侈的恶习和懒惰的罪过，他一向持老派的或者说是清教徒的观念。今日父母与子女之间的关系，多了某种随意，倘若父亲还在，必是不能容忍的。他希望家庭生活中，要有一些规矩，甚至是礼仪。不过，倘若所谓随意，意味着有权去自由思想和自由追求，那么，再没有人比父亲更尊重甚至坚持这种自由了。他的儿子，除了陆军和海军，可以从事他们选择的任何职业；虽然他对女子接受高等教育不大关心，但女儿自然也有同样的自由。有时，哪个女儿吸烟，他会厉声呵斥——在他看来，女性吸烟很不雅观——然而，如果女儿向他请求要成为一名画家，他必定答应说，只要女儿是认真的，他就会尽可能给予一切帮助。他从来不热衷绘画；但他言而有信。这类自由要胜过成百上千支香烟。

在或许更复杂的文学问题上，他也同样如此。即使到今天，仍然有父母怀疑，听任一个十五岁的小姑娘随意翻阅大量良莠不齐的图书是否明智。但我的父亲就听之任之。他会吞吞吐吐地提到某些事实。不过，他说，"想读什么就读什么好了，"他的藏书，据他自己的说法，大都"俗滥，毫无价值"，但当然，书多且庞杂，我们只管取阅，不必问过再读。读你喜欢的书，只因为你喜欢，绝不可装作欣赏你并不欣赏的——这是他在阅读方面的唯一训诫。以最少的字句，尽可能清楚地写明你的意思——这是他在写作方面的唯一训诫。其他的一切，必须自己去领悟。儿女们除非太过不懂事，才会忽略这番教训出自一位学问渊博、阅历丰富的长者之口，虽然他从来不会强加他的观点，或炫耀他的学问。博恩街上的裁缝见父亲走过他的店铺前时曾说过，"这位绅士衣着考究，自己从来不知道。"

父亲晚年时，日益孤寂，耳朵聋得听不见，有时，他会说自己是个失败的作家，"样样都能，样样不通"。且不说他文字生涯的成败，却不妨认为，他在朋友心中留下了深刻印象。梅瑞迪斯说他早些年时像"光明之神阿波罗转世的托钵会修士"；一些年后，托马斯·哈代远望"光裸而空寂的"施雷克峰，写道：

> 念彼魁奇士，履险凌绝顶。
>
> 山如人之魂，人亦山之影。
>
> 人山两幽幽，照眼光耿耿。
>
> 此形虽嶙峋，此身自肃整。

他虽然是一位怀疑论者，却没人比他更相信人与人之间关系的价值，因此，他可能最珍重的评价，倒是梅瑞迪斯在他死后所说的："据我所知，只有他，才配得上你们的母亲。"洛威尔称他："L.斯蒂芬，最受爱戴的人，"再恰当不过地描述了他的品格，也正是因此，多年之后，他仍然让人念念不忘。

（贾辉丰 译）

卡夫卡

卡夫卡（1883—1924），奥地利小说家，西方现代派文学的鼻祖。其主要作品有《变形记》《审判》《城堡》等。

※ 致艾莉·赫尔曼的信——谈父母与子女的关系

1

　　我为自己找到了一个伟大的证人（是伟大证人中的一个），但我在此只是摘抄他的话，正是由于他是伟大的，再就是因为我昨天正好读到这些话，而不是因为我竟敢持同样的见解，斯威夫特在描述格利佛的小人国之行时（那里的环境大受褒扬）说：

　　"父母和孩子们的相互义务的概念与我们的概念完全不同。由于男人和女人之间的联系像所有动物一样，依据的是自然法则，于是他们干脆声称男人和女人仅仅是为了这个原因而结合的；对孩子们的爱也依此类推；所以他们不愿承认，一个孩子由于是父母所生，就应该对父母尽义务。由于人类在受苦受难，这种尽义务就谈不上是行善了；再说父母们也并不想做什么善事，而总是在卿卿我我的相聚中想着全然不相干的事情。从这一结论和其他一些结论出发，他们认为，在所有人中，把孩子们的教育托付给父母是最不妥当的。"他这话的意思显然是同你对"人"和"儿子"的区分一样的：一个将会成为人的孩子应该尽可能从他表现出的兽性，从纯粹的动物状态中摆脱出来。

你自己承认，你的犹豫中有自私的成分。但是即使从自私看，这不也是一种颠倒了的自私吗？比如说，你不愿把冬装放到皮革工场去保养一个夏天，因为你觉得这些衣服到你秋季取回时会使你内心中感到陌生；假如你自己保管这些东西，它们当然将在秋天完全地、从内在因素到外表全都属于你，但却会被蟑螂啃啮得支离破碎（我这么说毫无恶意，真的没有，这只是个例子，一个相近的例子。）……

我就是这样看你的疑虑的，我能够完全认可的只有一个你没有提到的反驳理由。也许你是这么想的，即：在我甚至没有能力向自己提出如何获得自己的孩子的建议的情况下，我对其他人的孩子的教育说三道四又能有什么价值呢？这个论据是无法反驳的，完全符合我的情况。

但尽管它是那么出色，我却相信，与其说它针对的是我的建议，不如说是针对我的。不要为我的建议是从我这儿来的而惩罚它。

（1921年秋）

2

……你所强调的（孩子们不必为他们的存在而感激父母）不是斯威夫特的主要意思。任何人也不会用如此简短的语言来表达这个思想。重点在结束语上，"在所有人中，把孩子们的教育托付给父母是最不妥当的。"当然这一论点和引出这句话的例证讲得太简短了，所以我想试着把它更详尽地向你解释一番。不过我要重申一遍，那一切都只是斯威夫特的观点（他还是一家之父呢），我的观点虽然与此相近，但我却不敢讲得这么肯定。

斯威夫特的意思是：

每个典型的家庭首先展示的只是一种动物关系，可以说是一个单一的生物结构，一个单一的血液循环系统。因此当它各自为政时，它不能超越自身，它不能从自身中造就出一个新人来，如果它试图通过家庭教育来做到这点，那就成了一种精神上的乱伦。

所以说，家庭是个生物结构，但却是个特别复杂和不平衡的生物结构，像任何生物结构一样，它不停息地追求着平衡。这种对父母和孩子间的平衡的追求（父母之间的平衡不是这里探讨的问题）被称为教育。为什么它会得到这么个称号，这是难以理解的，因为这里看不到真正教育的任何踪影，看不到一个正在长大成人的孩子的能力得到平静的、带着无私的爱心的展现，也看不到对独立发展的平静的宽容。看得见的只是多少年来注定要面临最强烈的不平衡状态的生物结构吸引着人们多半在高度紧张地试图为它制造平衡。这个生物结构可以称为家庭动物，以示与个人动物的区别。

立即公正地在这个家庭动物体内制造平衡是绝对不可能的（只有公正的平衡才是真正的平衡，只有它才能存在下去），其原因是它的各个组成部分之间存在不平等差距，即多少年来父母对孩子表现的强得吓人的威势。因此，在孩子处在童年时代时，父母认为自己是唯一有权力代表家庭的，不仅对外如此，而且在家庭内部的精神结构上也是如此。这样他们就一步步地剥夺了孩子的个人权利，使他们没有能力让这种权利发挥好作用。这是个不幸，它以后对父母的打击将并不比对孩子的打击少多少。

真正的教育和家庭教育之间根本的区别是：前者是人类的事业，而后者则是家庭的事业。在人类中，每个人都有一席之地，或至少有以自己的方式走向末日的可能；在父母搂的怀里的家庭中却只有几个确定的人有一席之地，他们必须符合一定的要求，此外还必须符合父母的命令。如果他们不能符合，他们将不是被驱逐出去（要能那样倒是很好，但却是不可能的。因为他们是一个生物结构的组成部分），而是遭到咒骂或折磨，或两者兼而有之，这种折磨不是肉体上的，不是依照希腊传说中那古老的父母样板的（像克罗诺斯吃他的儿子——他是最正直的父亲），但也许克罗诺斯正是出于对他的孩子们的同情才舍弃通常的方法，采用自己的方法的。

父母的自私——这是真正的父母感情——是没有边际的。在教育意义上父母最大的爱也比花钱请的教育者的最小的爱更自私。这是必然的。父母并非是自由地面对孩子们，不像一个成人对一个孩子的那种关系，孩子毕竟是自己的骨肉——更复杂的是，那是父母双方的骨肉。

比如当一个父亲"进行教育"时（母亲也同样），他会在孩子身上找到他自己身上的毛病，那正是他所恨而又无法消除的。现在他肯定希望能消除它，因为他自信对这个孱弱的孩子的控制力量比对他自己的强，于是他不等孩子长大成人，就狂暴地对准孩子插下手去。或者，比方说他震惊地发现，他一度视为自己的出色方面、并认为是家庭中（家庭中！）不可缺少的因素居然在孩子身上不存在，于是他便开始使劲地把这个因素敲进孩子的脑袋里去，他确实成功了，但同时却失败了，因为他这么一来也把孩子打得粉碎。或者，比如他在孩子身上发现了一些现象，这些现象存在于他的妻子身上时是为他所爱的，但存在于孩子身上（他总是把自己同孩子混为一谈，所有父母是这样的）却为他所憎恶，比如他非常爱他妻子的天蓝色眼睛，但如果他自己的眼睛突然变成天蓝色的，他就会极端地讨厌它们。或者，比方说他在孩子身上发现了他身上所有的、为他所爱或渴望他自己能有的、认为是家庭必不可少的因素，那么孩子身上出现的其他因素于他全然无足轻重了，他在孩子身上只看到他所爱的方面，他迷恋于他之所爱，卑躬屈膝地甘愿于仆为奴，他用爱磨损着孩子。

这是父母从自私自利生出的两种教育方法：各种层次一应俱全的暴君相和奴才相。暴君相可以表现得非常温柔（"你必须相信我，因为我是你的母亲！"），而奴才相可以表现得非常骄傲。（"你是我的儿子，因此我要把你造就成我的救星。"）但这是两种可怕的教育方法，两种反教育法，只能用来把孩子重新踩回他所钻出来的地底下去。

父母对孩子只抱有动物的、无意义的、不断把自己同孩子搞混的爱，而教育者对孩子所抱有的则是尊重，这点与前者相比在教育的意义上要强得多，即使没有爱也并无影响。我重申一遍：在教育的意义上。因为我把父母的爱说成是动物的、无意义的，本身并不是贬义的评价，如同教育者那充满意义的、有创造精神的评价一样，它同样具有一种无法捉摸的神秘性；只是从教育的角度看，这个评价还真是贬得远远不够。她把自己称作母鸡是很有道理的，每个母亲从根本上说都是母鸡，谁若不是，那就是个女神或也许是一个生病的动物。但这只母鸡却不是希望由母鸡们，而是由人来教育孩子，她认为自己不能单独教育孩子。

我再说一遍：斯威夫特并不是想抹去父母之爱的光彩，有时他甚至认为父母之爱有足够的力量来保护孩子不受父母之爱的影响。不知哪首诗里写过一位母亲从狮子的爪子下拯救她的孩子的故事，但难道这个孩子就不应该也保护自己不受她的手之害吗？难道她这么做就得不到奖赏，或者不如说，得不到获得奖赏的可能性吗？在另一首载在教科书中的诗里（你一定知道这首诗的）叙述一个游子的故事，他离家多年后回到故乡的村庄，除了母亲外谁都没认出他来："母亲的眼睛毕竟认出他来。"这是真正的母爱奇迹，这里表达了一个伟大的道理，但实际上只是半个，还应该补充一点：如果儿子一直留在家里，那么她绝不会认出他来，每天同儿子坐在一起使儿子在她眼里变得完全无法辨认，这样就会出现同诗中截然相反的局面，任何其他人都比她更容易认出他来（当然这样她也根本不需要认出他，因为不存在他回到她身边的问题）。你也许会说，那个游子是在11岁后才步入世界的，可我确切地知道，他那时离十周岁还差几个月，或换句话说，并不是母亲贪婪地想要承担责任，贪婪地想要分担快乐，也许更糟的是，还想分担痛苦，（他什么都不能完全拥有！）并不是母亲导演了这出戏的全过程，基于对儿子的信任（不信任是布拉格的特产，此外，信任和不信任从后果上看同样是有风险的，但不信任从其自身看也是危险的），以求有朝一日得到儿子的拯救，并果然通过她的儿子的回归而得救了（也许从一开始她所遭遇的危险就并非大得不可思议，因为她不是布拉格的一个犹太女人，而是来自施蒂利亚的一个虔诚的天主教徒）。

那么该怎么办呢？照斯威夫特之意，应该让孩子们离开父母也就是说，那个"家庭动物"所需要的平衡首先应该以下述办法获得：通过接走孩子，把最终的平衡推迟一段时间，直到这些孩子在不依赖父母的情况下，无论在肉体上还是在精神力量上都与他们平起平坐，毫不逊色，这样真正的、相亲相爱的平衡的时刻就到来了，这种平衡你称之为"得救"，而其他人则称之为"孩子们的感恩表现"，并认为是十分罕见的。

此外，斯威夫特懂得要划出一定的界限，他认为接走穷苦人的孩子并不是非常必要的。在穷人那儿，从一定程度上说，世界、劳动、生活自己会无法阻止地闯入茅屋之中（比如当基督在半敞的茅屋中诞生之际，整个世界都来到了那儿，包括牧人们和来自东方的智者们），使摆设豪华的家庭房间中那种沉闷的、充满毒素的、摧残儿童的空气无法生成。

当然斯威夫特也并不否认，在一定条件下，父母也能成为出色的教育者，但只是对别人的孩子。我大体上就是这样理解斯威夫特的这段言论的。

1921年秋

※ 致父亲

最亲爱的父亲：

您最近曾问过我，为什么我声称我在你面前感到畏惧。像以往一样，我不知道该怎么回答你，这一部分正是出于我对你的畏惧，一部分则是因为要说明这种畏惧的根源牵涉到非常多的细节，在谈起它们时我只能把握一半左右。假如我试图在此书面回答你，答案将是很不完整的，因为在写下来时这种畏惧及其后果也会使我在你面前障碍重重，因为素材之大已远远超出了我的记忆和理解力。

在你的眼里事情总是显得非常简单，至少你在我面前和不加区别地在其他许多人面前是这么说的。你大体上觉得是这样的：你一辈子艰苦工作，为你的孩子们，首先是为我牺牲了一切，结果我得以过上"花天酒地"的生活，有充分的自由可以选择学习专业，丝毫不必为吃饭问题担忧，也就是根本无须有任何忧虑；你并不为此要求我们感恩，你是知道"孩子们的感恩心情"的，但我们至少得做出某种迎合姿态，一种同情的信号；我不是这样，反而从来就躲着你，躲进我的房间，躲在书本里，躲在疯疯癫癫的朋友们那儿，躲在偏激的思想中；我从来没有同你坦率地交谈过，我没有去教堂站到你的身边，在弗兰岑斯巴德我从来没有去看过你，除此之外，也从来没有家庭观念，对商店和你的其他事情漠不关心，我把工厂套在你的脖子上，然后扬长而去，对奥特拉我支持她的固执，我从不为你哪怕动一下小指头（甚至从来没给过你一张戏票），却为了朋友什么都干。如果你把你对我的评价加以归纳，就会显示出，虽然你没有指责我下流或恶毒（也许我最近这次结婚意图是个例外），但分明在说我冷淡形同陌路，忘恩负义。你这样责备我，好像那是我的责任，好像我只要转一下方向盘就可以使一切都改观似的，而你对此连一点责任都没有，要有就只有一点，也就是你对我太好了。

你这类习以为常的描述只在一点上我认为是对的，那就是，我也相信，你对我们之间的隔阂是完全没有责任的。但我也同样是完全没有责任的。如果我能说服你承认这一点，那么虽然不可能会产生一种新的生活，对此我们俩都已经是太老太老了，但可能会出现一种和平，不会终止你的没完没了的指责，但会使之温和下来。

奇怪的是，你好像多少预感到了我想要说些什么。比如你在不久前对我说过："我一直是喜欢你的，虽然表面上我对你的态度不像其他父亲习惯做的那样，但这正是因为我不像其他父亲那样会装腔作势。"

父亲，整个说来，我从来没有怀疑过你对我的善意，可是我认为你这种说法是不对的。你不会装腔作势，这是对的，但从这个理由出发断言其他父亲装腔作势，那么这不是赤裸裸的、无须进一步讨论的自以为是，就是（依我看真是这么回事）一种隐蔽的表达，认为我们之间总有什么不正常，而你参与了这种情况的造成，但却是没有责任的。如果你真是这么认为的，那么我们的看法就是一致的了。

我当然不是说，我仅仅是在你的影响下才变成现在这样的。这么说就太夸大其词了（而我甚至很喜欢这种夸大其词）。非常可能，即使我是在一点都不受你影响的情况下长大的，我兴许也不会成为你所希望的那种人。那样我可能会成为一个性格懦弱的、谨小慎微的、犹疑不决的、内心不安的人，既不是罗伯特·卡夫卡，也不是卡尔·赫尔曼，但总之是同我现在这样完全不同的一个人，我们可能会相处得非常好。如果有你作为我的朋友、头头、叔叔、祖父，甚至（尽管那样我会更加犹豫呢）作为我的岳父，我都会很高兴的。但正是作为父亲，你对于我来说是太强大了，尤其因为我的哥哥们很早就死了，而妹妹们隔了很久才来到人世，我不得不一个人承受第一次冲击，对此我的力量是太弱了。

比较一下我们俩：用非常简短的话说，我是一个带有一定的卡夫卡根系上的略韦，推动我的不是卡夫卡家族的生活意志、经商意志、占领意志，而是略韦家族的马刺，它显得比较神秘、羞怯，促使我跑向别的方向，甚至经常停止对我的戳刺。而你却是个真正的卡夫卡，强壮，健康，胃口好，有支配力，能说会道，自满自足，有优越感，有韧性，沉着果断，有鉴别人的能力，有一定的慷慨大度，但也带着与这些优点共生的所有缺点和弱点，有时你的情绪起落，有时你的突然暴怒使你的弱点立即暴露出来。就你的世界观而言，你也许并不是个百分之百的卡夫卡，把你同菲利浦叔叔、路德维希叔叔、亨利希叔叔相比就能看出这一点。

这是个奇怪的现象，我在这里也并不能看得很清楚。他们全都比你更快乐，更精神饱满，更无拘无束，更逍遥自在，而不像你这么严肃（在这一点上我受到了许多你的遗传，而把这种遗传因素管理得太好了，不过我的本质中却没有你所具有的那些平衡力量）。但是另一方面，你也经历了各个不同的时期，在你的孩子们，尤其是我，给你带来失望之前，在家庭空气因而给你带来压抑之前（如果有外人来，你就表现得不一样了），你也许曾经是比较愉快的。而现在你也许又愉快些了，因为孙儿孙女们和女婿又把你的孩子们（也许瓦莉除外）所不能给予你的那种温暖给予了你。无论如何，我们是那么不一样，这种不一样又使我们互相间都对对方那么危险，以致如果人们能够事先估计到我这个慢慢长大的孩子和你这个成人之间将怎么相处，就会想，你会一脚把我踩到地底下去，使我一点都不能露出地面的。这种事没有发生，活的东西会怎么样是难以估计的，但也许事情更糟糕。

而我不断地请求你别忘了我从来就没有一丝一毫认为你有什么过错。你就这样影响着我，就像你必然会做的那样，不过你应该停止认为这种影响毁了我是我的恶意的表现。

我曾是个腼腆的孩子，但我当然也像其他孩子一样是执拗的；当然母亲也很宠我，但我不能相信，我是特别难以操纵的；我不相信，一句亲切的话，一次默默的握手，一道善意的目光不能使我顺从人们对我的一切要求。而你其实是个善良的、心肠软的人（下面的话并不能否认这一点；我将谈到的仅仅是你对孩子施加影响的现象），但并不是每一个孩子都有韧性和毅力，去长时间地寻找，直到找到善意所在。你只会像对你自己那样对待孩子，用力量、咆哮和暴怒，而你也觉得这种方法很适用，因为你想要把我造就成一个强有力的、勇敢的小伙子。

最初那些年中你的教育方法我今天当然不可能凭直接经验加以描述，但可以从后面那些年经历的反思中和你对待菲莉克斯的方法中想象得出。现在我们越来越清楚地看到，你那时比今天年轻，因而比今天更精力充沛、更具野性、更淳朴、更无所顾忌，而且你完全被商店业务拴住了，一天到晚几乎就不在我面前露面，因此你给我的印象反而更强烈，这种印象几乎从未平淡下来，化习惯为自然。

最初几年里我记住的只有一件事。你可能也还记得。有一天夜里我不停地要水喝，不过不是出于渴，而可能一部分是为了要惹恼你，另一部分是为了寻乐。在一些强烈的威胁不生效后，你把我从床上拽起来，抱到阳台上去，关紧了门，让我独自一人穿着衬衣在那儿站了一阵子。我不想说这是不正确的做法，也许当时除了这样没有办法使夜间的安静得到恢复。但我想要以此说明你的教育方法及其对我的影响的特点。自那以后，我当然是听话了，但这事却给我造成了一种内心的伤害。以我的天性，我根本无法把我认为很自然的那次荒唐的要水的哭闹同极其可怕的被抱出去这件事联系在一起。许多年后我还经常惊恐地想象这个场面：那个巨大的人，我的父亲，审判我的最后法庭，会几乎毫无理由地向我走来，在夜里把我从床上抱到阳台上去，而我在他眼里就是这样无足轻重。

当时这件事还只是个小小的开端，但这种经常笼罩在我心头的无足轻重的感觉（从另一个角度看这当然也是一种高尚的、有益的感觉）在很大程度上是从你的影响中产生的。我需要一点儿鼓舞、一点儿亲昵、一点儿走自己路的自由，但你却拧歪了我的道路，当然是出于好意，希望我走另一条道路。可是我却没有去走那另一条道路。比如，当我一本正经地敬礼并行军式地走路时，你就鼓励我，但我并不是未来的士兵；或者当我大口大口地吃饭时，或甚至还能喝一喝啤酒时，或唱起并不理解的歌时，或模仿你习惯的讲话腔调时，你总是鼓励我，但这一切都与我们未来无关。很能说明问题的是，直到现在你也只有在你自己对事情本身也产生热情时，只有当事情关系到你的自我感觉，而这感觉受到我的伤害（比如通过我的结婚意图）或者在我身上受到伤害（比如当培帕辱骂我）时，你才会鼓励我去干什么事情。这时你勉励我，把我的价值告诉我，指出我肩负的重任，把培帕批得一无是处。且不论以我现在的年龄鼓舞已经对我起不了作用，而且在不是主要牵涉到我的事情上对我进行鼓舞，于我又有什么帮助呢？

当时那样做就好了，当时我倒是很需要鼓励的，而且是无处不需要。仅仅你的体魄那时就已经压倒了我。比如我常想起我们常在一个更衣室里脱衣服的光景。我又瘦，又弱，又细；你又壮，又高，又宽。在更衣室里我已经自惭形秽，而且不仅是对你，而是对全世界，因为你在我眼里是衡量一切的标准。然后我们走出更衣室，去人们面前亮相，我牵着你的手，作为一副小小的骨头架，光着脚站在木板上站都站不稳，怕水，又没有能力模仿你的游泳动作。

你出于好意，但真的使我深深羞愧地不断做给我看，那时我绝望极了，而我在所有方面的坏的经验在这样的时刻出色地合成了交响乐。我觉得最舒服的时候是，有时你自己先脱了衣服，我得以一个人留在更衣室里，尽可能拖延到公众面前去献丑的时间，直到你最后亲自来看看是怎么回事，并把我赶出更衣室。我为你似乎没有觉察我的困境而感激你，而且我也为我父亲的体格感到自豪。直到今天，我们俩之间仍然存在着类似的差别。

与这个差别相适应的还有你精神上的统治权威。你以自己的力量单枪匹马奋斗到这么高的位置，因此你对自己的见解抱有无限的信任。这一点对童年时代的我还不像后来对正成为成人的年轻的我那样耀眼炫目。你坐在靠背椅上统治着世界。你的见解是正确的，其他任何见解都是发病的、偏激的、癫狂的、不正常的。你的自信之强，使得你的思想根本不必前后一贯，也照样永远是正确的。还可能出现这种情况：你对一件事根本就没有观点，这就导致对这件事可能产生的任何观点统统都是错误的。比如你可以骂捷克人，然后骂德国人，然后骂犹太人，而且不是有所选择，而是什么都包括在内，到最后除了你以外没有一个人未被骂到。

你在我心中产生了一种神秘的现象，这是所有暴君共有的现象：他们的权力不是建立在思想上，而是建立在他们的人身上。至少我觉得是这样。

但你在我面前显得常常是有理的，真是令人吃惊，在谈话中自不待言，因为我们几乎就不谈什么话，而在现实中竟也是这样。但这并不是什么特别不可理解的事情：我的一切思想都处在你的压力之下，那些与你的思想不一致的思想同样如此，而且尤其突出。所有这些似乎与你无关的思想从一开始就带上了等待你即将说出的判断的负担；要想忍受住这个负担，直到完整地、持续地形成这种思想，几乎是不可能的。我这里说的不是那些高层次的思想，而是童年时代任何小的举动。只要是对任何一件事感到高兴，我心里只想着它，兴冲冲地回到家里，把这事说出来，回答就会是一声嘲讽的叹息、一个摇头的表示，一只手指敲桌子的动作："世面我见得多呢"或"你最好把你的烦恼告诉我"或"我的脑袋可不是这么给脸的"或"这对你有什么用"或"这也算回事吗"。

当然，你在烦忧和辛劳中生活着，自然不能要求你对小孩子的每件小事都抱以满腔热情。问题也并不在这里。问题的症结是：出于你那与孩子截然相反的天性，你始终如一地给孩子带来这种失望，再加上这种天性的对立通过物质的堆积不断加强，以致最后甚至在你偶然同我的看法一致时，这种对立仍然带着习惯的惯性继续发挥威力；以致孩子的失望最终已不再是寻常生活中的失望，而由于它是由你那决定一切的自身造成的，触及到了核心。勇气、决心、信心和对这对那的愉快都不能坚持到底，只要你表示反对，或只要能够估计到你可能会反对，一切便都告吹；而我做任何事情时几乎都能够估计到你可能会反对的。

无论牵涉到想法或人都是如此。只需我对一个人有一点兴趣（就我的天性而言，这种情况并不多），你就会毫不考虑我的感情、毫不尊重我的评价地对这个人破口大骂、诬蔑、丑化。比如像伊地语演员略韦这样的天真无辜的人就遭到这样的命运。你还从未见过他，就用一种可怕的方式（我已忘了是何种方式）把他同虫相比。你还经常在谈到我所喜欢的一些人时，脱口而出地用上那个关于狗和跳蚤的谚语。这句谚语是："和狗一起睡觉的人总是满身跳蚤。"

关于那位演员我记得特别清楚，因为我曾经用自己的话把你对他的说法记录下来："我的父亲这样说我的朋友（他根本就不认识他），只是因为他是我的朋友。当他指责我缺乏孩子的爱和感恩之情时，我完全可以据此加以反驳。"我始终觉得不可理解的是，你对你的话和论断会给我带来多大的痛苦和耻辱怎么竟会毫无感觉，好像你对你的威力竟是一无所知似的。我的话当然也经常会伤害你，但我总是会意识到的，它使我痛苦，可我就是控制不住自己，没法不说出来，说的时候我就已经后悔不迭。但你却是毫无顾忌地把你的话抛出去，你什么人都不怜惜，说出时不怜惜，过后也不，人们在你面前可以说是完全失去了防卫能力。

可是这就是你的全部教育方法。我相信，你有一种教育天赋；你的教育对一个像你这种类型的人很可能会是有效的；他会看得出你对他说的话中的理智所在，从而对其中别的因素不必关心，安安静静地照此行事就是了。但对于我这个孩子，你对我吼叫的一切都不啻是天谕神示，我绝不会忘记它，它成了我判断世界的最重要方法，尤其是判断你自己的最重要方法。你在我身上可以说是完全失败了。

我童年时主要在吃饭时同你在一起，所以你给我上的课一大半是关于吃饭时的行为的课。凡是端上桌子的东西，都必须吃光，对伙食的好坏不可以说三道四——可你自己经常认为菜没法吃；称之为"饲料"，说那头"牲口"（指女厨师）把它给弄坏了。因为你不是由于特别饿就是由于特别喜爱某个菜而不管烫不烫，总是迅速地、大口大口地吃个精光，所以孩子也必须快吃，饭桌旁笼罩着阴沉沉的寂静，只有一些训诫不时打破这种寂静。"吃完再说话"，或"快一点，快一点，快一点"，或"你看，我早就吃完了"。骨头不可以咬碎，你却可以。醋不可以咽下去，你却可以。关键要把面包切好切齐；但你拿着一把滴着汤汁的刀来切却无所谓。必须当心别让残食落在地上，但你的脚底下却落得最多。坐在饭桌旁只可以一门心思地吃饭，但你却修剪指甲，削铅笔，用牙签挖耳朵。

父亲，请别误解我的意思，这些本来都是完全不足称道的小事，只是由于这个对我来说具有极大权威的人自己并不遵守他给我规定的条条，这些小事才给我造成心理阴影。这么一来，世界在我眼中就分成了三个部分，第一个部分是我这个奴隶居住的，我必须服从仅仅为我制定的法律，但我又（我不知原因何在）从来不能完全符合这些法律的要求；然后是第二个部分，它离我的世界极其遥远，那是你居住的世界，你忙于统治、发布命令、对不执行命令的情况大发雷霆；最后是第三个部分，其他所有的人全都幸福地、不受命令和服从制约地生活在那里。我永远蒙受着耻辱，或者我执行你的命令，这是耻辱，因为它们只对我起作用；或者我不服从，这也是耻辱，因为我怎么可以不服从你呢？或者我无法执行，因为我比如说不具备你的力量、你的胃口、你的技巧，尽管你是把这作为毫无问题的事向我提出的；这无疑是最大的耻辱。以这种方式活动着的不是孩子的想法，而是孩子的感觉。

假如我把我当时的处境同菲利克斯的处境加以比较，情况也许就更清楚些了。你对待他的态度同对我是相似的，甚至对他用了一种特别可怕的教育方法，如果他在吃饭时在你看来弄脏了什么，你就不光像那时对我说的那样，说："你这个大蠢猪"，而还要加上一句："一个地地道道的赫尔曼"，或者"跟你父亲一模一样"。

但这也许（在此顶多只能说"也许"）对菲利克斯确实没有多大伤害，因为对他来说你只不过是个特别重要的外祖父，但你对他并不具有你当时对我所具有的全部意义；再说菲利克斯的秉性是沉着的，现在已有些男子汉的气质，一个雷鸣般的吼声也许能使他吃惊，但不会长时间地抑制他的情绪，但更重要的是，他同你在一起的时间相对来说要少得多，他也受到其他影响，你对他来说不如说是个亲爱而又滑稽的人，他从你这里可以有所选择地接受。你对于我却不是滑稽的，我没有选择余地，必须照单全收。我也不可能表示任何不同意见，因为你从来就不可能对一件你不同意或仅仅不是由你的意思产生的事情平静地发表议论，你的发号施令的性格不允许你这么做。

近年来你把这归咎于心情紧张，我不知道你是否有过什么时候不是这样的，顶多你是把心情紧张看成了一种更严厉地施行统治的手段了，因为统治的思想窒息了所有由其他想法产生的反驳论点。这话当然不是谴责，而只是确定一个事实。比如对奥特拉，你习惯这么说："根本没办法跟她讲话，一开口她就冲着你暴跳如雷。"但事实上她根本就不会暴跳，你把事与人搞混了；是事情冲你着暴跳如雷，而你听都不听人家说什么，马上就对此事作出了决定；要是事后再向你解释，只会更激怒你，从来说服不了你。这时只能听到你这么说："你想怎么干就怎么干好了；我随你的便；你算是长大了；我是不需要再对你说什么了。"而这些话是带着一种充满愤怒的、可怕的、沙哑的言外之音说出来的，而且还是百分之百的先入之见。我今天对这种言外之音的害怕之所以不像童年时代那样浑身发抖，是因为童年时那种绝对的负疚感已部分地被我们俩同样可怜的认识所取代。

由于不可能进行平心静气的交往，于是另一个其实很自然的后果产生了：我把讲话的本领荒疏了。不错，本来我也成不了伟大的演说家，但是正常的流畅的人类语言能力我总还是掌握得了的吧。你很早就禁止了我讲话，你那"不许顶嘴"的威胁和为此而抬起的手从来就一直陪伴着我。从你那里在牵涉到你的事情时，你是个出色的演说家，我得到的是一种断断续续、结结巴巴的讲话方式，但就是这样，你还是觉得过分了，最终我沉默不语了，首先是出于抗拒心理，再就是因为我在你面前既不能思想也不能讲话。由于你是我的真正教育者，这一点在我生活的所有方面都产生了广泛的影响。

如果你认为我从来不服你，那真是个奇怪的误会。跟你所想的和指责我的不同的是，"总是一切相反"真的不是我在你面前所持的生活准则。恰恰相反：假如我对你不那么听话，你也许会对我满意得多。应该说，你的一切教育措施都不折不扣地得到了贯彻；我从未想过要逃出你的掌心；以现在的我而言（当然要撇开生活的基础及其对我的影响不谈），我是你的教育和我的服从的产物。但尽管如此，这么一个产物却使你深感不快，你甚至无意识地否认这是你的教育成果，原因是：你的手和我这块料互相之间形同陌路。你说："不许顶嘴！"是想压服我这儿令你不快的反对力量，但你这句话的力量对我来说却太强大了，我太听话了，于是我完全闭了嘴，蜷缩在你面前，而只有在我离你很远，在你的力量至少不再能直接达到的地方，我才敢动弹一下。可是你站在面前，于是一切在你看来都是"相反"的，而其实那些只不过是你的强大和我的孱弱的理所当然的结果罢了。

你在教育中运用的效果特别好的，至少在我身上从未失效过的语言手段是：斥骂、威胁、讥讽、冷笑，还有（这是奇怪的）自责。

我记不起你曾经直接用骂人的字眼骂过我。这也没有必要，你拥有那么多其他手段，再说在家里的谈话中，尤其在店里，你的骂人的字眼在我身边层出不穷，落在其他人头上，我这个小男孩有时几乎被它们震得麻木了，没有理由不把它们同我自己联系起来，因为你骂的那些人肯定不比我坏，而且你对他们的不满肯定并不超过对我的不满。这里你那谜一般的无辜和不可侵犯又显示了出来，你骂人时从来不会疑虑、踌躇，而你却谴责别人骂人的行为，并加以禁止。

你用威胁来加强斥骂的威力，这就对我也直接运用了。使我感到恐惧的比如有："我要把你像条鱼一样撕碎"，尽管我知道，此后并不真会出现什么那么可怕的事（童年时我当然并不知道这一点），但它几乎与我对你的巨大力量的想象相符，我认为你也确有能力这么做的。

可怕的还有，你吼叫着围着桌子跑，做出要抓住谁的样子，很明显你并不想抓住他，但最后总是像那么回事地碰到他，而母亲则最终做出救他的样子。

在孩子的眼里，生命由于你的慈悲才又一次得以存在，并作为无功受赏的你给的礼物而继续下去。这方面也包括因不听话而引起的威胁。假如我开始做一件你不喜欢的事，你就用失败来威胁我，由于对你的见解的敬畏是如此之甚，以致失败（即使也许在相当一段时间之后才会发生）成了无法遏止的事。我失去了做自己的事的自信。我动摇不定，疑惑不已。我年龄越大，你能够拿出证明我的无价值的材料也就越多；渐渐地，你在有些方面还真是说对了。

我又要留神不能断言仅仅由于你我才变成这样的了；你只是强化已经存在的因素，但你强化得很厉害，因为你在我眼里是非常强大的，并为此而动用了一切力量。

你在教育中特别喜欢讥讽，它也最能表达你在我面前的优势。你的训诫常以这样的形式出现："你就不能这样和这样干吗"、"这样你是不是认为已经做得太多了"、"你当然是没有时间来做啰"等等。每提出这么一个问题，总伴随以恶意的笑和恶意的表情。人们在还不知道做了件错事之前，在一定程度上已经受到了惩罚。令人气愤的还有那些作为第三者对待的指责，也就是说连直接受到恶意的训话的资格都被取消了；比如你表面上对母亲讲话，但实际上是冲着坐在一旁的我来的，如："这事当然不能要求儿子先生去做了"，等等。（这种话的后果是，有母亲在旁，我就不敢直接向你问话，后来习惯成自然，我连直接问你的念头都不会产生了。对于孩子来说，向坐在你旁边的母亲问你的情况，危险要小得多，比如问母亲："父亲好吗？"这样就防止了任何答复可能会带来的震惊。）

当然，有时人家会非常赞同最刻薄的、讥讽的，也就是说，如果牵涉到的是别人，比如艾莉，我有好多年一直生她的气。当几乎每次吃饭时都这么说时，对于我来说堪称是恶毒和幸灾乐祸的节庆："那个胖姑娘喜欢坐在离桌子十米远的地方。"然后你生气地坐在你的椅子上，毫无喜悦或带感情色彩地、像个死敌般地夸张地模仿她那不合你胃口的坐相。这种动作或类似的动作你经常重复，事实上你这么做能达到的目的非常之少。我认为原因是，对一件事耗费怒火和生气与事情本身是格格不入的，人家不会感觉到，这种怒火是由于坐得离桌子太远这样的小事造成的，而是它早在这之前已经存在，程度也那么深，只不过偶然地把这件事当成了导火线，由于人家确信，无论如何总会出现一个导火线的，人家便对事情的进展不十分在意，再说人家在不断的威胁之下脑子也变迟钝了；至于不会挨打，这一点人家渐渐放心了。人家变成了一个闷闷不乐的、精神涣散的、不听话的孩子，老是想逃跑，多半是一种内心的逃遁。你是这样地受着折磨，我们是这样地受着折磨。当你咬牙切齿地、带着咕噜咕噜的喉音笑着，第一次向孩子描述地狱景象时，你习惯于痛苦地说（最近收到一封来自康士坦丁堡的来信时你也是这么说的）："那里是一个社会！"你的论点是完全正确的。

你的公开诉苦（这是经常发生的事）同你对你的孩子们的态度是很不相称的。我承认，我童年时（当然是稍大一些时）丝毫无法感受和理解，你怎么竟会需要别人的同情。你无论在哪个方面都是巨人，我们的同情或甚至帮助对你又有什么用处呢？你本来必然是蔑视这种同情或帮助的，就像蔑视我们一样。所以我不相信你的诉苦，总想找出潜在其后的某种秘密意图。后来我才懂得，孩子们确实给你带来了很多痛苦。但当时，这些诉苦如果换个地方就会得到一种纯真的、坦率的、毫无顾虑的、随时准备加以伸手援助的反应，但它们在我的心目中却只是再清楚不过的教育和压抑手段，它们本身并未强烈地显示出这种功能，但它们具有一种有害的副作用：孩子习惯于对恰恰应该认真对待的事情不能非常认真地对待。

所幸还有例外的时候，这多半是，当你默默无言地忍受着痛苦，用爱和善良的力量来战胜一切对立现象，并立即产生了感人的力量之时。这种时候是罕见的，但确实是美妙的。比如当我以前在炎夏正午时分饭后在店里看到你疲倦地打瞌睡时，你那胳膊肘支着台子的样子，或者当你星期天风风火火地赶到避暑地来看我们；或者当母亲一次重病时你紧紧抓住书橱，全身在抽泣中发抖；或者当我最近那次得病时，你蹑手蹑脚地走到奥特拉的房间来看我，站在门槛上，只探进脖子来。看看躺在床上的我，因怕打扰我而只用手势向我问候。在这种时刻，人们就会扑倒在床上，幸福得哭起来，而且现在在写到这里也禁不住又哭了起来。

你也有一种特别美的、但很罕见的微笑方式，这是一种静静的、满意的、赞许的微笑，它能使它的接受者深感幸福。我不记得童年时这种微笑是否曾赐予过我，但很可能有过这种事，因为你为什么要拒不给我这种微笑呢，我那时在你眼里是无辜的，并且是你的莫大的希望所在。再说从长远看这种亲切的印象只能造成这样的后果：我的负罪意识扩大了，世界在我眼中变得更不可理解了。

我宁可要那些真实的、持久的东西。为了在你面前显示我还是有点能力的，还有一部分是出于一种报复心理，我很快就开始对我在你身上发现的一些小小的可笑之处进行观察、搜集和夸张。比如你很容易被那些多半只是好像地位很高的人弄得眼花缭乱，并总是津津乐道着他们的事情，如某个皇室顾问或类似的人物（另一方面，你，我的父亲，你竟认为你的价值需要这样一些毫无价值的证明，并以它们来炫耀自己，这类事情也是使我难过的）。或者我观察你对那些不正经的讲话方式的偏爱，你最喜欢大声地说出它们来，并为此开怀大笑，就像你说的是什么特别出色的言论似的，但实际上那只是些庸俗的、小小的不正经的话（当然这同时又是你的生命力之令我自惭形秽的表达）。这类观察当然多的是；我为此感到愉快，这些观察给了我窃窃私语和寻求乐趣的机会，有时你发现了这一点，对此十分恼怒，认为这是恶毒、不尊重，但请相信我，这对于我只不过是一种自我维持的不中用的手段。这是些玩笑，就像是人们对天神和国王们所散播的那种玩笑，这种玩笑是含着最深的敬意的，这种敬意不仅使开玩笑的人深受约束，而且可以说这些人已成了这种敬意的一部分。

而且你同我对你的做法一样，也在寻找一种反击手段。你经常指出，我的日子是怎么好得太过分了，我受到的待遇是怎么好。这是对的，但我不相信这一点在我过去的处境中给过我什么真正的帮助。

确实，母亲对我好得无以复加，可是这一切对我来说是同跟你的关系联系在一起的，这是一种不好的联系。母亲无意中扮演了狩猎中哄赶者的角色。一旦你的教育在某种未必真实的情况下使我产生了抗拒心理、反感甚至仇恨（这些因素本可迫使我自立的），母亲便以温柔体贴、谆谆劝诫（在童年的思想杂乱中她是理智的象征）、说情把那些因素消弭于无形之中，于是我被赶回了你的圈子，而本来我也许可能会突破这个圈子的，这无论于你于我都有好处。或者就是这样：谅解无法达成，而母亲只是在你面前悄悄地保护着我，私下给我些东西，允许我做什么事，于是我在你面前又变成了怕见天日的东西，成了骗子、知罪者，由于自身的毫无价值，这个人连到他认为是他的权利的地方去，也要偷偷摸摸。当然我渐渐习惯于在这些偷偷摸摸行进的途中，也顺便寻找些即使在我看来也是我无权得到的东西。而这么做又扩大了我的负罪意识。

确实，你几乎从未真正地打过我。但是那种吼叫、涨红的脸、那种迅速解下裤子背带、放在椅背上备用的动作在我眼里几乎比打更可怕。就好像是要把人吊起来似的。如果他真的被吊上绞架，他接着就死去了，从而一了百了。可是如果他不得不亲身经历上绞架的一切准备活动，直到套圈在面前晃动时才得知他被宽恕了，那么他将一辈子摆脱不了这个阴影。而且，那么多次我听到你明明白白地表明我应该挨打，但总是在最后关头由于你的仁慈而逃脱了这种命运，一种强烈的负罪意识自然越积越深。无论我从哪个方向走来，都进入欠你的罪疚之中。

你自来这样指责我（有时面对我一人，有时当着其他人的面，你对后一种场面的侮辱性压力毫无感觉，你的孩子们的事从来是公开的事情），说我由于你的劳作而得以在充满安宁、温暖、应有尽有的环境中生活。我还记得你的一些话，他们显然在我大脑中刻下了沟纹，如："我七岁时就不得不拽着小车走村串户了"；"我们大家挤在一个小房间里睡觉"，"有山芋吃我们就高兴死了"，"多少年我因为冬装单薄，腿上的伤口裸露在外面"，"我还很小的时候就不得不到皮谢克的商店里去做事了"，"家里没有给我任何东西，就连当兵时也不例外，可我还得寄钱回家"，"但尽管如此，尽管如此，父亲对我来说总是父亲。今天有谁知道这一点！孩子们知道什么！谁都没受过这份罪！今天有哪个孩子懂得这些吗？"换一种环境，它满可以成为非常出色的教育手段，它们可以鼓舞孩子们，增强孩子们的信心和力量，去顶住父亲曾艰苦地经历过的同样的磨难和饥寒。但这根本不是你的本意，你努力的结果已使环境完全变了样，像你做过的那样，通过同样的方式来显示自己才干的机会已不复存在。只有通过暴力和剧变才会产生这样的机会，人们必须闯出家门才行（前提是：人们有这么干的决断力和力量，而且母亲也不用其他手段横加阻挠）。但这一切绝非你之所愿，你把这种行为称为忘恩负义、**偏激**、**不听话**、**背叛**、**发疯**。你一方面用事例、叙述往事和挪揄来引诱人；另一方面却严厉地绝对禁止别人这么做，否则，比如说你（撇开一些次要情况不谈）对奥特拉的屈劳冒险应是极其欣赏的。她想到农村去，你就是从那里来的；她想要经受劳动和贫困的考验，这些都是你经历过的；她不想享受你的劳动成果，你就是脱离了你父亲而孤身奋斗的。这是些那么可怕的意图吗？距离你这个榜样和你的教导就那么远吗？好吧，奥特拉的意图最终是失败了，也许变得有点好笑，搞得太兴师动众，她为她的父亲考虑得也不多。但这难道完全是她的过错吗？这不也是环境的过错，尤其是你对她这般疏远的过错吗？她在商店里时（就像你后来说出来想让自己相信的那样）对你不像后来在屈劳时那么疏远吗？而且你难道没有力量 （当然你必须首先说服你自己去这么做）通过鼓励、出谋划策和监督，也许甚至仅仅通过容忍，使这次冒险产生某种非常好的结果吗？

谈完这些经历之后，你总是习惯用酸涩的玩笑说我们的日子过得太好了，但这种玩笑从一定程度上看并非玩笑。你当时必须靠艰苦奋斗得来的东西，我们轻而易举地从你手中拿来，但那种为外在生活进行的斗争你是很早就在进行了，这种斗争当然也免不了要把我们卷进去，只要比你晚，也就是说在进入成人年龄后才以孩子的力量去斗争。我的意思并不是说，这么一来我们的处境与你相比就是绝对不利的，可以说它们是相等的（当然这里并未将基础条件加以对比）；我们的不利之处仅仅在于：我们无法以我们的磨难吹嘘自夸，也不能像你利用你的磨难所做的那样以此压得别人低声下气。我并不否认，我是有可能从你那伟大的、成就非凡的劳动果实中得到享受，加以利用，并为讨取你的欢心，利用它们继续开拓的，但我们对这种做法却是异化了的。我能够享受你的给予，但只能是怀着自惭、疲乏、孱弱、负罪感来享受。所以为此一切我只能以乞丐的方式表示感谢，却不能以行动来感谢。

整个这种教育的最直接外露结果是：我躲避着能使身在远方的我联想到你的一切。首先是那个商店。尤其在童年时代，那时它只是一个街头小店，它使我很愉快的是，它是那么活跃，晚上有灯光照明，人们看到、听到的甚多，不时可以帮个手，显示自己，但最重要的是欣赏你那些伟大的商人才干，你怎样售货，怎样接待人，开玩笑，不知疲劳，遇疑难情况马上就知道该作何决断，等等；还有比如你怎样包装或打开一个箱子，这是一场值得一看的戏剧，而且一切从整体而言无疑并不是最差劲的儿童学校。可是由于你渐渐在各个方面都给我带来恐惧，而且在我眼里商店和你重叠了起来，于是商店在我心目中不再是舒服的了。那里一些最初在我眼里是自然而然的事情，开始使我痛苦，令我羞愧，尤其是你对商店职工的态度。我不知详情，也许这种态度在大多数商店中都是一样的（比如在保险总公司中，对待职工的态度就十分相似，我辞职时对那里的经理说的也许不完全符合实际，但也不完全是编造，我说我无法忍受那里的骂人，尽管这种待遇从未冲着我来；我在这方面有一种痛苦的敏感，这是在家里就已形成了的），但其他商店如何，童年时的我是毫不关心的。可我在店里看到的却是你在吼叫、怒骂、暴跳如雷，我当时认为全世界都不会有类似的情景。而且不仅是骂人，还有其他粗暴手段。比如看到你如何把你平时不希望与其他商品搞混的正品猛一下从柜台上捋到地上——只有你愤怒时的丧失理智可以稍稍为你开脱——然后命令店员拣起来。再如你对一个身患肺病的店员常说这样的话："他死了算了，这只病狗。"你把职工称为"受雇的敌人"，他们确实是这种人，但还在他们成为这种人之前，你在我心中似乎已成了他们的"雇主敌人"了。在那里我也受到了伟大的开导：你也会做出不公正的行为；我在自己身上并未马上发现这种现象，于是我身上积聚起越来越多的犯罪感，这种感觉使我觉得你是对的；但根据我那后来有所改变、却又改变不大的孩子观念，那里是一些陌生人在为我们劳动，因此而不得不始终生活在对你的恐惧之中。当然我这些话是夸大了的，这是因为我认为你对那些人心灵的影响同对我的影响一样可怕。如果他们真像我所想的那样，那么他们也许根本无法生存下去，但由于他们是有着多半很出色的神经的成年人，他们可以毫不费力地把咒骂从身上抖掉，以致最终咒骂给你带来的伤害比给他们带来的要多得多。但我对这个商店却无法忍受，它太逼真地使我联想起与你的关系了：完全撇开企业主的利益，撇开你的统治欲不谈，仅仅作为商人，你已比所有在你手下学艺的人高明得多，以致他们的任何成绩都不能使你满意，同样，你也必然永远对我不满意。所以我不得不被划入职工一边，此外，由于我至少出于害怕而不能理解，人们怎么能这样骂一个陌生人，因此，出于害怕，我仅仅从自身安全考虑，也要在我觉得已是怨怒深积的职工和你与我们的家庭之间居间调停，以求得相互谅解。为此目的，取通常的、正直的对待职工的态度已经不够了，甚至更谦逊的态度也不够，而是我应该低声下气，不仅是抢先问好，而且要尽可能阻止对方回报我的问好。即使我这个无足轻重的人在下面舔他们的脚，也不足以弥补你这个主人在上面对他们的大砍大劈。

我在这里与人们之间的这种关系的影响超越了商店的范围而伸向未来（与此有点相似的，但并不像我这样的危险、深入的现象，比如表现为奥特拉对与穷人交往的偏爱，她那使你如此恼火的同女佣们和其他人促膝而谈的行为）。说穿了，我几乎畏惧这个商店，当然，还在我上中学之前，它早就不是我的事业了，上中学后，我离它就更远了。而且它在我看来也是我的能力所无法应付的，因为就像你所说的，它把像你这样的人都搞得筋疲力尽、焦头烂额。于是你试图（现在我想起这事觉得它既令人感动又令人羞愧）从我对商店、对你的事业的那种使你深感痛苦的反感中提炼出一点儿甜味来，你的做法是扬言我没有做生意的意识，而是头脑里怀着更崇高的思想等等。母亲当然对你强加于我的这种解释感到高兴，即使是我，由于我有虚荣心，且处境不佳，所以也愿让这种说法来影响我。但如果使我离开商店（我现在，但也仅仅是现在，真正地、确实地恨着它）的仅仅是，或主要是"更高的思想"，它就会以别的办法表达出来，而不是让我平静而又害怕地游过中学和法学学习阶段，直到最终在公务员的办公桌旁登岸。

如果我要逃离你，我就必然也要逃离家庭，甚至包括母亲在内。人们虽然永远可以在她那里得到保护，但必然是在与你有关的前提下。她太爱你，太忠实于你了，以致在孩子的斗争中她未能成为一股独立的、持久的精神力量。这可以说是孩子的一种正确的直觉，因为母亲随着岁月的流逝与你结合得更紧密；一方面，她在有关她自己的事情上始终美妙地、温柔地、在本质上不伤害你的前提下维护着她自身最低限度的独立性，但另一方面，她一年比一年更彻底地（与其说出于理智不如说出于感情）对你关于孩子们的论断和裁决盲目地加以接受，尤其在奥特拉这一无疑是重大的事件上。当然，人们永远记得，母亲在家庭中的位置是多么痛苦、多么吃力。她为商店、为家务辛苦操劳，家里每个人每病一场她都比病人多受一倍的罪，但这些与她在我们和你之间的中间位置上所受的折磨简直不可同日而语。你对她一直是爱的、关心的，但你又像我们一样，给她的体贴少之又少。我们毫无顾忌地对她轰击，你在你那边这么干，我们在我们这边这么干。这是一种方向偏转，人们心中并不怀恶意，想着的只是你同我们，我们同你的斗争，但却在母亲头上大吼狂叫。像你那样为了我们的缘故而折磨她（当然你是毫无过错的），并不是为教育孩子而作出的积极贡献。这种做法甚至为我们本来无法在她面前自圆其说的行为作了辩护。她为了你在我们这里和为了我们在你那里受了多少折磨啊，这还没有把那些被你言之有理地称为对我们的娇惯的情况计算在内，当然，这种"娇惯"有时只是对你的体系的一种默默的、无意识的"反示威"。自然，如果母亲没有从对我们大家的爱和这种爱所带来的幸福感中汲取忍受这一切的力量，她就无法承受这一切。

妹妹们仅在一定程度上是我的同路人。在与你的关系中最幸运的是艾莉。她与母亲的关系最亲近，因此也没费多大劲就建立起与你之间的亲近关系。你见到她就联想到母亲，所以也比较亲切地对待她，尽管她身上卡夫卡血系的因素很少。可是也许正是这样才见容于你；在没有卡夫卡素质的人身上，即使是你也无从要求有这种素质；在那儿，你也不会有在对我们其他人的那种卡夫卡血统淡化的感觉，那种必须强力挽救、不使素质失落的感觉。再说你对在女人们身上体现出的卡夫卡素质从来就不是特别喜欢的。要不是我们其他这些人有所干扰，瓦莉同你的关系也许甚至会更亲切些。

艾莉几乎是完全成功地从你的圈子中突围出来的唯一例子。在她小时候，我最想不到能做到这一点的就是她。她那时是个迟钝的、疲倦的、胆怯的、乏味的、知罪的、过于谦卑的、恶毒的、懒惰的、贪吃的、小气的孩子，我简直不想看到她，根本不愿同她搭讪，她太使我联想到我自己了，她与我处在同样教育的魔力之下，情况太相似了。尤其是她的吝啬使我厌恶，因为我的吝啬也许比她有过之而无不及。吝啬是大不幸的最可靠的标志之一；我对一切都感到无把握，以致我实际拥有的仅仅是已攒在手中或含在口中或至少快要达到这种地步的东西，而处于相似处境中的她恰恰总是最喜欢把我快要拿到的那些东西拿走。但这一切都改观了：她年轻时（这是最重要的）便离开了家，结了婚，有了孩子，她变得快乐、无忧虑、勇敢、慷慨、不自私、充满信心。几乎令人难以置信的是，你竟然没有发现这一变化，没有给予它应有的评价，你对艾莉的恼怒自来存在，不加更改，它使你眼花，看不见这一变化；不过这种恼怒现在已不再那么现实，因为艾莉不再与我们住在一起，此外，你对菲莉克斯的爱和对卡尔的喜欢使这种恼怒隐退了下去。只有盖尔提有时还要遭到它的袭击。

关于奥特拉我几乎不敢写；我知道，写奥特拉，就等于拿写这封信所希望达到的效果开玩笑。在一般情况下，只要她没有陷入困境中或危险中，你对她只有仇恨；你自己对我承认过，照你看，她总是故意给你制造痛苦和烦恼，一旦你为了她的缘故而痛苦，她就感到满足和高兴。这就是说她是一个魔鬼了。这是多么深刻的隔阂啊，你与她之间的隔阂必定是比你与我之间的更甚，否则就不会出现这么大的误解。她离你这般遥远，远得你几乎看不到她，于是在她的位置上你以为见到的是取而代之的一个幽灵。这种非常复杂的情况我也不能完全洞察，但那里无疑是个像略韦那样的形象，用最好的卡夫卡家族的武器装备着。在我们之间没有存在过真正的斗争；过去的斗争，都很快就被解决了；残存的只有逃亡、痛苦、悲哀、内心斗争。但你们两永远处在斗争状态中，永远精力充沛，永远力量无穷。这是一幕既雄壮、又无望的场景。首先你们两一定是挨得很近，因为直到今天奥特拉在我们四兄妹中仍然是你与母亲的婚姻和连接你和母亲的力量的最纯的体现。我不知道是什么使你们失去了父女间的和睦之乐，我只是几乎相信，你们关系的发展同我这里的情况是相似的。你这边是你的本性的专横，她那边是略韦血统的固执、敏感、正义感、不安，而这一切则是由对卡夫卡血统力量的意识支撑着的。当然我也影响过她，但几乎不是出于我的有意的行为，而是通过我的存在这一简单的事实。而且她是作为最后一员出生，进入已经形成的权力关系中来的，可以根据那些众多的、现存的材料来构造她自己的判断。我甚至可以设想，她的内心本质曾有一度摇摆不定，不知她是投入你的怀抱好，还是投入你的对手们的阵营中好，显然你错过了某种机会：你把她推了回去；而你们（如果可能的话）本来是满可以成为出色的、和睦的一对的。这样我虽然会失去一个同盟者，但看到你们两这样，我的损失便得到了充分的补偿，你也会由于至少在一个孩子身上得到了完全彻底的满足而朝着有利于我的方向变化。在今天看来这一切只是梦想，奥特拉和父亲之间没有关系，她必须单独寻找她的道路，就像我一样；但由于她的信心、自信、健康、无所顾虑这些素质都比我强，所以她在你的心目中也比我更坏，更离经叛道。我是明白这一点的，你对她的看法不会是别的什么样的。甚至她自己也有能力用你的目光来看她自己，共同感受你的感觉，并对此

（不是绝望，绝望是属于我的）十分悲伤。你似乎怀着反感看到我们经常在一起，我们窃窃私语，开怀大笑，你还不能听到提起你。你感到我们是胆大妄为的阴谋集团，奇怪的阴谋家。你当然从来就是我们的谈话和思考的主题之一，但我们坐在一起，真的并不是想要想出什么对付你的办法来，而是为了以全副精力，以幽默，以严肃，以爱、抗拒、愤怒、反感、服从、负罪感，以脑袋和心脏的一切力量来详细研讨那在我们和你之间晃悠的可怕的诉讼，谈一切细节，一切方面，利用所有机会，无论相距远近都来共同谈透这个问题。在这场诉讼中你总是声称自己是法官，但实际上，至少在绝大多数情况下（我在此不把门关死，以防出现我当然也可能造成的失误），你同我们一样，是既弱小而又诚惶诚恐的一个当事人。

从你的教育方法所产生的影响的整体上看，它有个很能说明问题的例子，那就是伊尔玛。一方面她是个外来人，到你的店里来时已经是成年人，同你之间主要是主仆关系，也就是说是在一种已有抗拒力量的年龄才部分地受到你的影响的；另一方面，她也是你的一个亲戚，她对你的尊重是对她父亲的兄弟的尊重，所以你对她的威力远远超过一般上司的威力。尽管如此，尽管她那包容在弱小躯体中的禀赋是那么能干、聪明、勤劳、谦逊，可信赖、不自私、忠实，尽管她将你作为叔父来爱戴，作为上司来钦佩，尽管她在以前和以后的其他工作岗位上都工作得很好，但她在你眼中却不是一个很好的职工。她在你面前（当然也是在我们的影响下）的地位相当于孩子的位置，而你的天性的塑造力在她的面前是如此之大，以致在她身上（当然只是在你面前，但愿这些未给这孩子带来更深的折磨）逐渐产生了健忘、疏忽大意、辛酸的幽默，甚至产生了一点抗拒心理，假如她有抗拒的能力的话。我在此还没有把这些因素算进去，她体弱多病，而且并不很幸福，并有沉重的家务压在她身上。你同她那种举一反三的关系被你归纳成了一句语，这句话在我们心中已成经典语言，它几乎是亵渎神明的，但恰恰能很好地证明你所持的待人方法是无罪的："这个伪善的信徒给我留下了一大堆臭狗屎。"

我还可以描述你的影响所及的其他圈子和反抗你的影响的斗争，但写这些我就没把握了，有的地方也许还得虚构。再说，你从来都是离商店和家庭越远，你就越和气、越迁就、客气、体贴人，关心人（我说的也包括表面上），这就像一个君主，一旦出了他的国家的边界，就没有理由仍然摆出暴君的架子来，于是，甚至可以和善地同最低贱的人打交道了。确实，你在弗兰岑巴德拍的集体照中总是那么伟岸而又愉快地站在一些闷闷不乐的小人物中间，犹如一个巡访的国王。你的孩子们本来显然也可以从中获益的，只是他们必须在童年时就有能力（而这是不可能的）认识到这一点。比如我就不应该始终在一定程度上居于你的影响的最里面、最严格、最牢固联结的圈子之中，可惜我就是这么做了。

这么一来，我并非仅仅失去了家庭观念，就像你指出的那样；相反，我对家庭还是有观念的，但这种观念主要的成份是不利于（当然是永无止境的）解脱你的内心愿望的。与家庭之外的人际关系在你的影响下也许受害更深。你的想法是完全错误的，你认为我对其他人出于爱和忠诚什么都干，而对你和家庭出于冷漠和背叛则什么都不愿干。我愿不厌其烦地再重申一遍：换一种环境，我可能也会成为一个怕交际的、胆小的人，但在那种环境中，比我到达现在的境地所走过来的路，还得多走一段长长的、黑暗的路。（至此，在这封信中我避而不谈的相对来说还不多，但现在和将来我将不得不对一些事避而不谈，那些事要我对你和对我自己承认，是我所难以启齿的。我之所以说这些，是为了使你不要以为，在什么地方出现整体图像模糊不清的现象，必是我缺少证据的表现，恰恰相反，是因为一些证据能使图像鲜明刺眼得令人难以忍受。要找到一个中间途径确非易事。）这里只须回忆一下以前的事就可以了：我在你面前失去了自信，换来的是一种无穷无尽的负罪意识。（想起这种无穷无尽时，有一次我在描述一个人时说得很正确："他担心羞耻将在他身后继续存在下去。"）我不能突然间摇身一变，当我同其他人相遇在一起时，我在他们面前会陷入要深的负罪意识之中，因为正如我前面说过的，我必须弥补在商店里你把我牵连进去的，对他们犯下的罪过。此外，你对任何我所交往的人总有令人不快的言论当着人面或背地里说出来，而这也是我必须向当事人求得原谅的。你在店里和家里教我对大多数人不能信任，（你能举得出一个在童年时对我有重大意义的、而没有至少一次被你说得体无完肤的人来吗？）奇怪的是这并未给你带来多少心灵负担（你确有足够的承受力，再说这种行为事实上也许只是统治者的一种标志），这种不信任在我这小人物的目光中从未得到证实，因为我到处看见的都是遥不可及的出色的人；到头来，这种不信任变成了我对自己的不信任，变成了对其他所有人的永无止境的害怕。在这方面我无法把自己从你的影响下解放出来。你在这方面之所以会误会，原因也许是，你对我的人际交往其实一无所知，却不信任地、妒忌地（我难道否认过你是爱我的吗？）估计，我离开家庭生活圈子，必然会在别处寻找补偿，因为要我在外面像现在这样生活是不可能的。此外，恰恰在我的童年时代，就这方面而言，我对我的判断有所怀疑，从而得到了一定的自我安慰；我对自己说："你一定是太夸大了，在你的感觉中，你过份地把小事看成了大的特例，这是青年时期的普遍现象。"可是以后随着我对世界观察的视野的扩大，我几乎失去了这种安慰。

我在你身上找不到多少获得拯救的希望，在犹太教中同样找不到多少。这里本来是应该有获救的希望的，但本来可能性更大的是：我们俩在犹太教中相逢，甚至我们意志一致地从那里出发。但我从你那儿得到的又是什么样的犹太教啊！随着岁月的流逝，我对它先后采取了三种姿态。

孩提时代，我同你一样，为我到教堂中去得不多，不持斋戒等原因而责备我。我认为我这些行为不是对我自己，而是对你不公正，而无所不在的负罪意识一阵阵穿透我的身心。

后来，作为青年人，我不明白，你自己对犹太教持可有可无的态度，却为什么会指责我不努力去追求（像你所说的，仅从虔诚出发也该如此）一种与你相类似的可有可无。据我所见，那真是一种可有可无的态度，一种开玩笑，甚至连开玩笑都谈不上。你一年中到教堂去四次，在那里与其说是近于那些认真信教的人，不如说更近于那些满不在乎的人，你耐心地走形式地做完祷告，有时你竟然能抽闲向我指出祷告书上正读到了什么地方，使我深感惊讶；此外，只要我在教堂里（这是主人要的），我想转悠到哪里就可转悠到哪里。在那漫长的好多个小时中我不停地打呵欠和打瞌睡（我想，后来我只有在上跳舞课时才感到这么枯燥过），并不断尽可能在那里的一些小小的变化中寻找欢乐，比如人们打开柜子，这总使我想起游艺射击棚，在那里若有人击中黑心，一扇小门就会打开；所不同的是，那些出来的总是些有趣的东西，这里出现的却永远是一些无头的木偶。此外，我在那里心中总是怀着许多畏惧，不仅是因为那里有许多人，我将与他们有更接近的接触，而且也是因为你有一次曾顺口说道，人们也有可能会把我叫上去朗读托拉的。为此我战栗了好几年。除此之外，我的枯燥烦闷未受到什么值得一提的干扰，顶多是巴尔朱茨弗经，但它只要求可笑的熟记，也就是说只要达到一种可笑的考试标准即可；再就是与你有关的一些小小的、不太重要的插曲，比如你被叫上去朗读托拉，而你出色地经受住了这个在我的感觉中完全是社会活动性质的事件；或者是你被留在教堂中参加悼灵典礼，而我被打发走，于是在我心中，显然是由于被打发走和无任何深深的关心这些因素，产生了一种几乎不曾为我意识到的感觉：这件事办得不太地道。——这是在教堂里的情况。在家里，敬教的行为更其稀少，仅局限于那第一个塞德尔晚上，这个晚上一年较之一年更成了一幕充满痉挛的笑的喜剧，当然这一幕是在正在长大的孩子们的影响下产生的（你为什么会顺从于这种影响？因为是你造就了这种影响）。这些就是提供给我的信仰素材；在这之外顶多还能加上你那伸出的手，让我读《百万富翁富克斯的儿子们》，他们在崇高的节日里与父亲一起进入教堂。至于如果不是尽快把这些材料抛弃，就要用这些材料做些好事，我可就不知该如何下手了。

再往后一些，我对问题的看法就不同了，我懂得了你为什么认为我在这方面也背叛了你。你从那小小的、犹太聚居区的村镇中来，确实曾带来了一些犹太教的东西，但本来就不多，在城市和军队里又失落了一些。尽管如此，青春时的印象和回忆还勉强可以凑成一种犹太生活，尤其因为你不需要这类帮助，你生于一个非常强大的家族，宗教上的疑虑如果不是同社会上的疑虑混杂得难分难解，那么你，你的人格就几乎不可能被动摇。事实上，引导你一生的信仰是：你相信一个特定的犹太人的社会阶级的观念是绝对正确的，由于这些观念是你的本性的组成部分，于是你便产生了对你自己的信念。这里面确还有足够的犹太教，但要把它继续传给孩子就太少了，当你传下来时，它已经几乎滴完了最后的一滴。其中有一部分是不可留传的青年时的印象，一部分是你那令人生畏的本质。同时，可不可能使一个出于满心害怕而观察得非常仔细的孩子理解：你以犹太教的名义、以相应的满不在乎的态度搞的那些全不相干的事情有着崇高的意义。这些不相干的事情对你来说意味着对以往的年头的小小的回忆。尽管你想把它们传给我，但由于它们连对你都失去了自身价值，于是你只有靠说服或威胁来这么做；一方面，这么做是不会成功的，另一方面，由于你根本认识不到你在这方面的虚弱的处境，你自然会由于我看上去顽固不化而大动肝火。

这一切并非单独的现象，从崇尚虔诚的农村涌入城市的过渡的一代犹太人中，有相当一部分都是这样的。这是自然而然产生的现象，只不过它在丝毫不乏尖锐性的我们的关系上又加上了一重痛苦的尖锐性。在这一点上，你虽然应该像我一样相信你的无辜，但应该通过你的本质和时代环境来解释这种无辜，而不是用外在因素来解释，比如说你其他工作和操心的事太多，以致你无法抽身来干这件事云云。你惯于用这种方式，把你无可置疑的无辜转化为对其他人的不公正的谴责。你最近读了富兰克林的青年时代回忆录。我确实是故意给你读的，但不是像你开玩笑地说的那样，是为了关于素食的一小段，而是为了让你读读那里描述的作者与他的父亲之间的关系和这本本来就是写给他的儿子的回忆录中所表达的作者和他的儿子之间的关系。我在此不想具体举例了。

我从你在最近几年中的行为得到了对你的犹太教观念的一个后到的证明。在这些年中，你感觉到我比以往更多地从事于犹太人事业了。由于你从一开始就对我的一切活动、尤其是对我产生兴趣的方式甚为反感，在这里你的反感自然也一样存在着。但尽管如此，人们却可以抱着一线希望，等待你对此作为例外看待。这里活动着的正是与你的犹太教同根的犹太教，因此也有可能成为连接我们之间关系的纽带。我不否认，如果你对一些事情表现出兴趣，就会使这些事情在我心中变得可疑。我根本就没打算说我在这方面要比你好。但现在的问题根本不是检验谁好谁差。经过我的中介作用，犹太教在你眼中成了讨厌的，犹太文献成了不可卒读的，它们"使你厌恶"。——这也许意味着，你坚持认为，只有你在我童年时向我展示的犹太教是唯一正确的，此外再没有别的犹太教形式。但你坚持这一点，却几乎是不可想象的。这样，那种"厌恶"（且不论它首先针对的不是犹太教，而是针对我来的）只能意味着，你无意识地承认了你的犹太教和我所受的犹太教教育是虚弱的，你绝不愿旧话重提，并对所有回顾报之以毫不掩饰的仇恨。此外，你从消极方面出发对我的犹太教的高度的估计是非常夸张的首先，我的犹太教中充满了你的诅咒；其次，人际的根本关系对于它的发展有着关键的作用，就我的情况而言，这种关系能使犹太教的发展走上绝路。

你对我的写作和与之有关的、你不知道的各种因素所持的反感倒是比较正确的。在这方面，我确实独立地离开你的身边走了一段路，尽管这有点让人联想起一条虫，尾部被一只脚踩着，前半部挣脱出来，向一边蠕动。我在此获得了一些安全，得以松口气。你一开始就对我的写作产生了反感，这种反感却例外地受到我的欢迎。你对我的书的欢迎方式已为我们所熟悉，它虽然伤害了我的虚荣心、我的抱负："放在床头柜上！"（每当有书送来时，你多半正在打扑克。）但实际上我感到舒服，这种舒服感并非仅仅产生于突然生出的恶作剧的想法，并非仅仅产生于关于我们之间关系的观点得到新的证实，而引起的我心中的快乐，这种舒服感其实也完全是自发的，因为你这句常说的话响在我耳中犹如"现在你自由了！"当然这是一种误解，我没有获得，或最乐观地说还没有获得自由。我写的是关于你的事，我在那里发泄的仅仅是在你怀里不能发泄的。这是有意拖延的与你的告别，只不过，这种告别虽然是由你逼出来的。但却是朝着由我选定的方向发展着。但这一切是多么微不足道啊！说到底，这事之所以还值得一提。是因为它发生在我的生活中，若在别处我便会根本就看不到；还有一个原因是，它在我童年时作为预感、后来作为希望，再后来作为绝望笼罩着我的生活，而且——这是做得到的，当然又是以你的形象出现的——是它指使我作出了一些小决定。

比如职业选择。当然，你以你那宽宏大度的、甚至可以说是宽容忍让的方式，在这方面给了我充分的自由。自然你在这方面是遵照对你具有制约力的犹太人中产阶层通常的教子方式行事的，或至少是根据这一阶层的价值观念行事的。最终，在此起作用的还有你对我个人的一个误解。也就是说，你自来就是从做父亲的自豪、从对我本身存在的无知，从联系回溯到我的孱弱这些方面出发，认为我是特别勤奋的。童年时，你认为我在不断地学习，后来又不断地写作。这种看法与事实何止相距千万里。如果说我学得很少，并一无所成，那么夸张的程度倒要轻得多；如果说多年来我以中等的记忆力、不算太差的理解力毕竟把一些东西留在了脑子里，这也并不奇怪，但无论如何，与在一种特别无忧无虑、平静泰和的生活中所付出的时间和金钱相比，尤其是与我认识的几乎所有人相比，在知识上、尤其是在知识的打基础问题上的全部收获那真是少得可怜。这些收获是微不足道的，但我觉得这是可以理解的。自我有思考能力以来，我就对精神存在的维护问题怀着极深的忧虑，以致其他一切于我全是无所谓的。我们这儿的犹太中学生往往很古怪，我在这儿常常看到一些不可思议的事。以我这么个奇想迭出、但多半寒气逼人的孩子，怀着冷冰冰的、几乎不加掩饰的、不可摧毁的、像孩子般不知所措的、近乎可笑的、像动物般感到满足的淡泊冷漠心态，我还从来没有在别的人身上看到过。当然它也是防止我因恐惧和负罪意识而产生神经崩溃的唯一保护工具。我心里只有对我自己的关心，但这种关心却是以各种截然不同的方式表现出来的。比如对我的健康状况的担忧；这种担忧很容易出现，不时产生对消化、落发、脊骨弯曲等的小小的担心，这种担心害怕上升而形成无数层次，直到以一次真正的疾病而告终。由于我对任何事情都感到不安，每时每刻都需要证实我的存在，我没有任何本来就属于我的、属性无可置疑的、归我一个人独有的、唯我可以调动的所有物。由于我实际上是个被剥夺了继承权的儿子，所以我当然对最接近的物体、即自己的身体也感到无把握了；我越长越高，但不知该怎么对待我增加着的高度，负担太沉重了，背脊因而弯曲；我几乎动弹不得，更何谈做体操，于是我永远是孱弱的；我把我仍可支配的一切都视为奇迹，比如我那良好的消化；仅这种心态就足以使我失去它，于是通往所有忧郁的道路全部毫无阻挡地展现在我面前，直到在想要结婚的超人的紧张压力下（这个问题我后面还要说到）血从肺里涌出，逊伯伦宫中的寓所对此也是有相当一部分责任的——我之所以需要这个寓所，是因为我需要它用于我的写作，所以它也应该在这封信中得到描述。也就是说，不像你一直认为的那样，这一切都是由工作过度造成的。有几年我在健康状况很好的情况下在长沙发上荒度的时间比你在一生中荒废的更多，我这么说是把所有患病时的养病时间计算在内了。每当我极其匆忙地离开你时，多半是为了到我的房间里去躺下睡一觉。我的整个工作成绩无论在办公室里（在那里，偷懒不是非常引人注目的，而且由于我的畏惧心理，偷懒也是有限度的），还是在家里都是微不足道的；如果你能全面地了解一下，必会感到震惊。也许我的素质根本就不是懒惰的，但是我无事可干。在我生活的地方，我被抛弃了，被宣判了，被打倒在地；为逃往别的地方我虽然使出了浑身解数，但这不是工作，因为这是一件不可能办到的事情，除个别小的例外之处，我的力量是远远不够的。

在这种情况下我获得了选择职业的自由。但我还有能力去利用这种自由吗？

我还能相信我有获得一种名副其实的职业的能力吗？我的自我评价之取决于你的看法，远远基于取决于其他因素，如一次外在的成功。一次成功只是对一个瞬间的强化，没有其他作用，但另一方面，你的重量却越来越重地压下来。我曾以为我是永远通不过小学一年级学习的，但却成功了，我甚至得到了一笔奖学金；我想我必然通不过升中学的考试，但又成功了；我想这回我在中学一年级非被淘汰不可，不，我没有被淘汰，我仍然是一次又一次地成功地向前走。但由此产生的并不是信心，相反，我始终坚信（从你那拒绝的表情中我更得到了证明），我成功得越多，结局就越惨。我脑子里经常出现教师大会的场面（中学只是个最完整的例子，但对付我的形势在哪里都差不多），如果我通过了一年级，他们就在二年级集会，如果我通过了二年级，他们就在三年级集会，依此类推。他们开会的目的是审查这一奇怪的、骇人听闻的案例，探讨我这个最无能、至少最无知的人怎么竟会溜进了这个年级，由于现在大家的注意力都集中在了我身上，这个年级当然会马上把我排除掉，从而使所有摆脱了这场噩梦的正义者弹冠相庆。——带着这种设想生活对于一个孩子来说是不轻松的。在这种情况下我又怎么会对上课感兴趣呢？谁又有能力在我心中激发出关心课堂的火花来呢？课堂使我感兴趣的情况（不仅仅是课堂，而是在这个关键性的年龄中我周围的一切）就像小小的正常的银行业务使一个侵吞公款的银行职员感兴趣的情况，他还在职，由于担心被发现而发抖，还必须一如既往地处理银行业务。

除头等大事之外，其他一切都显得那么渺小、遥远。这样的情形持续到中学毕业考试，我真的是在一些地方耍了些手腕，才通过了它；然后这种情形停止了，我自由了。我本无选择职业的自由，我知道，在我面前，一切与头等大事相比都是无足轻重的了，就像中学里所有的教学素材在我心中的分量一样，主要的事情是：找一个在不太伤害我的虚荣心的情况下最能允许我这种无所谓的态度存在的职业。那么法学是最顺理成章的。出于虚荣心和荒谬的希望而进行的一些小小的相反的尝试，比如两周的化学学习，半年的德语学习，它们只是加强了那种基本看法。于是我学起了法学。这意味着，在每次考试前的几个月内，我在神经高度紧张的情况下，精神上靠吃食木粉度日，这种木粉在我之前已为千万张嘴巴咀嚼过。但从某种意义上说，我吃得津津有味，在某种意义上正如以前的中学生活和以后的职员职业，因为这一切完全与我的处境相符。不管怎么说，我在此显示了令人吃惊的先见之明，还是小孩子时，我已对学习和职业有了相当清楚的预感。在这方面我并不期待什么救星，对此我早就放弃了获救的希望。

但在我的婚姻的意义和可能性上，我却没有显示出任何先见之明；这场我一生中至今最大的灾祸几乎是完全出乎意外地突然降临在我的头上。孩提时的我是慢慢发育成长着的，外表上这些事情在我心中是完全被撇在一边的；当时根本看不出，这方面正酝酿着一场旷日持久的、事关重大的、甚至是最艰难困苦的考试。事实上结婚的图谋变成了最了不起的、最有希望的自救尝试，尝试是惊心动魄的，其失败当然也是惊心动魄的。

由于在这个地方我一切都失败了，所以我担心我也不能够把这些结婚试图解释清楚。然而我这封信的成败是取决于这方面的解释之成败的，因为，一方面在这些尝试中集中着我所能支配的所有正面力量；另一方面所有反面的力量也怒气冲冲地会聚在这里，也就是我描绘成你的教育的副产品的那些因素，如虚弱、缺乏自信、负罪意识，这些因素在我和结婚之间划出了一条警戒线。我之所以很难作出解释，是因为我在那么多日夜中反复深思、掂量一切，以致我现在看到的景象使我也觉得杂乱无序，无所适从了。只有你那照我看来对事情的全盘曲解使我的解释任务轻松了些？稍微纠正一下一种彻底的误解似乎并不算太难。

首先你把各次结婚的失败归纳在我其他方面的失败的系列之中；我对你这种看法本来并无异议，但前提是：你必须接受我迄今为止关于失败的解释。它确实属于这个系列，但这件事的意义你却低估了，你低估得如此之甚，以致当我们相互谈论时，其实说的却是完全不同的事。

我敢说，你一生中没有发生过任何一件事情，其对你的意义像结婚尝试对我的意义这么大。

我并不是说，你没有经历过这样意义重大的事情，恰恰相反，你的生活比我的要丰富得多，操心得多，紧迫得多，但正因为如此，你身边没有发生这样的事情。就好比是有个人要走五级较低的台阶，而另一人只须走一级，但这一级至少对他来说同前面的五级加起来一样高；第一个人不仅将走上这五级，而且还将走上其他的几百级、几千级，他将度过的是伟大而紧张的一生，但他走过的台阶中没有一级像第二个人的那一级，高高的、竭尽全力也不可能走上去的那一级台阶有着那么大的意义，他走不上这一级，自然就谈不上继续行进了。

结婚、建立一个家庭、接受所有将要来到的孩子，并在这个不安全的世界上维护他们的生命，甚至还对他们略加引导，这些依我看是一个人所能做到的最高境界。至于那么多人成功地完成了此事，并不足以引为反证，因为首先，事实上并没有许多人成功；其次，这些不太多的人并不是"做"出来的，而只不过是"发生"在他们身上；这虽然还不是那种最高境界，但终究是非常伟大的，非常可敬的（尤其因为"做"和"发生"是很难黑白分明地加以区分的）。而且归根结底需要达到的也不是那种最高境界，而只须达到一种离之尚远的、但却是正当的接近状态；没有必要飞到太阳上去，但应该爬到地球上一块纯净的地点，只须那里不时有太阳照耀，使人得一些温暖即可。

我对此有何准备呢？准备之差到了极点。从迄今为止的事态发展中已可看到这一点。但只要是在对某一具体问题上有所直接准备或对普遍的基本条件有所直接创造的情况下，你表面上并未作很多干涉。其实也只能如此，因为这里起决定作用的是普通血统的等级的风俗、民族风俗和时代风俗。你在这些场合当然也插手了，但不多，因为这种干涉的前提只能是很强的相互信任，而我们俩之间很久以来就缺乏在关键时刻的这种信任了，我们不很愉快，因为我们的需求是完全不同的；深深吸引我的事情一定是无法使你动心的，反之亦然；在你那里是无咎可指的事，在我这儿就是罪疚，反之亦然；在你那儿毫无后果的事情，对我来说也许就是我的棺材盖。

我记得有一天晚上同你和母亲散步，走在今天的州银行附近的约瑟夫广场上时，我开始愚蠢地、大言不惭地、自视高明地、骄傲地、冷静地（这是不真实的）、冷漠地（这是真实的）、结结巴巴地——我同你说话时多半是这样的——谈起有趣的事来，责备你不让我知道，直到同学们发现并估计我处在很大的危险的边缘时，才由他们对我说（在此我以我的方式恬不知耻地撒了谎，意在表现得勇敢，因为由于我的胆小怕事，我对所谓"很大的危险"并无准确的了解），最后我却暗示说，所幸我现在已知道了一切，不再需要别人为我献策了，一切都很好了。

重要的是，不管怎么说我至少是开始谈论这件事了，因为我认为至少谈谈此事很有意思，再就是出于好奇心，最后还有个因素，即想以某种方式为某件事向你报复。你的应付办法十分简捷，这是与你的素质相符合的，你仅仅大体上这么说，如果我想不担风险地进行这类事情，你也许可以为我出个主意。也许我正是想诱你作出这样的答复，它同我这个喂饱了肉和其他好东西、但肉体上无所作为的、永远与自己搏斗着的孩子的性欲是一拍即合的。可是这个答复却仍然严重地损伤了我外表的羞耻心，或者我认为我的羞耻心一定是遭到了伤害，以致我（尽管是违背我的意愿的）再也无法同你谈这个问题了，以致我高傲而放肆地中断了这次谈话。

评价你当时的这个回答是不容易的，一方面它具有某种不言而喻的性质，某种原始性质；另一方面，就这教诲本身而言，从现代的角度看也是无可置疑的。我不记得当时我多大了，但肯定不会比16岁大多少。对这么一个年轻人来说，这毕竟是个很奇怪的答复，而我们俩之间的差距也在这里表现出来，这是我第一次从你那里获得的、直接的、牵涉到广泛的生活内容的教诲。其根本性质当时已经沉入我的心底，但很久以后才浮现在我的意识中，那就是：你为我出主意的那种事情在你看来，而且也在我当时看来，是世界上最肮脏的。至于你打算防止我在肉体上把这种污秽带回家去，这是次要的，你这样做无非是为了保护你，保护你的家。主要的是，你置身于你的建议之外，你是个丈夫，一个纯洁的男人，所处位置高出这类事情。这一点当时通过下面这个因素而更尖锐化了：我也觉得婚姻是可羞可耻的，所以我就不可能把我就婚姻听到的一般情况延伸到我的父母身上。这么一来，你就更纯洁，更高高在上了。

要说你在结婚前也给自己出过类似的建议，我觉得是完全不可能的。这么算下来，你身上就分明没有一星半点儿尘世的污秽了。但你却用几句直截了当的话把我推到这种污秽中去，仿佛我命该如此。如果这个世界仅仅是由我和你组成的（这是个我几乎相信的假想），那么世界的纯洁就到你为止，而由于你出的主意，污秽从我开始。你这样地看待我，这是无法解释的，只有旧的罪孽和你的极深的蔑视才可能是原因所在。而这件事又一次给了我的内心最深处以打击，而且是沉重的。

这里也许最清楚地显示了我们俩的无辜。A给B一个坦率的、与他的人生观相符的、不太美的、但却是今天在城市里很有普遍意义的、也许能防止健康受损的建议。这个建议对于B在道德上没有多大鼓舞力量，但他难道就不能随着岁月的推移逐渐从这种损伤中摆脱出来吗？再说，他并不是非听从这个建议不可的，何况仅仅在这个建议中也看不到促使B的整个未来世界行将崩溃的因素。但事情偏偏还是这样发生了，原因仅仅在于：你是这个A，我是这个B。

这种双方的无辜我之所以能看得一目了然，是因为大约二十年后在完全不同的情况下我们之间又发生了一次类似的冲突，作为事实，它是可怕的，但就其本身而言，却是无害得多，因为，还有什么东西能给我这个36岁的人带来什么伤害呢？我指的是在我告诉你最后那次结婚意图后，我有几天心情紧张，在其中的一天，你对我发表了一通小小的言论。你大体上是这么对我说的："她可能穿上了一件精心挑选的上装，布拉格的犹太女人是懂得这一套的，那么你当然就下决心要娶她了。而且想尽可能地快，一星期后，明天，今天。我不懂你是怎么回事，你毕竟是个成年人了，住在城市里，却只知道看到一个女的就马上跟她结婚。难道就没有其他可能性了吗？要是你害怕，我可以陪你去。"你讲得更详细，更清楚，但我记不起细节了，也许当时我的眼前也有点模糊了，几乎是母亲使我更感兴趣些。她虽然完全同意你的看法，但还是从桌上拿起什么东西，并以此为借口走出了房间。

你几乎从来没有比这次用言语对我的侮辱更深的了，也从来没有更清楚地表示出你的蔑视。

当你二十年前对我说类似的话时，从你的眼睛里甚至还看得出对一个早熟的城市青年的一点敬意，依你看来他可以被毫无周折地引导上生活之路。今天若从这个角度看，只能使轻蔑的程度显得更甚，但当时开始踏上征途的这个年轻人一开始就陷在那里动不了了，在你眼里，他今天没有增加丝毫经验，而只是减少了二十年年华。我为一个姑娘所作的决定在你看来毫无价值。你始终（无意识地）压制着我的决断力，现在却（无意识地）自以为知道它有多少价值了。

你对我在其他方面所作的自救尝试一无所知，所以你对引导我进行这次结婚尝试的思路也就一点都不知道，于是你必须猜我的思路，从你对我的整体看法出发，猜测的结果便是最可恶的、最生硬的、最可笑的了。你毫不迟疑地以这种方式把它说出来。你这么做给我带来的耻辱，在你眼里是与我通过结婚会给你造成的耻辱不可比拟的。

你可以以我那些结婚尝试为依据来回答我，而且你已经这么做了。在我两次解除了与F.的婚约，两次重新订约之后，在我把你和母亲白白地拽到柏林去参加订婚仪式和其他一些事情之后，你当然不能够十分尊重我的决定了。这一切都是真实的，但却是怎么产生的呢？

两次结婚尝试的基本思想是完全正确的：建立一个家庭，获得独立。这个思想是为你所同情的，但它在实际上却出现了出乎意外的结果，就像那个儿童游戏，一个人抓着另一个人的手，甚至使劲压着，同时却喊着："喂，走啊，走啊，你为什么不走呢？"当然，在我们的情况中，事情复杂化了，那句"走啊！"你从来是发自内心的，但同样是从来如此的：你在不知不觉的情况下，仅仅是由你的天性制约着，抓着我，或说得更准确些。把我压在下面。

两位姑娘虽说都是偶然的选择，但都是选得非常好的。你竟会相信，我这个胆小的、踌躇的、多疑的人是心血来潮地决定要结婚的，比如由于被一件女上装迷住而心血来潮；这又一次证明了你对我彻头彻尾的误解。两次婚姻本来都会是理智的婚姻的，可以这么告诉你，我曾经日日夜夜地竭尽我的思维力量来考虑计划，第一次长达数年，第二次长达数月。

两位姑娘中谁也不曾使我失望，而是我使她们俩失望。我对她们的看法一如既往，今天仍同当初想要同她们结婚时一样。

也不能说，我进行第二次结婚尝试时忽视了第一次尝试的经验教训，也就是说变得掉以轻心了。情况是完全不同的，正是以前的经验在第二次尝试中（它比第一次更有希望）给了我希望。细节我在此就不加详述了。

为什么我没有结婚呢？这里当然像所有地方一样，有种种障碍，但生活就是由越过这些障碍组成的。最重要的，可惜超脱了具体事例之外的障碍却是：我精神上实际上没有结婚的能力。这一点表现在：从我决心结婚的那一瞬间开始，我就再也无法入睡了，脑袋日夜炽热，生活已不成其为生活，我绝望地东倒西歪。造成这种现象的主要并不是担忧，虽然与我的忧郁和迂腐相应地有许多忧虑伴随着我，但它们并不是关键因素，它们虽然把像蛆虫对付尸体那样的工作完成得很出色，但对我的思想起着决定性影响的是其他一些因素。那就是恐惧、懦弱、自卑的无所不在的压力。

我想进一步作番解释：在我的结婚尝试中，两种似乎是截然相对的因素激烈地在我与你的关系之中碰撞，比其他任何场合都更激烈。结婚当然是对最充分的自我解放和独立的担保。那样我就会有个家庭，这是我心目中人力所及的最高点，也是你所达到的最高点；那样我就与你平等了，一切旧的、新的耻辱及暴政将永远成为历史。这可真不啻为美妙的童话世界，但其中却大有可置疑之处。所获太多了，要获得这么多是不可能的。这就有如有个人被囚禁了，他不仅怀着逃跑的意图（这也许是有可能实现的），而且还要同时把这座监狱改建成一座避暑行宫。但如果他逃跑了，他就无法改建；如果他改建，他就无法逃跑。如果我想要在我所处的与你的关系中获得独立，我就必须做某种同你毫无关系的事情；结婚虽是最伟大的事，并赋予人以最可敬的独立性，但它同时也与你有着最密切的关系。所以要想从这里脱身，是某种接近狂想的东西；几乎每一次尝试都会因而受到惩罚。

但也正是这种密切的关系在一定程度上诱惑我去结婚。我之所以把我们之间可能产生的、你对其理解之深会甚于任何现象的平等想得这般美妙，是因为那时我将成为一个自由的、知恩图报的、无罪的、正直的儿子，而你会成为一个毫不郁闷的、不粗暴的、有同情心的、心满意足的父亲。但要达此目的，就必须将一切已发生的事情抹去，也就是说，必须把我们自己抹去。

以我们现在这种状况看，结婚算是与我无缘了，它正是你最堪称独领风骚的领域。有时我突然奇想，觉得在打开的世界地图上。你四脚八叉地躺着。于是我感到，只有那些你的肢体未曾盖住或尚够不到的地方才是我的生活可以插入的空地。根据我对你魁梧身材的遮盖面的设想，留给我的地方是不多的，那些有限的地方也不是很令人鼓舞的，尤其是婚姻并不在其中。

仅这个比较就足以证明，我绝不是认为你通过你的例子把我从婚姻领域驱逐出去，就像从商店中驱逐出去一样。尽管情况从很多方面看确实像是这么回事，但实际上并非如此。

我从你们的婚姻中看到的是一场在许多方面堪称楷模的婚姻，在忠诚、互助、儿女数量这些方面都堪称楷模。甚至在儿女们长大成人并不断破坏和平宁静之后，这场婚姻仍不为所动，依然如故。我对婚姻所抱的崇高概念也许正是由这一例证引出的；至于对结婚的要求会使我晕眩，是有其他原因的。这些原因存在于你同孩子们的关系之中，这封信从头到尾谈的就是这种关系。

有一种看法认为，对结婚的恐惧心理有时是这么来的：人们害怕自己对父母犯下的罪过，将来会由子女来施还在自己身上。这种看法对我的案例没有多大意义，因为我的负罪意识本是由你而来，充满了独特性，这种独特性是这种意识折磨人的本质的一部分，重复它是不可想象的，无论如何我必须承认，如果我有这么一个愚蠢、迟钝、乏味、堕落的儿子，我会受不了的，假如没有别的办法，我会逃走，迁居，就像你在我一旦结婚后想做的那样。你这种想法也参与影响了、促成了我的无能力结婚现象。

这方面重要得多的是我为自己而生的恐惧。这点可以这样理解：我已经说过，我通过写作和与此有关的事情作了些小小的独立尝试、逃亡尝试，获得了微乎其微的成功，但这些尝试将无所进展，许多事情已经向我证明了这一点。尽管如此，守护它，不让任何我能挡得住的危险，甚至不让任何产生这种危险的可能性接近它，乃是我的义务，或不如说是我全部生命的寄托。婚姻就是这么一种危险，当然也可能是最大的促进，但对我来说，它可能是一种危险这一点便够了。如果它真的成为一种危险，我该怎么办呢？我又怎么能够怀着对这种危险的也许无法证实的、但却也是无法反驳的感觉继续过这种婚姻生活呢？虽说在这种感觉面前我可以犹豫三思，但最终的结果却是无疑的，我必须放弃。关于手上的麻雀和屋顶上的鸽子的比较用在这里并不很贴切。我手中一无所有，而屋顶上应有尽有，而我必须（这是斗争形势和生活欲望所决定的）这样一无所有。我在职业选择上的情况也是如此。

但最重要的结婚障碍是那已无法消除的信念：对于赡养家室乃至照管家室来说，我在你身上看到的品质缺一不可，各方面的无一例外，好的和坏的，就像它们有机地在你身上组合成的那样：强有力和对他人的嘲弄、健康和一定程度的无所节制、说话天才和知识欠缺、自信和对其他任何人的不满、高于世俗和专制粗暴、识人经验和对大多数人的不信任，再就是一些没有任何反面作用的优点，如勤奋、韧性、专注、无所畏惧。相比之下，所有这些品质我都没有，或只有很少一点，凭这么一点我就想要结婚吗？何况我看到，即使是你，也必须在婚姻生活中艰苦搏斗，在孩子们面前甚至落于失败的境地，不是吗？这个问题我当然不曾明确地想过，因而也不曾明确地答复过，否则寻常的思索便可使它迎刃而解，并使我看到别的男人，他们与你不同（就近即可举个与你截然不同的人为例：理查德叔叔），但却也结了婚，并至少没有因此而崩溃，仅这些就相当说明问题了，对我来说正是完全足够了。但我并未提出那个问题，而是从小经历着它。我并不是遇到婚姻关系才检验自己，而是每逢一件小事都检验一下；在每件小事面前你都以你的榜样和你的教育（这我已试着描述过）使我充分认识我的无能，在每件小事上符合实情的并证明你有理的，自然最大的事上——亦即婚姻——更是极其符合实情的。在进行结婚尝试之前，我是像个商人一般成长起来的，这个商人虽然怀着忧虑和恶兆预感，但从不做细账，糊里糊涂地过着日子。他偶然有些小赢利，但由于这是罕见的，他在想象中不断对这些赢利百般爱抚、沾沾自喜，越想越多；但除此之外，他每天却不断地亏着血本。一笔一笔都记在了账上，但从不结算。现在可到了非结算不可的关头了，这个关头就是结婚尝试。这里需要计算的数目十分巨大，以致简直连一点儿有过赢利的迹象都看不出来，一切汇成了一笔大亏损。现在要是结婚，那不是非发疯不可了吗！

我至今与你共同度过的生活大致讲完了，这种生活的未来前景如何呢？

你若注意看一下我对你畏惧的根由，你就会回答说："你声称，我简单地以你的罪责来解释我与你的关系，那是图省事，但我认为，尽管你表面上花了很大力气，但实际上并不很费劲，这事例反而使你大为得益。首先你也拒不承认负有任何罪过和责任，在这方面我们的做法是一样的。我那样坦率地、一如心中所想地认定你单独负有全部罪责，而同时你却打算表现得'特别聪明'和'特别温柔'，并宣布我也是无罪的。当然后面那点你只是似乎做到了（你的意图也不外于此），而在品质和天性对立和绝望这些方面尽管有种种'说法'，但字里行间却透出这么一层意思：我是进攻者，而你干的一切都是自卫。现在你通过不正当的手段得到的已经够多的了，因为你证实了三点：第一，你是无罪的；第二，我是有罪的；第三，你纯粹出于慷慨胸怀，不仅要原谅我，而且多多少少还想证明，并且想要使自己相信：我也是无辜的 （当然这是不符合事实的）。这些于你本来应该够了，但却还不够。你满脑子塞着的是完全依靠我生活的想法。我承认，我们在相互斗争。但世上有两种斗争，一种是骑士式斗争，这是两个自立的对手间的相互较量，各自为阵，胜败都是自己的事。另一种是甲虫的斗争，这甲虫不仅蜇人，而且还吸血以维持生命。这是真正的职业战士，这就是你。你在生活上是不能干的；但为了把这一点解释得舒服、无须忧虑、无须自责，你证明是我夺去了你的所有生活本事，并塞进了你的口袋里。你对你在生活上不能干又何必担心呢？反正我有责任，你尽管放松四肢，无论最近想要结婚时，你同时不想结婚（这点你已在信中承认），但为了不多花自己的精力，却希望我帮助你结不了婚，也就是说，使我认识到这一结合将给予我的姓氏以'耻辱'，因而禁止你们结婚。但我根本没有往这方面想。首先，我在这方面永远不想成为'阻止你获得幸福'的绊脚石；其次，我绝不愿听到我的孩子对我发出那样的指责。我克制了自己，给你以作出婚姻决定的自由，但这么做对我又产生了什么益处呢？一点都没有。反感，我对这场婚事的反感也许阻止不了它，而且反而成为促使你娶那位姑娘的因素，因为这么一来，'逃亡尝试'（你是这么表达的）将是万事俱备了。而我即使允许你结婚，也无法阻止你的指责，因为你在此证实，无论如何我都对你的结不成婚负有责任。但实际上你在这方面，以及其他诸方面，对我来说什么也未曾证明，只证明了我的所有指责都是对的，这些指责中还缺少一个特别合乎情理的指责，即说你不正直、阿谀逢迎、寄生的指责。我想不至于搞错：即使这封信也是你靠我过寄生生活的一个明证。"

我的回答是，首先，这一大段插话（一部分是反对你的）并不真是你说的，而是我写的。你对别人的不信任还没有这么严重，还不像我的自我不信任那么严重。我的自我不信任是在你的教育下养成的。我不否认这段插话具有一定的合理性，它也为表明我们之间关系的性质作出了一些新的贡献。在现实中，事物间的关系当然不会像我的信中所证明的那样，生活并非仅仅是磨砺耐心的游戏；但这段插话对此作了一些矫正，这一矫正我既不能、也不愿详加阐释了，我认为通过这一矫正，情况已表达得非常接近事实了，使我们俩都能得到一些安慰，使我们的生与死都变得轻松起来。

（弗兰茨 译）